文
景

———————

H o r i z o n

社 科 新 知　文 艺 新 潮

THE
UNDERGROUND
RAILROAD

铁道

地下

A NOVEL

BY

COLSON
WHITEHEAD

〔美〕科尔森·怀特黑德——著

康慨——译

上海人民出版社

好评如潮

我熬夜读这本书，心快跳到嗓子眼，几乎不敢翻下一页。……读它吧，给你熟悉的人也买一本，因为当你读完让人心跳停止的最后一页，你一定想要与他人分享。……我不得不停下来，细细体味我读到的东西，让愤怒和眼泪得到疏泄，而后再回到故事当中去。这才是伟大的文学作品所能实现的。它只是创造出空间，让那些思想和感受自由发生。

——奥普拉·温弗瑞

极好地写了一个撕心裂肺的逃亡故事，科尔森·怀特黑德写出了人类内心深处对自由的强烈渴望。正如科拉去往北方的奥德赛之旅中所克服的种种困难，我们看到了原始的勇气、英勇的时刻，一次又一次。一部振奋人心的小说。

——乡村书店

这是我新近读过的一本小说。它让我们忆起发生在几代人间的奴隶买卖之痛，不仅在于将其公之于众，还在于它改变着我们的思想和心灵。

——奥巴马

这本书在上市伊始就获得了两位重磅推荐：奥巴马、奥普拉，但必须声明的是，作品的水准绝对对得起媒体记者的热捧。科拉追寻自由的道路并非一帆风顺，虽然小说中的一些悲惨段落会让读者无法正视，但它也是一部充满希望的作品，情节的紧张刺激让人手不释卷、欲罢不能。相信在读过它之后，科拉这个人物形象会永远存活于读者内心的某个角落。虽然是新书，但已经可以说它是部经典作品了。

——萨拉·曼宁

怀特黑德的作品实现了写作的应尽之务，它刷新了我们对于这个世界的认识。

——约翰·厄普代克

小说因此达成了这样的效果：这部强有力甚至带有幻想色彩的小说也让读者从惨烈的行文中明白了美国蓄奴制对人类造成的巨大创伤。作者的行文又有借鉴博尔赫斯、卡夫卡以及乔纳森·斯威夫特的痕迹。……他让读者忆起了一代又一代美国人不论艰险，不论历史倒退的车轮，追求正义追求自由的决心。他的故事在帮助我们理解美国过去乃至美国当下时都扮演了重要的作用。——《纽约时报》

如果帮助美国黑奴逃亡的地下铁道，不是一个秘密交通路线网，而是一条实实在在的地下铁路系统会如何？这部被奥普拉选入读书会的小说之中最别出心裁之处便在于此。小说集中展现了主人公科拉坚强的、极富魅力的品格。她出生在佐治亚州种植园，被遗弃，被残酷对待，她坐上火车逃跑，却不知不确定的未来预示着更多危险。紧张刺激，形象生动，振奋人心且极富感情，这是一个让人乐于分享的故事。

——《人物》

把这个残酷但重要甚至有些绝望的小说介绍给大众读者并不会是奥巴马任内最不起眼的政绩（同样也被奥普拉读书俱乐部选为推荐书）……怀特黑德锋利的叙述是如此才华横溢……很久没有一本书能这样打动我并让我时刻想接着读下去。这是一个令人深思、令人愤怒，并展现作者超绝想象力的故事，不仅为最黑暗的历史时期点亮一盏明亮的光，同时也在小说这种文学体裁上开辟了新的方向。

——《观察家报》

怀特黑德将非裔美国艺术家对种族神话及历史的质询，通过文字中鼓舞人心的勇气以及犀利的独创性持续下去，凭借这部作品晋升一流作家的行列，他当之无愧。

——《科克斯书评》

读过后不论睡觉还是走路，思绪总被书中的片段打断……每个人物都有独一无二的人性，非常生动……怀特黑德势头很好，评论一片盛赞。……这本小说是如此好，虽然可能是陈腔滥调但依然要喊出对它的称赞：这是一部优雅、蕴含无穷能量的作品，一个年轻的黑奴女性穿过美国的心脏地带，试图逃脱可怕的蓄奴制度。8月出版之际便有奥普拉的赞许，之后各大报刊也是好评如潮，

实至名归。 ——《卫报》

翻开《地下铁道》，你能感受到一个老到的作家娴熟驾驭自己的才能和野心。小说则是一个闪耀着寓言光辉但却有着严谨笔法的故事，冷酷的叙事风格既保留了小说的文学性也增强了情节的悬念，而我们也在阅读科拉逃亡的旅程中感受到了作者被笔下主人公所激发的史观与情感。在这场备受磨难的逃亡之旅中，地下铁道也在拷问美国民主最核心的部分，衡量了理想的愿景与赤裸的史实之间存在的鸿沟。 ——《华尔街日报》

怀特黑德以巧妙精练的笔法写出了一个人间炼狱，小说的风格与其说是在炼狱中咆哮，不如说是冷静地描绘地狱图景。他不时以几行字的妙笔写下了一个人所能经历的所有悲惨。 ——《波士顿环球》

这部小说的力量在于它的表达——多变且冷静，《地下铁道》有强烈的暴力色彩，却不像托尼·莫里森，怀特黑德常常避而不宣。在那些悲怆至极的时刻，叙述者礼貌地回避了他的叙述。怀特黑德形容道："那样可怖的行为真的很难被现代人所理解。"但在他的沉默中，这样的行为变得越发恐怖……叙述的空白推动读者自己填补。我们想象中那些曾经发生过的恐怖，也成了构建这些恐怖想象的参与者。 ——《新共和》

《地下铁道》瓦解了我们对于过去的特定观念，同时也将历史的连接延展至我们身处的时代。

——《华盛顿邮报》

与其他经典之作一样，怀特黑德的小说摆出一副优美的姿态，由此提出不仅是对历史，还是对当今，同时也是小说本身的疑问。这是一本伟大的书。

——《每日新闻》

一本引人入胜和撕心裂肺的小说。

——《星期日时报》

这是一部极富自信、内涵丰富的好作品，不论是从文学素养的角度抑或是道义原则的角度上来说，它都傲立于当下的书市中。这部作品之所以伟大，主要体现在还原历史情境、诉说人类情感以及一位作家表达真理的决心上。不仅仅是美国读者应该读它，世界范围内的读者也应该拿起这本书。我相信它会被世界范围内的读者所喜爱。

——《爱尔兰时报》

算得上是今年读过作品中最好的一本，怀特黑德并未借用这段历史来刻意煽情，反倒是小说质朴冷静的笔法让它得以实现会心一击的效果。

——萨拉·沙菲

有关逃亡、奉献、拯救的绝佳故事。

——斯蒂芬·金

为了茱莉

目 录

THE
UNDERGROUND
RAILROAD

Ajarry

阿贾里

西泽第一次去找科拉谈北逃的事，她说不。

　　这是她外婆在发声。科拉的外婆以前从未见过海洋，直到那个明亮的下午，在维达港[1]，从要塞的地牢一出来，只觉得水光炫目。他们此前关在地牢里，等着轮船抵岸。达荷美人的突袭队先绑走了男人，又在下一个月明之夜返回她的村庄，掳去妇女小孩，两个两个地上了镣子，一路步行，押往海边。当阿贾里凝视着黑色的门道，还以为下到那黑黢黢的地方，就能和父亲重聚。同村活下来的人告诉她，她父亲跟不上长途跋涉的步伐，奴隶贩子便拿大棒敲他脑壳，又把他的尸首丢在路旁。她母亲好几年前就死了。

　　在前往要塞的长路上，科拉的外婆几次易主，由一个奴隶贩子卖给另一个奴隶贩子，换取货贝和玻璃珠。不好说他们在维达为她付了多少，因为她是批发来的，八十八口人，换了六十箱朗姆酒和火药，这个价格是用海岸英语，经过一番标准的讨价还价才告达成。比起小孩，健全的男子和有生育能力的女人往往卖得更高的价

---

[1] 维达位于西非的达荷美（今称贝宁共和国）。——译者注，下同

钱，因此单价很难计算。

南尼号是从利物浦出发的，之前两次经停黄金海岸。船长把买来的东西打散，就是不想让自己跟一船同文同种的货物同行。要是他的俘虏都说同一种语言，谁知道他们会酿成怎样的暴动？横渡大西洋之前，利物浦是这条船最后一个停靠港。两个黄头发的水手划着小艇，把阿贾里送上大船。白皮肤像白骨头。

底舱有毒的空气，幽闭的昏暗，还有那些和她拴在一起的奴隶发出的尖叫，都在图谋着把阿贾里逼向疯狂。因为她还年幼，掳掠者们没有马上在她身上发泄欲望，但到底还是有些更老练的伙计，把她从关了六个星期的底舱拖进了走廊。她在前往美国途中两次试图自杀，一次是拒绝进食，接着又投海。两次都遭到水手的阻拦，这些人对奴隶的打算和意图了如指掌。阿贾里想纵身跃出船外，却连船舷都没够着。她那皮笑肉不笑的样子，凄凄惨惨的神态，暴露了她的意图，她之前的奴隶成千上万，看穿她易如反掌。从头到脚上了镣子，从头到脚，受着成倍增加的苦难。

在维达港拍卖时，尽管他们努力不让人家把他们分开，但她其余的亲属还是让维维利亚号快帆船上的葡萄牙商人买走了，再次有人看见那条船已是四个月后，它在离百慕大十英里的海上漂流。瘟疫吞噬了船上的一切。政府放火烧船，望着它爆裂，沉没。科拉的外婆对那条船的命运一无所知。终其余生，她都在想象表亲们去了北方，为慷慨而仁慈的主子做工，从事着比她自己多些慈悲的生计，织啊，纺啊，不用下地干活。在她的故事里，伊赛、西多和其他人反正都赎了身，脱离奴役，在宾夕法尼亚城过上了自由男女的生活，她有一次偶然听到两个白人谈论那个地方。阿贾里背负得太重，压得她要裂成一千块碎片时，这些幻想给她带来了安慰。

科拉的外婆又一次被卖，是在沙利文岛的传染病院待满一个月后，医生证明她和南尼号的其他货物没有疾病。交易所又迎来了一个忙碌的日子。大型拍卖总能招来光鲜亮丽的人群。来自海岸各地的商人和掮客聚集在查尔斯顿，检查货物的眼睛、关节和脊柱，对性病和其他让人苦恼的东西严加防范。拍卖师高声叫嚷，而成群的看客在咀嚼新鲜的牡蛎和热乎乎的玉米。奴隶们赤身裸体，站在平台上。竞价大战围绕着一群阿散蒂族[1]的青年展开，这些非洲货的勤劳和肌肉组织扬名在外，一个石灰石采矿场的工头做成了一笔令人震惊的交易，买下了一堆黑娃子。科拉的外婆在看客中间瞧见一个小男孩在吃冰糖，弄不清他把什么东西往嘴里放。

就在日落之前，有位中间商花两百二十六美元买下了她。她理当卖出更高的价钱，但这段时间少女供过于求。他那身衣服是用她这辈子见过的最白的布料做成的。好几个镶有彩色石头的戒指，在他的指头上闪闪发光。他捏她的乳房，查验她是不是已经进入花季，金属碰触到她的皮肤，她感觉冰凉。她被烫上了火印，这既不是头一次，也不是最后一次，然后人家把她和当天其余采购所得拴在一起。这一队奴隶连夜启程，踏上前往南方的长路，跟随商人的

---

[1] 阿散蒂人主要居住在加纳中南部，曾是该国历史上最强大的民族之一。

单座轻马车，蹒跚前行。此时南尼号正在返回利物浦的途中，满载着糖和烟草。甲板下面没有那么多的尖叫了。

你一定以为科拉的外婆受了诅咒，在接下来的几年里，有那么多次她被卖掉，换出去，再卖掉。一个个主人以令人吃惊的频率走向破产。她的第一个主人受了骗，有人兜售一种设备，清花的速度两倍于惠特尼轧花机[1]。图表很有说服力，可是到了最后，根据治安法官的一纸判令，阿贾里成了又一份变卖的资产。交易草草完成，她好不容易换得了两百一十八美元。而这次价格下跌，实系当地市场的现实状况使然。另一位主人因水肿而归西，于是他的寡妇办了一场家产甩卖，以募集盘缠，返回欧洲老家，老家是干净的。有三个月的时间，阿贾里成了一个威尔士人的财产，但是到了最后，此人因为一局惠斯特牌戏，把她和另外三个奴隶，还有两头猪统统输掉了。这些事不一而足。

她的价格上下波动。当你那么多次被卖，这世界就在教你多加注意了。她学会了迅速适应新的种植园，分得清哪些人是往死里揍黑鬼的，哪些人只是心狠，也知道谁懒惰、谁勤快、谁是告密的、谁守口如瓶。那些邪恶程度不等的男主人和女主人，那些财力和志向天差地别的种植园。有时园主一无所求，只想借以维持生计，但也有志在拥有世界的男男女女，好像这种事只关乎种植面积的大小。两百四十八美元、两百六十美元、两百七十美元。不管她去哪

---

[1] 惠特尼轧花机以其发明人伊莱·惠特尼（1765—1825）得名。

儿，都是糖和靛蓝，只有一次，她在又被卖掉之前，叠过一个星期的烟叶。有商人造访烟草种植园，寻找育龄奴隶，最好牙齿不缺，性格柔顺。她现在是个女人了。她卖出去了。

她知道白人科学家能够看穿事物的表面，借以了解它们怎样运行。群星贯穿整夜的移动，体液在血液里的相互配合。气温合适，才能收获健康的棉花。阿贾里拿自己黑色的身体搞起了科学，累积观察所得。每件东西都是有价钱的，而一旦价钱起了变化，其他的一切也都随之改变。破葫芦就不如装水的葫芦值钱；钩子上留着鲶鱼，比脱落了钓饵的鱼钩更加珍贵。美国怪就怪在人是东西。手里有个经不起跨洋旅行的老头，那你最好赶快割肉止损。一个来自良种部落的青壮男子，会让买家争得头破血流。能下崽的奴隶少女好比铸币的工厂，是能生钱的钱。如果你是一件东西，不管是大车、马，还是奴隶，你的价值便决定了你的前途。她知道自己的位置。

最终，佐治亚州。一位兰德尔种植园的代理人用两百九十二美元将她买下，哪怕她眼底新添了木然，看上去头脑简单。终其余生，她在兰德尔的地里再没松过一口气。她到家了，在这座四顾茫然的孤岛之上。

科拉的外婆有过三个丈夫。她偏爱宽肩大手，老兰德尔也是如此，不过主人和奴隶对劳力的见解并不相同。两座种植园备奴充足，北半区有九十头黑鬼，南半区有八十五头。阿贾里通常能挑来上品。如果无从选择，她便耐心等候。

她第一个丈夫养成了对玉米烧酒的强烈渴望，又开始把一双大手变成大号的拳头。他们把他卖到佛罗里达的甘蔗园去了，阿贾里看着他在路上渐渐消失，并不伤心。她接着跟南半区一个甜美的男孩交往。他后来染上霍乱死了，但活着时很喜欢给她讲《圣经》里的故事。他从前的主人在碰到奴隶和宗教的关系问题时，显然更为开明。她喜欢那些故事和寓言，认为白人蛮有道理：谈论灵魂得救能让一个非洲人得到思想。可怜的含的儿子。[1] 她最后一个丈夫因为偷蜂蜜，两只耳朵被钻了洞。伤口流脓不止，流到最后，他一命呜呼。

　　阿贾里跟这些男人生了五个孩子，五个都生在木屋里，在木板子上的同一个位置呱呱落地，他们要是犯了错，她就指着那个地方：你们就是打那儿来的，要是不听话，我就把你们塞回去。如果学会了对她服从，那等到将来，也许他们就能对所有的主人服从，这样才能活命。两个孩子害了热病，悲惨地死了。一个男孩踩在生锈的犁头上玩，结果割伤了脚丫，败坏了血液。她最小的孩子叫工头拿木块打了脑袋，再也没有苏醒。一个接着一个。有个老婆子告诉阿贾里，最起码他们没被卖掉。这倒是真的——那时候兰德尔很少卖小崽儿。你知道你孩子会死在什么地方，也知道他们怎么个死法。只有一个小孩活过了十岁，那就是科拉的妈妈，名叫梅布尔。

---

[1] 据《旧约·创世记》，挪亚生三子：闪、含、雅弗，日后各自成为亚、非、欧三洲的祖宗。含生四子：古实、麦西、弗、迦南。含因为看见父亲的下体，而使迦南受到挪亚的诅咒："必给他弟兄做奴仆的奴仆。"又有具体的诅咒：做闪的奴仆和雅弗的奴仆。

　　阿贾里死在了棉花堆里，一团团棉铃在她周围飘忽游荡，宛如怒海之上翻卷的白浪。她是老家村子里活到最后的一个，现在因为脑袋里的一个肿块，昏倒在成排的棉株当中，血从鼻子喷涌而出，嘴唇糊满了白沫。除了这儿，好像她本来能死在任何地方。自由是留给别人的，留给往北一千英里、熙熙攘攘的宾夕法尼亚城的公民。从遭到绑架的那天夜里开始，她一直被人估价了再估价，每天都在更多的责骂下醒来。知道自己的价值，你就知道自己在等级次序中的位置。逃离种植园的地界，就是逃离基本的生存原则：毫无可能。

　　那个礼拜天的晚上，西泽来找科拉，谈起地下铁道的时候，外婆的这些话声声入耳，于是她说了不。

　　过了三个星期，她同意了。

　　这一次发声的是她母亲。

THE
UNDERGROUND
RAILROAD

Georgia

佐治亚

赏格三十美元

黑种少女，名叫**莉齐**，本月五日从家住索尔兹伯里之具名人处脱逃。据信该少女现在藏身于斯蒂尔夫人种植园附近。有擒献该少女，或提供线索，报告她在本州容身之监狱，本人定将支付上件赏格。特此告诫一切人等，窝藏该名少女，当依法治罪。

W. M. 狄克逊

一八二〇年七月十八日

乔基的生日每年只有一两次。他们想搞一回适当的庆祝。这历来是在星期天的下午，他们的半天工作日。三点钟到了，工头发出收工的信号，北种植园赶紧投入准备，手忙脚乱地做起杂务。修修补补，清除苔藓，堵住屋顶的裂缝。一切以宴会为重，除非你获准外出，进城卖手工艺品，或多打一份零工。就算你不想赚外快——不会有人真心不想——但身为奴隶，也不可能放肆到告诉一位白人你不能工作。别说什么这是某个奴隶的生日。人人都知道黑鬼没有生日。

　　科拉坐在自家地块边沿的一块槭木上，从指甲缝里抠着泥土。只要有可能，她会带着芜菁和青菜去生日宴会，但今天毫无收获。有人在小路那边喊叫，大概是个新来的男孩，还没有完全被康奈利驯服。叫声打断了争吵。这声音更像撒泼而不是出于气恼，但十分响亮。如果大伙已经憋了一肚子气，这个生日就有的瞧了。

　　"要是你能选择自己的生日，你选啥？"小可爱问道。

　　科拉看不见小可爱的脸，因为大太阳就在她身后，但她知道朋友现在什么表情。小可爱并不复杂，晚上还有一场庆祝。这些难得的娱乐活动总是让小可爱喜不自胜，不管是乔基的生日还是圣诞节，又或者是某个收获之夜，只要两手不残，人人都要彻夜采摘，兰德尔也会叫工头分发玉米烧酒，保持大伙的心气儿。这是劳动，但月光下没问题。头一个告诉小提琴手拉琴的就是这姑娘，头一个跳舞的也是她。她老想把科拉从围观的那一堆里拽出来，科拉不愿意她也不管。好像她们要手拉手，一圈圈地旋转，好像每转一圈，小可爱都能捕获一个男孩的目光，好像科拉也要跟着她做。但是科拉照例挣脱开了，从来不肯加入。她只是看。

"跟你说过我是什么时候生的了。"科拉说。她生在冬天。她母亲梅布尔成天抱怨生下她多么艰难。当天早晨罕见地下了霜冻，狂风凄厉地号叫，吹进木屋的每个缝隙。妈妈好多天流血不止，康奈利懒得去请大夫，直到她变成半奴半鬼的模样。科拉偶尔心神恍惚，把这故事幻化成了记忆，鬼魂的面孔出没其中，所有死掉的奴隶都在，俯视着她，表情里满是爱和娇纵。即便那些让她恨的人，那些在她母亲走了以后踢过她的人，或是偷过她食物的人。

"要是你能选呢？"小可爱问。

"没的选。"科拉说，"又不是你能决定的。"

"你最好改改脾气。"小可爱说。她一跺脚走了。

科拉揉着小腿肚，谢天谢地，这两只脚得了空闲。不管有宴会还是没宴会，每个星期日，他们的半天劳动结束之后，科拉都会到这儿来，在自己的座位上歇个脚，找些小修小补的事来做。每个星期，她有几个小时属于自己，可以用来扯扯杂草，捉捉毛虫，给青果间间苗，再对有意入侵自己领地的一切人怒目而视。照看地块既是必要的护养工作，也是一个信号，表明在那天动过斧子之后，她这一腔热血还没有失掉。

她脚边的沙土是有故事的，这是科拉知道的最古老的一个故事。当年阿贾里经过长途跋涉，来到种植园，不久便在此耕种，那时这块地还满是沙土和矮树，就在她小屋的背后，一溜儿奴隶营区的尽头。远处是田野，再往远便是沼泽。后来有天夜里，兰德尔做了个梦，目光所及，一片白色的海洋，于是他把庄稼从稳定可靠的靛蓝换成了海岛棉。他在新奥尔良签下新的合同，跟投机商握了手，这些人背后有英格兰银行鼎力相助。钱来了，数量空前。欧洲求棉若渴，需要大量供应，五百磅的大棉包，一包又一包。小伙子们有一天把树都伐掉了，晚上从地里回来，又劈净树干，准备盖一排新的木屋。

科拉现在看着木屋，大伙进进出出，忙着做准备。她很难想象这十四间小房落成之前的情形。凭着每一处显出破旧的地方，凭着每踏一步便从木头深处发出的怨诉，这些木屋带着一种怎么也去不掉的特质，一如西边那些小山，一如把种植园一分为二的小河。木屋散发出经久不衰的气息，又反过来，进入那些在屋里活、在屋里死的住户心中，唤起一种永无止境的情感，那是嫉妒和怨恨。要是在老木屋和新木屋之间，他们留出了更大的空地，这些年来的种种不幸想必会减少很多。

　　白人和白人在法官面前争执，为的是几百英里之外一块块已经
在地图上瓜分完成的大宗地产。奴隶和奴隶带着同等的热情争斗，
为的是他们脚下巴掌大的地块。木屋之间窄窄的一条空地，可以拴
一只羊，盖个鸡窝，种点儿吃的，在每天早晨伙房分发的糊糊之外
填一填肚子。糊糊也得先去的人才领得到。如果兰德尔，后来是他
的两个儿子，动了卖掉你的念头，那么不等合同干透，某个奴隶就
会把你的地块抢走。如果邻居看见你在那儿享受夜晚的宁静，面带
微笑，甚或哼起小曲，或许会让他心生歹意，使出各种恐吓的招
数，百般挑衅，把你从自己的地上逼走。谁会听你的申诉呢？这儿
又没有法官。

　　"我妈可不会让人家动她的产业。"梅布尔告诉女儿。说是产
业，简直是开玩笑，因为阿贾里的领地最多三码见方[1]。"她说只
要他们多看一眼，就拿锤子凿烂他们的脑壳。"

　　外婆对另一个奴隶动武的画面，与科拉记忆里那个女人的形象
可不相符，可是一旦由自己来照看地块，她就理解了那幅画面的真
意。阿贾里看守着自己的园子，经历了繁荣的转变。兰德尔家决定
不再固守西边，而是到外面试试运气时，便买下斯潘塞家的农场，
扩张到了北边。他们接着买下南边的种植园，将庄稼从稻米换成棉
花，每一排都增加了两座木屋，但阿贾里的地仍然留在中心位置，
纹丝不动，像个树桩子一样，深深地扎下了根。阿贾里死后，梅布

———————

[1] 3平方码约合 2.5 平方米。

尔接手，不管自己喜欢什么，她还是打理番薯和秋葵。科拉一接手就出了乱子。

梅布尔消失之后，科拉便举目无亲了。十一岁，十岁，大概吧——现在没人说得清。在科拉的震惊当中，世界褪化成了灰色的印象。去而复返的第一种颜色，是在她家的地上，泥土的红褐色喷薄而出。这唤醒了她对人、对物的知觉，她决定牢牢守住自己的地界，哪怕她还年幼，瘦小，也不再有人照料。梅布尔寡言少语，性格倔强，因此吃不开，但大伙尊敬阿贾里。她的幽灵提供了保护。兰德尔家最早的一批奴隶当中，大部分不是死了，就是被卖掉了，有些各想各的法子，跑了。对外婆忠诚的人还有没有留下来的？科拉把村里人挨个儿数了一遍。一个也没有。他们全死了。

她为土而战。有些小害虫，太小，还不足以真正为害。科拉喝跑那些正在践踏嫩苗的小孩，为他们挖了她的番薯枝而冲他们叫喊，口气跟她在乔基的宴会上发号施令，组织他们赛跑和做游戏时一样。对待他们，她有一副好脾气。

但是觊觎者环伺左右，比如阿娃。科拉的母亲和阿娃从小在种植园里一块长大。兰德尔用同样的殷勤作践她俩，滑稽表演成了再熟悉不过的家常便饭，简直像天气一样司空见惯，其怪异和丑陋都超乎想象，以至于穷尽脑力也无法理解。这样一种经历，有时把两个人的命运拴在一起，有时又因为一个人的软弱无力而遭受的耻辱，让所有的目击者变成了敌人。阿娃和梅布尔合不来。

阿娃长得结实，强壮，两只手快得像棉口蛇。速度快有利于采摘，有利于噼里啪啦地抽她家几个小崽子的嘴巴，惩罚他们的懒惰和别的过错。她心疼自己的小鸡胜过那些小孩，又对科拉的领土垂涎，一心扩大自家的鸡笼。"真是浪费。"阿娃边说边用舌头轻点牙床，啧啧有声，"统统归了她。"阿娃和科拉每晚相挨着睡在阁楼，虽然她俩和另外八个人在上面挤着睡，但阿娃的每一种沮丧，科拉都能透过木头辨得清清楚楚。这女人的呼吸湿漉漉的，带着怒气，酸臭。不管她什么时候起来撒尿，都必定要跟科拉找找碴儿。

"现在你到伶仃屋去吧。"摩西有天下午告诉科拉，当时她上工，打完棉包才回来。摩西和阿娃做了一笔交易，使用了某种类似于钱的物品。自从康奈利由雇工升任工头，做了监工的打手，摩西便自告奋勇，当上了木屋内外种种阴谋行为的中间人。诚然，田间地头的秩序需要维护，而有些事情白人无从下手。摩西劲头十足地接受了新的角色。科拉认为他有一张卑鄙的脸，活像汗津津的短粗树干上长出的一坨树瘤。摩西暴露出了本性，她并不吃惊，日久见人心。就像天光放亮，一切昭然。科拉慢吞吞地走向伶仃屋，那是他们放逐苦命人的地方。没有地方讨还公道，没有法律，就算有，这法律也是每天都在重写着。有人已经把她的东西搬过去了。

没人记得到底是哪个不幸的人，把自己的名字借给了这幢木屋。他想必活得足够长久，才能赶在被自身的特色吞噬之前，把它们体现得淋漓尽致。落难伶仃屋，与那些被监工的惩罚弄成跛子的人为伍；落难伶仃屋，与那些被你能看到和不能看到的各种方式累断了脊梁骨的人为伍；落难伶仃屋，与那些错乱了神志的人为伍；落难伶仃屋，与无家可归者为伍。

那些已经毁掉的男人，只剩下一半的男人，首先住进了伶仃屋。然后女人们也住进来了。白色的男人和棕色的男人狂暴地利用这些女人的身体，她们的小孩生下来就发育不良，皱巴成一团。不断的殴打，打得她们脑子里没了理智。她们在黑夜里一遍又一遍叫着死去小孩的名字，伊娃呀、伊丽莎白呀、纳撒内尔呀、汤姆呀。科拉蜷缩在大屋的地板上，害怕得不能入眠，身边就是他们，那些凄惨的活物。她责怪自己是个死脑筋，哪怕她对此一点儿办法也没有。她凝视着一个个黑暗的影子。火炉，加固阁楼的横梁，挂在墙钉上的工具。这是她头一次离开出生的木屋，到外面过夜。一百步等同一百里路。

阿娃实施下一步的行动计划只是时间早晚的问题。还要跟老亚伯拉罕竞争。老亚伯拉罕其实一点儿也不老，但自打他第一次学会坐着，就表现出了看谁都不顺眼的长者风范。他没什么计划，他一门心思要让那块地消失。为什么他和所有人都要尊重这小丫头的主张，就因为她外婆曾经在这儿踢过沙子翻过土？老亚伯拉罕可不是个拘泥传统的人。他已经因为搞阴谋诡计被卖了太多次，因此他的话没什么分量。在很多个场合，科拉因为杂七杂八的事从旁边经过时，都不小心听到老亚伯拉罕正在为她那块地游说呢。"统统归了她。"三码见方的地，全都归了她。

　　然后布莱克来了。那年夏天，年轻的特伦斯·兰德尔开始履职，为将来他和哥哥接管种植园的那一天做准备。他从南北卡罗来纳买来一群黑鬼。如果中间商没诓他，那么其中有六个是芳蒂族和曼丁戈族的，[1] 他们的身体和禀性生来就对干活充满了渴望。布莱克、泡特、爱德华和其他人一起，在兰德尔的地界上组成了自己的部落，互相帮衬，非我族类，不得染指。特伦斯·兰德尔公开表明他们是他的新宠，康奈利则确保每个人把这一点牢牢记住。你得明白，在这些男人心情不好的时候，或是星期六晚上他们喝光苹果酒之后，你最好远远地躲开。

　　布莱克是棵大橡树，一个吃双份口粮的壮汉。他很快证明了特伦斯·兰德尔的投资多么明智。这样一头大种马，光他的崽子就能卖出好价钱。布莱克跟弟兄们和任何敢叫板的人摔跤，已经成了频繁上演的一景，脚步锵锵，尘土漫天，当仁不让的征服者从中浮现。劳动时，他的声音在田间地头轰鸣，这时候，就连最瞧不上他的那些人也禁不住跟他一道唱起来了。这男人生性卑劣，可他身体里发出的声音，倒让劳动省了不少的力气。

　　经过对北半区几个星期的嗅探和评估，布莱克认定科拉的农场

---

[1]　芳蒂人居住在加纳南海岸。曼丁戈人又称曼德人或马里人，主要居住在苏丹西部的热带草原高地。

最适合拴他的狗。有阳光，通风，近便。布莱克是在一次进城途中，把这条杂种狗诱哄到手的。狗留下来了，布莱克上工时，它就在熏肉房周围转悠，在忙碌的佐治亚的夜里，但凡有点儿响动，都会惹来它一通狂吠。布莱克懂点儿木匠活儿，跟通常的情形不同，这倒不是贩子们为了抬高他的卖价而说的谎。他给自己的杂种狗造了一座小房，成心招引别人的恭维。赞扬出自真心实意，因为这狗舍是件漂亮的手艺活儿，比例适中，角度端正。还有一扇装了合页的门，后墙上有剪贴，是太阳和月亮。

"这宅子不错吧？"布莱克问老亚伯拉罕。自从来到这儿，布莱克对他有时让人受用不尽的大实话已经颇为看重。

"巧夺天工！那里面是小床吗？"

布莱克确实缝了一个枕套，里面塞了干苔藓。他已经认准木屋前的菜地最适合狗屋。他对科拉一直是视而不见的，现在却在她走近的时候主动寻找她的目光，以此发出警告，她不再是隐身的了。

科拉想讨回别人欠母亲的几笔债务，她知道的那几笔。他们一口回绝。比如那个叫博的女裁缝，有一次发烧，是梅布尔照料她恢复了健康。梅布尔把自己那份晚饭给了她，还用青菜根混着青菜汁，一勺勺喂进她不停打战的嘴巴，直到她再一次睁开眼睛。博说，债她已经还过了，而且还多还了呢。她还告诉科拉滚，滚回伶仃屋去。科拉记得，那次有些农具不见了，是梅布尔为卡尔文打掩护，提供了不在场的证明。康奈利在用九尾鞭抽人方面颇有心得，倘若不是梅布尔为卡尔文捏造说辞，他脊背上的肉非得叫康奈利一条条地打飞不可。如果康奈利发现梅布尔撒谎，她的下场肯定也一样。晚饭后，科拉悄悄找到卡尔文：我需要帮助。他叫她走开。梅布尔说过，她从来没发现他拿那些工具要派什么用场。

没过多久，布莱克的意图便人人周知了。有天早上，科拉一醒来，侵犯的事便临了头。她离开伶仃屋去察看菜园。那是个凉飕飕的清晨。一缕缕白色的雾气在地表盘旋。她在那儿看到了——那是她第一拨卷心菜的遗骸。藤蔓纠结，已经枯干，堆积在布莱克木屋的台阶旁边。地已经叫人翻过了，踏平了，变成了为杂种狗的房子修造的上佳的场院，狗屋坐落在她那块地的中央，仿佛种植园心脏地带一座富丽堂皇的大宅。

狗从门里探出头，好像知道这原本是科拉的地盘，所以刻意表现得无动于衷。

布莱克走出木屋，抱起双臂。他一口啐在地上。

人们聚集到科拉视野里的各个角落：一个个黑不溜秋的影子，满嘴的流言和责骂。瞧她，她妈跑了，她被赶进了贱人屋，谁也不上前帮帮她。现在这男人，一个身量三倍于她的彪形大汉，把她的地夺走了。

科拉一直在琢磨对策。要是再过些年，她可能会求助于伶仃屋那些女人或小可爱，可这是当时呀。外婆曾经警告，谁敢在她的地盘上胡来，她一准给那家伙开瓢儿。这种做法似乎超出了科拉的能力。过了一阵儿，她走回伶仃屋，从墙上摘了一把斧头，她睡不着觉的时候老盯着看的那把斧头。从前的住户留下来的，那些人一个个走到了悲惨的结局，要么是肺痨，要么被鞭子活活地剥了皮，要么就是五脏六腑拉了一地。

此时消息已不胫而走，看热闹的在木屋外徘徊，歪着脑袋，充满期待。科拉从他们身边大步走过，弓着背，好像逆风而行。没人出手阻拦，因为这一幕实在过于离奇。她第一斧砸掉了狗舍的屋顶，狗儿发出一声尖叫，尾巴差一点被劈成两截。它咻溜一下躲进了主人的木屋。她第二斧重创了狗舍的左墙，最后一击终结了小房的苦难。

她站在那儿，喘息不停。双手握着斧头。斧在空中舞动，置身于和幽灵的决战，但这小丫头没有退缩。

布莱克攥起双拳，一步步逼近科拉。小厮们跟在身后，个个绷得紧紧的。然后他停住了。此时此刻，在这二位——壮硕的大小伙子和纤细的小女孩之间发生的事，就成了谁能占得上风的问题。据木屋周围第一排观众所见，布莱克的脸因为惊讶和焦虑而扭曲了，活像某个一头撞进了大黄蜂领地的人的脸。那些站在新木屋旁边的人看到，科拉的目光左奔右突，仿佛在掂量一彪来犯的人马，而不只是一个男人。一支她无论如何也要迎战的大军。不管场面如何，重要的是一个人通过体态和表情传达给另一个人，并且被另一个人解读的信息：你可以打败我，但你一定会为此付出代价。

他们对峙了一会儿，直到艾丽斯摇响早饭的铃铛。谁也不想放弃自己那口糊糊。趁着大伙从地里进屋的当儿，科拉清理了地块上乱七八糟的东西。她把槭木块翻过来，这原本是某个建筑活儿丢弃的废料，现在成了她空闲时的栖木。

如果说在阿娃暗地里使坏之前，科拉跟伶仃屋还不般配的话，现在她般配了。它最声名狼藉的住户，也是年头最长的一个。劳作终于毁灭了跛脚的——历来如此——那些神志处在失常状态的不是被便宜卖掉，就是拿刀割断了自己的喉咙。空缺是短暂的。科拉依旧。伶仃屋是她的家了。

她拿狗屋当了柴火。这让她和伶仃屋其他的人暖和了一夜，但狗屋的传奇从此给她打上了烙印，在她留在兰德尔种植园的日子里一直与她相随。布莱克和他那帮狐朋狗友开始搬弄是非。布莱克声称他在马厩后面小睡醒来，发现科拉拿着斧头站在那儿，冲他哭个没完。他是个天生的模仿者，用手舞足蹈给这故事增添了不少卖相。一旦科拉胸前开始萌芽，布莱克那一伙里最不要脸的爱德华便开始吹牛，说科拉冲他撩裙子，做出淫荡的暗示，他拒绝之后，她便威胁剥掉他的头皮。年轻的女人们窃窃私语，说瞅见她趁着满月，悄悄从木屋一带溜走，跑到树林子里，跟驴子和公羊通奸。有人发现后面这个故事不太可信，但还是认可了它的用途，它把那个怪异的女孩挡在了受人尊敬的圈子之外。

科拉初潮而花开的事为人所知后没过多久，爱德华、泡特和南半区的两个工人便把她拖到了熏肉房后。要是有谁看见或听见，他们也没干涉。伶仃屋的女人们给她做了缝合。此时布莱克已经跑掉了。也许是因为那一天见识过她的面孔，他早就告诫自己的弟兄小心遭到报复：你一定会为此付出代价。可是他跑了。在她砸烂狗屋三年后，他跑掉了，在沼泽里藏了好几个星期。是他那条杂种狗的吠叫，给巡逻队指明了方位。如果不是因为他受的惩罚让科拉一想起来就不寒而栗，她一定会说，狗对他可真孝顺啊。

他们已经从伙房抬出了大饭桌，摆上了为乔基的寿宴准备的食物。这一头，有个下套捕猎的把他捉来的浣熊挨个剥皮；另一头，弗洛伦丝刮掉一堆番薯上面的泥土。火在大锅底下噼啪作响，呼啸有声。汤在黑锅里翻腾，小块的卷心菜围着忽上忽下的猪头互相追逐，一只猪眼在灰白的浮沫里游走不定。小切斯特跑过来，想抓一把豇豆，但艾丽斯拿长柄勺把他打跑了。

"今天什么都没有，科拉？"艾丽斯问。

"太早了。"科拉说。

艾丽斯简单地表示了一下失望，便接着去弄晚饭了。

谎话大抵就是这个样子吧，科拉想，然后把它暗暗记下。只是她的菜园不肯就范罢了。上一次乔基过生日，她贡献了两颗卷心菜，艾丽斯予以笑纳。但科拉犯了个错误，她离开伙房后又转身回去，正好瞅见艾丽斯把她的菜丢进泔水桶。她脚步蹒跚，走到阳光底下。难道这女人认为她的食物很脏吗？难道艾丽斯就是这样，把科拉五年来贡献的每样东西统统扔掉，就是这样对待每一颗芜菁疙瘩、每一串青果的吗？这是从科拉开始的，还是梅布尔或外婆？和这女人对抗无济于事。艾丽斯过去是老兰德尔的宠儿，现在受宠于詹姆斯·兰德尔，他是吃着她的百果馅饼长大的。苦难也有次序，苦难里填塞着苦难，你得随时留神。

再说兰德尔兄弟。打从詹姆斯还是小孩的时候起，艾丽斯厨房的款待就能让他得到抚慰，番荔枝可以缩短发作的时间，还能败火。他弟弟特伦斯有着不同的性格。厨娘一只耳朵旁边仍然有个节，那是特伦斯少爷对她的肉汤表达不悦时留下的印记。他那年十岁。从他刚学会走路时起，就有了这种征兆，等他猛然间长大成人并开始履职，他性格里种种更加令人反感的部分便结出了累累的果实。詹姆斯有着鹦鹉螺般的性情，埋首于个人嗜好；特伦斯却把每一种转瞬即逝的和根深蒂固的幻想都强行灌注到他的权力中去了。他有权如此。

在科拉周围，盆盆罐罐叮当作响，小黑崽子们吱哇乱叫，眼瞅着桩桩乐事就要登场。南半区那边呢？什么都没有。兰德尔兄弟几年前通过掷硬币，决定了两片种植园管理权的归属，如此一来，这一天才成为可能。在特伦斯的领地，这样的宴会就不会发生，因为弟弟在奴隶的娱乐活动上颇为吝啬。兰德尔家的两个儿子按照各自的性情管理所属的遗产。詹姆斯满足于当前时髦的作物提供的安全保障，以及缓慢而必然的财产积累。土地和侍弄土地的黑鬼提供了任何一家银行力所不及的担保。特伦斯更积极地寻找机会，总是千方百计增加发往新奥尔良的运量。他要榨干每一块钱的潜力。当黑色的血就是金钱，这个精明的商人知道怎样把血管切开。

男孩切斯特和朋友们捉住科拉，吓她一跳。但这只不过是孩子。赛跑的时间到了。科拉总是把小孩安排在起跑线上，让他们的脚对齐，让好动的保持安静，视乎需要挑一些出来，放进大孩子的比赛。今年她就把切斯特往上提了一个级别。和她一样，切斯特也是个无家可归的，他的父母在他没学会走路时就被卖掉了。科拉照看他。毛刺脑袋，红眼睛。过去半年他噌噌地往高里长，棉田在他轻盈的身体内部唤醒了某些东西。康奈利说，他有条件成为一流的采摘工，而他是很少夸人的。

"你得往快里跑。"科拉说。

他抱起双臂，脑袋一翘：用不着你告诉我。切斯特已经成了半大男人，虽然他自己还不知道。科拉看到，明年他就没法子参加比赛了，只能懒洋洋地斜靠在场外，跟朋友开开玩笑，搞搞恶作剧。

年轻的奴隶和年老的奴隶聚集到了马道两旁。没了孩子的女人们一点一点移开，用种种的可能和种种的绝不可能克制着自己。男人们挤作一团，交换着装苹果酒的罐子，感觉自己的耻辱慢慢消散。伶仃屋的女人很少参加宴会，但奈格能帮上忙，她跑前跑后，把溜号的小家伙们赶到一起。

小可爱站在终点当裁判。除了小孩子，人人都知道，只要能上手，她总是要对获胜者示爱。乔基也在终点坐镇，屁股底下的槭木扶手椅已经快要散架，大凡夜晚，他都会坐在这把椅子上看星星。一到生日，他就在小路上把椅子拖过来，拉过去，对以他的名义举办的各种娱乐活动给予适度的关切。赛跑者完成比赛就去找乔基，他拿一块姜饼放到他们掌心，而完全不看名次。

切斯特双手撑住膝盖，喘着粗气。他在快到终点的时候被人超过了。

"差一点儿就赢了。"科拉说。

男孩回答："差一点儿。"说完，他便去拿自己那份姜饼了。

比赛全部结束以后，科拉拍了拍老头的胳膊。你根本说不清他那双混浊的眼睛到底看见了多少。"您高寿了，乔基？"

"噢，我得想想。"他迷迷糊糊地睡着了。

她记得很清楚，乔基上次做寿时说他一百零一岁。他其实只有这个数字的一半，但这依然意味着在兰德尔家的两处种植园里，他是所有人见过的最老的奴隶。一旦你活到这个岁数，跟九十八或一百零八还有什么两样？没有什么能拿给这世界看的，只是残虐恶行的最后一块活化石罢了。

十六七岁。这就是科拉对自己年龄的估算。康奈利命令她找个丈夫已有一年。泡特一伙让她开始成熟也已两年。他们没有再次施暴，那天以后，便没有体面的男人拿正眼瞧过她，因为她称之为家的那座木屋，还因为关于她神志错乱的那些故事。她母亲离开已经六年了。

乔基有个很好的生日计划，科拉想。指不定哪个出其不意的星期天，乔基一醒，便宣布他要庆祝，事就这样成了。有时这日子正逢连绵的春雨，其他时间则在秋收以后。有些年他跳过去了，或忘记了，或是心里怀着些个人的愤懑，认为这种植园不配庆祝。没有人介意他的反复无常。有这两样就够了：他是大伙平生所见最老的有色人；他熬过了大大小小的白人策划和施加的一切折磨。他两只眼睛雾蒙蒙的，他一条腿是瘸的，他一只废掉的手永久地蜷缩着，仿佛仍然紧握着铁锹，但他是个活人。

白人现在不管他了。兰德尔老爷子对他的生日什么都没说，詹姆斯接手以后也没过问。监工康奈利每逢星期天都难得一见，因为这时候他肯定召了哪个奴隶姑娘，指定她做当月的老婆呢。白人默不作声。他们好像已经放弃，或认定一点小小的自由是最毒的惩罚，可以将真正自由的丰盛表现为饮鸩止渴的慰藉。

总有一天，乔基能选中自己正确的生日。只要他活得足够长久。如果这是真的，如果科拉也间或给自己选个生日，那么她兴许也能碰对自己的那一天。其实呢，说不定今天就是她的生日。可是知道你生在白人世界的日子又能怎么样呢？这好像不是什么有必要记住的事。最好还是忘掉。

"科拉。"

北半区的大部分人到伙房来是找吃的，但西泽只是为了消磨时间。眼前就是他。自从这男人来到种植园，她一直没机会跟他讲话。新来的奴隶很快就会得到警告，别招惹伶仃屋的女人。省事儿。

"我能和你谈谈吗？"他问。

一年半前的热病造成多人死亡以后，詹姆斯·兰德尔从一个游商手里买下了西泽和另外三个奴隶。两个女人在洗衣房干活，西泽和普林斯下地帮工。科拉见过他削木头，用一套弯曲的刻刀在松木块上挖弄。他没有和种植园里更让人讨厌的那伙人厮混，但她知道，他有时跟一个名叫弗朗西丝的女仆搞在一起。他们还在同寝吗？小可爱肯定知道。别看她还是女孩，却对男女之事和行将发生的配对保持着密切关注。

科拉感觉要端庄一些。"你有什么事吗，西泽？"

他不担心隔墙有耳。他知道没人，因为他都计划好了。"我要回北方去。"他说，"很快。逃跑。我想要你也来。"

科拉很想知道是谁打发他来搞这种恶作剧的。"你去你的北边，我要顾着我的嘴边。"她说。

西泽抓住她一条胳膊，温和而急切。像他这个年纪所有下地干活的工人一样，他的身体瘦长而强壮，但他只是轻微地用了些力。他的脸圆圆的，鼻子扁平——她马上想起来他笑的时候有酒窝。她脑子里为什么保留着这样的记忆？

"我不想让你告发我。"他说，"非信任你不可。但我很快就走，我想要你一起。为好运气。"

这时她明白了。这不是对她搞的恶作剧。这是他对他自己搞的恶作剧。这孩子太单纯了。浣熊肉的味道把她拉回寿宴，她抽出胳膊。"我不想叫康奈利杀掉，也不想死在巡逻队手里，或是让蛇咬死。"

科拉端起自己的第一碗汤时，还是以斜眼看待他的蠢行。白人每天都在慢慢杀死你，有时杀得快一些。为什么要给他们行方便？

这种差事你是可以说不的。

她找到小可爱，但是没问她女孩子们对西泽和弗朗西丝的事都说些什么。如果他对自己的计划是认真的，那弗朗西丝就是寡妇了。

这是她搬到伶仃屋以后，男青年和她说话最多的一次。

他们为摔跤比赛点起火把。有人发现了存放玉米烧酒和苹果酒的地方，酒在人们手里依次传递，观众得以保持高昂的兴致。此时，住在其他种植园的丈夫们也赶到了，他们是来赴星期日的探亲之夜的约会的。步行了很多里路，有充足的时间用来幻想。所以有些妻子展望起婚姻关系的前景，可要比另外一些做妻子的觉得更幸福吧。

小可爱咯咯地笑着。"我想跟他摔个跤。"她边说边冲梅杰挤眉弄眼。

梅杰抬起眼睛，好像听到她说话一样。他果然是一等一的壮小伙儿。干活卖力，很少劳烦主子挥动皮鞭。因为小可爱的年龄，他对她礼貌有加，要是哪天康奈利给他俩配个对儿，想必也不会让人吃惊。这小伙子跟对手在草地上扭作一团。如果你肚子里有气，没法发泄到应得的人身上，那就只好互相发泄了。孩子们挤在大人中间偷看，打赌，哪怕自己没有任何东西可赌。他们现在能拔草，还跟着几伙捡破烂的一起劳动，但有朝一日，下地干活终将把他们锻造成大小伙子，和正在草地上扭打、缠绕的两个男人一样有劲。收拾他，收拾那小子，让他尝尝你的厉害。

当音乐响起，跳舞开始，他们对乔基的感激之情进一步提升。他又一次选对了做寿的日子。除了日复一日的奴役，他每天都能感受到一种人人都有的紧张，一种集体的恐惧。它不断积聚，增压。最后这几个小时却化解了许多愤懑。他们得以面对早晨的苦工，以及往后的一个个清晨、一个个长日，因为有了重新填注过的心气儿，哪怕它还是那么贫瘠，也因为有了一个可以回望的良宵，还有下一个可以期盼的寿宴。他们围成一圈，把人的精神留在里面，与非人的外界隔开。

诺布尔拾起铃鼓，轻轻敲响。他在棉田里是速度最快的采摘工，在棉田外则是让人开心的鼓动者；这两样聪明劲儿他统统带给了这个夜晚。拍手，摆臂，摇胯。有乐器，有演奏的人，但有时候，一把小提琴或一只鼓能把演奏者也变成乐器，一切都屈服于歌曲的奴役。在宴饮的日子，乔治和韦斯利拿起小提琴和班卓琴时正是如此。乔基坐在槭木椅子上，两只赤脚在土里打着节拍。奴隶们向前挪动，开始跳舞。

科拉没动。她担心有时在音乐拉拽之下，你会突然和某个男人相挨，却又不知道他可能要干什么。所有运动中的身体都获得了许可。可以拉过你，牵着你两手，即便这样做的时候带着正派的念头。有一次在乔基的寿宴上，韦斯利给大伙表演了一段他在北方学会的曲子，一种新的音乐，他们以前谁也不曾听过。科拉斗胆迈步向前，站到舞蹈者中间，闭眼，转圈，再睁开眼睛，赫然是爱德华，他眼里像着了火。即使在爱德华和泡特死了以后——爱德华因为往麻包里塞石头，压秤充量，被吊死了；泡特叫一只老鼠咬过，浑身黑紫，然后被埋到了地下——她仍然打消了松开自我束缚的念头。乔治拉着小提琴，音符旋转升腾，直入夜空，仿佛劲风吹起的火星。没人凑到跟前，把她拽进这活生生的疯狂。

音乐停了。众人围成的圆环碎裂了。作为一个奴隶，总有些时候要迷失于短暂自由的旋涡。如在垄沟，当一阵突如其来的幻想引起了波动；或在清晨，当一个梦的神秘慢慢展开。在一个温暖的星期日的夜晚，在一首乐曲的中间。然后它来了，一定会来的，那是监工的叫喊，是要你上工的召唤；那是主人的影子，是一个提醒：在永恒为奴的状态里，只有这微芒般的一刻，你还算是一个人。

兰德尔兄弟俩从大屋那边出现，到他们中间来了。

奴隶们朝两边散开，暗自计算着留出怎样的距离，才能表现出恐惧和尊敬。詹姆斯的男仆戈弗雷举着灯笼。据老亚伯拉罕所说，詹姆斯酷似其母，短粗如桶，而喜怒不形于色；特伦斯则像父亲，高大，天生一张猫头鹰的脸，随时准备着扑向猎物。除了土地，他们还继承了父亲的裁缝，此人每月登门一次，坐着快要散架的马车，带来亚麻和棉布的样品。兄弟俩小时候就是一样的打扮，成年后依旧如此。洗衣姑娘的手能洗到多干净，他们的白裤子、白衬衫就有多干净，橘红色的光映照着这两个男人，看上去就像幽魂，在黑暗里慢慢浮现。

"詹姆斯老爷。"乔基说。他用那只好手紧紧握住椅子的扶手，好像就要起身一样，可他没动窝。"特伦斯老爷。"

"别让我们打扰各位。"特伦斯说，"我哥哥和我正在商量生意上的事，然后听到了音乐。我告诉他，喧闹之甚，莫过于此了。"

兰德尔兄弟俩拿着雕花的高脚玻璃酒杯，还在喝，看上去已经干掉了几瓶。科拉在人群里搜寻西泽的脸。一无所获。上次兄弟俩一起出现在北半区时，西泽就没有露面。你要记往那些场合的各种教训才好。一旦兰德尔兄弟突然进入奴隶的营区，总是要出点儿什么事的。一件新事就要发生了，可你无法预知，直到它落在你头上。

詹姆斯把日常的运营交给了下人康奈利，他很少过来视察。也许他会答应陪人转转，比如某位访客、某位显要的邻人，或是附近地区某位好奇的种植园主，但非常少见。詹姆斯极少对自家的黑鬼训话，他们一直借着挨鞭子抽来受教，好不停歇地工作并忽视他的存在。特伦斯出现在哥哥的种植园时，往往要对奴隶挨个儿做一番评估，记下哪个男奴最能干，哪个女奴最好看。对哥哥的女人，他满足于色迷迷地打量一番，对自己那半边的女人，他可要大快朵颐了。"我喜欢品尝我的黑李子。"他说。他在成排的木屋间悄然巡行，看看有什么能激起他的幻想。他破坏夫妻间的情感纽带，有时在奴隶的新婚之夜登门拜访，给那做丈夫的演示一番履行婚姻义务的恰当方式。他品尝他的黑李子，就手把李子皮儿也弄破，留下自己的痕迹。

据信詹姆斯取向有别。与父亲和弟弟不同，他是兔子不吃窝边草的。偶有本县女人登门吃饭，艾丽斯总要煞费苦心，确保做出最奢侈、最诱人的晚餐。兰德尔夫人多年前便已过世，照艾丽斯的想法，女人是种植园里文雅的存在。每次都有几个月的时间，詹姆斯款待这些苍白的尤物，她们白色的四轮马车穿过泥泞的小径，驶向大屋。厨房的姑娘们一通傻笑，胡乱猜测。然后一个新的女人又将出现。

听从男仆普赖得福的谏言，詹姆斯将自己的性能量限定于新奥尔良一幢住宅的专用房间。鸨母心胸宽广，思想现代，精于人类欲望的发展轨迹。普赖得福讲的故事殊难尽信，哪怕他信誓旦旦，声称自己的情报得自那里的员工，他近年来跟人家走动得颇为热络。可是什么样的白人会欣欣然屈服于皮鞭呢？

特伦斯拿手杖在地上刮了刮。这本来是他父亲的手杖，杖端镶了银制的狼头。很多人记得它怎样撕咬过他们的皮肉。"然后我想起来了，詹姆斯告诉过我，他在这儿有个黑鬼，"特伦斯说，"能背《独立宣言》。我说什么也不相信。我觉得也许就在今天晚上，他能给我展示一下，既然大家都出来了嘛，听这动静就知道。"

"我们这就把它摆平。"詹姆斯说，"那小子在哪儿，迈克尔？"

没人说话。戈弗雷可怜巴巴地摇着灯笼。摩西足够不幸，管事的里头，就数他离兰德尔兄弟俩最近。他清了清嗓子，"迈克尔死了，詹姆斯老爷。"

摩西吩咐一个小黑崽子去叫康奈利，即便这会搅了监工大人周日晚间弄妾的好事。詹姆斯脸上的表情告诉摩西开始解释。

正在说到的这位迈克尔，他确有背诵长文的能力。据康奈利所讲，他是从卖黑鬼的贩子那儿听来的这个故事，迈克尔从前的主人对南美鹦鹉十分着迷，因此推断，如果能教一只鸟学会打油诗，那么教一个奴隶记点儿东西，八成也行得通。只消看一眼头骨的尺寸，你就知道黑鬼的脑子毕竟比鸟的大。

迈克尔是主人马车夫的儿子。他有一种牲口特有的聪明劲儿，你有时在猪身上也能看到。主人和他似乎前途无望的学生先从简单的小诗和英国流行诗人的短文开始。碰到黑鬼不懂的词汇，他们便放慢速度，实话实说，其实主人也只懂一半，因为他从前的家庭教师实系二流子，虽曾得到过体面的职位，但回回被人踢出门外，于是他暗下决心，把最后一个岗位当成马戏团，秘密地报复社会。一个是种养烟草的农民，一个是马车夫的儿子，他们创造了奇迹。《独立宣言》就是他们的丰功伟业。"一部反复重演的伤天害理和巧取豪夺的历史。"

迈克尔的能力从未超出客厅戏法的程度，只是在话题像往常那样转到黑鬼的低能时，站出来博来宾一乐。主人渐渐厌烦，便将这奴儿卖到南方去了。等迈克尔落到兰德尔手上，某些酷刑或惩罚已经变乱了他的心智。他是个平庸的工人。他抱怨噪音，抱怨模糊了记忆的黑色符咒。康奈利盛怒之下，把他残留的那点儿小脑子也打出来了。这是一顿压根就没想让迈克尔活下来的鞭子，它的目的达到了。

"应该早点儿跟我汇报。"詹姆斯说，他的不悦一目了然。迈克尔的背诵是个新奇的消遣，他曾两次牵出这头黑鬼，供客人赏玩。

特伦斯想戏弄一下哥哥。"詹姆斯，"他说，"你得好好盘点一下财产了。"

"别管闲事。"

"我知道你让奴隶狂欢，可我不知道他们这么放纵。你想让我当坏人吗？"

"别跟我装，特伦斯，好像你很在乎黑鬼怎么看你似的。"詹姆斯的酒杯空了。他转身要走。

"再来一曲，詹姆斯。这些声音已经把我迷住了。"

乔治和韦斯利孤零零的了。诺布尔和他的铃鼓已踪影全无。詹姆斯把两片嘴唇抿成一条窄缝。他做了个手势，两个男奴开始演奏。

特伦斯以手杖轻轻点地。看到人群时，他脸一沉。"你们不跳舞吗？你们非跳不可。你，还有你。"

他们没有等候主人的号令。北半区的奴隶们聚集在小路上，脚步犹疑，努力让自己融入原来的节奏，一一投入表演。自从对科拉百般骚扰以来，狡诈的阿娃并未失去佯装的力量，她大呼小叫，顿足捶胸，好像正值圣诞欢庆的顶点。给主人表演，借着伪装讨些小便宜和小油水，是一项熟悉的技能，渐渐入戏了，他们摆脱了恐惧。噢，他们蹦啊，跳啊，喊啊，叫啊！这必定是他们听过的最欢快的乐曲，乐师也必定是有色人种里最具才艺的演奏者了。科拉不情愿地迈进众人组成的圆圈，像所有人那样，每次转身都要看一眼兰德尔兄弟的反应。乔基两只手在腿上翻来覆去，打着拍子。科

拉发现了西泽的脸。他站在伙房的暗影里，表情淡漠。后来他不
见了。

"你！"

这是特伦斯。他把一只手举到面前，好像上面沾染了只有他能
看见的永恒的污点。这时科拉也看到了：一滴葡萄酒，就一滴，溅
在他漂亮的白衬衫袖口上。切斯特刚刚撞了他一下。

切斯特憨笑两声，赶紧给白人鞠躬。"对不起，老爷！对不起
呀，老爷！"手杖狠狠抽到他肩上和头上，一下又一下。男孩尖
叫，在地上缩成一团，抽打仍在继续。特伦斯的胳膊起起落落。詹
姆斯一脸倦容。

一滴酒。一种感觉涌上科拉的心头。自从拿斧子放倒布莱克的
狗屋，把它劈成碎片以后，她已经几年不曾受制于这种恶感的掌
控。她见过男人吊在树上，任由秃鹰和乌鸦啄食。女人被九尾鞭
打到露出骨头。活的身体，死的尸首，统统在火葬的柴堆上受着烧
灼。双脚砍去了，以防止逃跑；双手斩断了，以阻遏偷盗。男孩和
女孩遭受毒打，比眼前这个还要年幼，她看在眼里，却无能为力。
在这个夜晚，这种情感又一次涌入她心间，这种情感把她紧紧抓
住，在她身上为奴的那部分及时拽住她为人的那部分之前，她已经
做了肉盾，扑到男孩身上。她像一个沼地人对付毒蛇一般，一只手
抓住主人的手杖，随即看到杖头的装饰。银狼龇着满口的银牙。接
着，手杖脱离了她的掌心。它落到女孩头上。它又一次重重地砸下
来了，而这一次，银牙撕咬了她的眼睛，血溅了一地。

伶仃屋里的女人那一年有七个。玛丽是最大的一个。她来伶仃屋是因为老抽风。满嘴白沫,像条疯狗,在地上打滚,目光癫狂。她和另一个采摘工伯莎多年不睦,伯莎最后对她下了诅咒。老亚伯拉罕诉称,玛丽这病要往回说,从她还是小黑崽子的时候就有了,但谁也不听老亚伯拉罕的。这些抽风怎么看都不像她小时候发作过的样子。每次猛烈地抽搐过后,她重新醒转,糊涂,倦怠,于是因为工作不力而受到惩罚,惩罚之后的康复期导致进一步的工作不力。一旦工头看你不顺眼,那多半谁也没法子了。玛丽把自己的东西搬到了伶仃屋,以躲避木屋那些人对她的作践。她总是拖着脚走路,好像有人会使绊子一样。

玛丽在牛奶房上工,跟玛格丽特和丽达一起。在卖到詹姆斯·兰德尔手里之前,她们两个的身上缠绕了太多痛苦的经历,怎么也不能跟种植园的节奏合拍。玛格丽特总在不该出声的时候发出可怕的声音,动物的声音,最悲惨的哭号,最下流的毒誓。主人前来视察时,她用手捂住嘴巴,唯恐唤醒自己对苦难的记忆。丽达不注重个人卫生,不管劝告还是威胁,她毫不动摇。她很臭。

露西和泰坦尼娅从不讲话，前者是因为不想讲话，后者是因为从前的主人割掉了她的舌头。她们在伙房上工，听艾丽斯的使唤，她喜欢这样的助手：不爱整天唠叨，听她讲就行了。

那年春天，又有两个女人了结了自己的性命，比往年多，但也没什么大不了的。到了冬天，没有谁的名字还会给人记住，她们留下的印记着实太浅。剩下的就是奈格和科拉。她们侍弄棉花，从播种到采收，所有的环节一个不落。

这一天的劳动结束，科拉踉跄而行，奈格赶紧上前，把她扶住。她领科拉回伶仃屋去了。工头怒视着她们慢慢走出棉田，但没有吭声。科拉明显的疯态让她免遭随意的责骂。她们从西泽身边走过，他正跟一群年轻的工人在工棚边消磨时间，拿小刀刻着木头。科拉移开目光，在他面前板起脸，自从西泽提出建议，她一直都是这副样子。

乔基的生日已经过去了两个星期，科拉还没好利索。脸上遭到的重击一度让一只眼睛肿得睁不开，还给一侧的太阳穴造成了明显的创伤。肿块已经消失，但是银狼吻过的地方，现在留下了一个让人心悸的 X 形疤痕。很多天还在渗漏。这是宴会之夜给她留下的印记。更为糟糕的是第二天早晨康奈利对她的鞭打，就在笞刑树无情的大树枝下。

康奈利是老兰德尔的第一批雇工。詹姆斯把此人留在了管理岗位上。科拉小的时候，监工的头发还是浅浅的爱尔兰红，因为戴草帽的缘故而卷曲着，宛如红雀的翅膀。在那些日子，他到处巡视的时候，总是打一把黑雨伞，但最终放弃，现在白色的罩衫直接贴着他晒黑的皮肉。他头发白了，肚子溢出了腰带，但除了这些，他还是同一个男人，还是那个用鞭子抽过她外婆也抽过她母亲的人，他迈着歪斜的脚步慢慢走近村庄的样子，让她想起一头老迈的公牛。如果他自己不想快走，就没什么让他走得快的。他只在拿起九尾鞭时才展现一下速度。然后，他会演示一番儿童碰到新游戏时的那种活力和怎么也按捺不住的劲头。

监工对兰德尔兄弟突然视察期间发生的事情感到不快。首先，这搅了康奈利的好事，他当时正拿目前上手的娘儿们格洛丽亚取乐呢。他对送信的破口大骂，然后才从床上起身。其次就是迈克尔那档子事。康奈利没向詹姆斯汇报迈克尔毙命一事，因为他的老板对工人数目上的寻常波动从不操心，可是特伦斯的好奇让这件事成了一个问题。

接着就是切斯特笨手笨脚惹出的麻烦，还有科拉令人费解的行为。第二天日出时，康奈利给他们剥了一层皮。他先从切斯特下手，遵循的是犯事以后的规矩：蘸着辣椒水，用力搓他们血肉模糊的脊背。这是切斯特第一次正式挨鞭子，也是科拉半年来的第一次。接下来的两个早晨，康奈利继续鞭打。据大屋的奴隶说，切斯特和科拉倒没什么大不了的，更让詹姆斯老爷心烦的是弟弟染指他的家奴，而且当着那么多人的面。就这样，哥哥生弟弟的气，后果却要由家奴承担。切斯特再没跟科拉说过一个字。

奈格扶科拉走回伶仃屋。她们进了门，一消失在村民的视线之外，科拉便昏倒了。"我去给你弄点儿晚饭。"奈格说。

像科拉一样，奈格也是因为人际关系上出了问题，才被重新安置到伶仃屋的。她曾有好些年受宠于康奈利，大部分夜晚在他的床上度过。甚至在监工赏赐些微的宠爱之前，凭着一双浅灰色的眼睛和波涛滚滚的屁股，奈格就是个孤芳自赏的黑鬼姑娘了。她变得让人难以忍受。对只有她一个人逃脱的虐待津津乐道，喜不自胜。她母亲频繁与不同的白种男人结交，并在水性扬花方面对她言传身教。她横下一条心，献身于母亲寄予厚望的事业，甚至在他换出他们的儿女时，她仍然死心塌地。在大兰德尔种植园，南北两部分一直都在交换奴隶，借着没有章法的游戏，把垮掉的黑鬼、懒散的工人和二流子推送给对方。奈格的孩子成了赠品。当康奈利的穆拉托[1]杂种们站在阳光下，头上的卷毛泛出爱尔兰红光，他是断然不能容忍的。

一天早晨，康奈利明确表示，他的床不再需要奈格了。她的敌人们早就等着这个日子。除了她自己，人人都看得出这一天早晚会来。她从地里回来，发现自己的家当已经给人搬到伶仃屋去了，这就等于向全村宣告她失去了地位。她的耻辱给村民带来了任何食物都提供不了的营养。伶仃屋以自己一贯的方式让她变得强悍。这屋子有助于塑造一个人的个性。

奈格与科拉的母亲从来不曾亲近，但这并未阻止她在科拉举目

---

[1] 穆拉托人指黑人和白人的第一代混血儿，也泛指黑白混血儿。

无亲后出手相助。经过寿宴之夜和随后血淋淋的几天，她和玛丽照料起了科拉。用盐水和泥敷剂打理她皮开肉绽的身体，并确保她吃下东西。她们俩捧着她的头，通过她，给她们失去的孩子唱摇篮曲。小可爱也来看望自己的朋友，但这小姑娘无法不受伶仃屋恶名的影响，看到奈格、玛丽和其他人在场，未免心惊肉跳。她没有跑掉，最后慢慢消除了紧张。

科拉躺在地板上呻吟。遭到殴打两个星期之后，她经历了晕眩的反复发作和颅骨上的一记重击。大多数情况下，她能忍住晕眩，下地干活，但有时只能保持直立，直到太阳西落。每隔一个小时，送水的女孩拿来长柄勺，她便把它舔得干干净净，感觉到金属触及牙齿。她现在一无所有了。

玛丽出现了。"又病了。"她说。她拿出事先准备的湿布，放到科拉的额头。她心里仍然存有母性的情感，哪怕她已经失去了五个孩子——三个没学会走路就死了，另外两个长到能提水、能在大屋周围拔草时就被卖掉。玛丽继承了纯种的阿散蒂人血统，她的两个丈夫同样如此。像这样的崽儿用不着过多的推销。科拉无声地动动嘴巴，表示感谢。木屋的四墙压迫着她。阁楼上还有个女人——凭着臭味就知道是丽达——在翻东西，摔摔打打。奈格揉搓着科拉僵硬的双手。"我不知道哪样更糟，"她说，"究竟是你病了，看不见你的人影，还是特伦斯老爷明天过来，你正好起床出门。"

他即将来访的消息耗尽了科拉的力气。詹姆斯·兰德尔已经卧床不起。他之所以病倒，是因为他前往新奥尔良，与一个来自利物浦的商团谈生意，顺便拜访他那不光彩的世外桃源。返程途中，他昏倒在自己的四轮马车上，此后便再未露面。现在从大屋仆役那儿传出窃窃私语，说特伦斯要在哥哥好转之前接管此地。第二天早晨，他将对北半区做一番视察，以使这儿的生产经营与南半区的行事方式和谐一致。

没有人怀疑，这必定是一种嗜血的和谐。

朋友的手滑落了，墙壁也抽身离去。她昏过去了。科拉在夜的深渊里醒来，她的脑袋枕着一条卷起来的亚麻呢毯子。阁楼上的人都睡了。她摩挲着太阳穴上的伤疤，感觉它在渗出东西。她知道自己当时为什么冲上去保护切斯特。但当她努力回忆那个急切的时刻、那种让她着魔的细微的情感时，却碰了壁。它已经撤回到她内心深处那个幽暗的角落里去了，不可能把它哄骗出来。为了缓解内心的焦虑，她偷偷溜出门外，走到她的菜地，坐到她的槭木上，嗅着空气，侧耳细听。沼泽里传来嘶鸣和溅落之声，那是猎杀，就在弱肉强食的黑暗里发生着。深夜在那儿行走，向北朝着自由州前进。要那样做，必须与你的理智告别。

可她母亲就那样做了。

阿贾里一踏上兰德尔的土地，就再未迈出这里，好像要与她两相映衬，梅布尔也从未离开过种植园，直到逃走的那一天。对自己的意图，她没露出任何迹象，至少在后来的审讯中没人承认自己知道。在一个充满了叛卖天性和告密者的村子里，这实在是个非凡的壮举，为了逃避九尾鞭的撕咬，他们可以将最亲爱的人出卖。

科拉依偎着母亲的肚子沉沉睡去，此后便再未与她相见。老兰德尔发出警报，召集巡逻队。一个小时之内，追击的队伍便踏进了沼泽，纳特·凯彻姆的狗在前面带路。在长长的专业队伍里，凯彻姆是最新的一个，骨子里就有追捕奴隶的本能。猎狗代代繁育，咀嚼和撕咬过很多不听话的手，专门在周围几个县里探察黑鬼的味道。当这些猛犬奋力向前，扯紧皮带，在空中抓挠，一声声狂吠，营区的每个人都恨不得赶快跑回自己的木屋。但这一天的采摘是奴隶们的首要任务，因此他们听命止步，忍受着群狗可怕的喧嚣，等待着即将到来的血腥场景。

广告和传单发到几百英里开外。自由黑人追捕逃奴，以补贴家用，他们在林中搜索，到有共犯嫌疑的人那里打探消息。巡逻队和下等白人组成的民防团骚扰乡里，欺凌弱小。附近所有种植园的营区都被翻遍了，根据行事准则而遭到殴打的奴隶不在少数。但猎狗扑空，狗的主子同样一无所获。

兰德尔聘请巫师作法，对家奴施咒，一定要让有非洲骨血的统统不能逃脱，要逃，则必有惨不忍睹的抽风发作。巫婆在秘密地点埋下神器，领了酬劳，坐上骡车，翩然而去。围绕着符咒的真谛，村里发生了热烈的争论。施咒的对象究竟只是那些有心出逃的，还是所有跨出界外的有色人？一个星期过去之后，才又有奴隶进入沼泽，捕猎，搜寻。那是他们打野食的地方。

梅布尔踪影全无。以前没有人能从兰德尔种植园逃脱。逃奴总是被抓回来，叫朋友背叛。他们误断星座，在奴役的迷宫里越陷越深。回来后，他们饱受虐待，之后才获准赴死，留下亲人被迫在加倍的恐惧中目睹他们走向死亡。

一个星期后，恶名昭彰的猎奴者里奇韦造访了种植园。他和同伴骑马而来，五个外表邪恶的男人，由一个模样吓人的印第安探马带路，此人戴着一条干巴耳朵穿成的项链。里奇韦身高两米，方脸盘，长着锤头般的大粗颈子。他时刻保持着平静的举止，内里却透出杀气，像一片雷雨云，看上去远在天边，可是冷不丁地，它就带着响亮的暴力劈头而至。

里奇韦的拜会持续了半个小时。他在一个小本子上做了笔记，听大屋里的仆人说，这是个非常专注的男人，说起话来妙语连珠。他回来时已是两年之后，就在老兰德尔死前不久，亲自为失败致歉。那印第安人不见了，但是有个年轻的黑发骑手，戴着类似的战利品项链，披挂在兽皮马甲之外。里奇韦是到附近拜访一位相邻的种植园主的，他带去一个皮口袋，作为捕获所得的证据，里面装有两颗逃奴的人头。跨越州界在佐治亚是死罪；有时主人偏爱杀一儆百，而情愿不要拿回家财。

猎奴者转述了流言，地下铁道有一条新支线，即将在本州南部投入运营，但一听就知道绝没有可能。老兰德尔对此一笑置之。里奇韦则要主人放心，同情者一定会被连根拔除，还要给他们涂柏油，粘羽毛。或随便什么招数，符合本地的风俗。里奇韦再次道歉，起身告辞，很快他那一伙人便冲向县道，执行下一个任务去了。他们的工作没完没了，需要他们赶出藏身之所的逃奴如同河水，源源不断地带给这白人优渥的报偿。

梅布尔为冒险之旅收拾了行囊。大砍刀、火石和火绒。她偷了室友的鞋子，因为人家的鞋比她的结实。几个星期以来，空荡荡的菜园便是她奇迹的证明。不辞而别之前，她从地里挖出了所有的番薯，对一趟需要脚步如飞的旅程而言，这些东西既是累赘，也不明智。地里的土块和一个个的洞穴，对所有从这儿走过的人都是一个提醒。后来在一个早晨，它们得到了平整。科拉跪在地上，重新栽种。这是她继承下来的遗产。

此时在淡薄的月光下，科拉的脑袋一阵抽痛，她对自己小小的菜园做了一番评估。野草，象鼻虫，小动物参差的足印。宴会以后她再未打理过自己的地。该回来拾掇拾掇了。

特伦斯第二天的到访风平浪静，只有一事略起了些波澜。康奈利带他视察兄长的经营状况，因为距离特伦斯上一次像模像样地参观，已经有些年头了。据大家所说，他的举止出人意料地文雅，没有惯常的讥言诮语。他们讨论前一年的产量，查看账目，其中录有去年九月以来的过磅重量。特伦斯对监工蹩脚的书法表达了不悦，但除此之外，两人相谈甚欢。他们没有视察奴隶，也没进村。

他们骑马巡视田地，比较南北两个半区的收获进度。特伦斯和康奈利穿过棉田，所到之处，附近的奴隶无不以疯狂的干劲加倍努力。几个星期以来，工人们一直在劈斩野草，把锄头刨进垄沟。棉株现在已经长到科拉肩膀的高度，弯曲着，摇曳着，叶子疯长，棉桃每天早晨都大上一圈。到下个月，棉铃便将熟裂，吐絮。白人经过时，她乞求棉株快快长高，高到让她藏身其后。他们继续前行，她看到他们的背影。这时特伦斯转过身来了。他点点头，冲她举了举手杖，然后继续向前。

过了两天，詹姆斯死了。他的肾脏，医生说。

兰德尔种植园的长期居民不禁拿父子二人的葬礼做一番比较。在种植园主的团体里，老兰德尔一直是受人尊敬的成员。西部的骑手如今攫取了全部的关注，但兰德尔及其同道才是真正的拓荒者，多少年以前便在这潮湿的佐治亚地狱开疆辟土，求得生机。经营种植园的同行对他敬爱有加，因为他目光远大，是本地区转营棉花的第一人，引领着这场有利可图的进军。很多青年农民被贷款压得喘不过气，来找兰德尔寻求建议——建议是免费而慷慨的——并在他那个时代掌握了令人艳羡的农场。

奴隶们获准收工，参加老兰德尔的葬礼。他们挤在一起，安静地站立，看着优雅的白人男女向那深受爱戴的父亲表达敬意。大屋的黑鬼充任抬棺的，一开始所有人都认为这丢人现眼，但略加思量之后，便将它视为一种真情实感的表征，他们也曾这样喜爱自己的奴隶，一如在更天真的日子吮吸奶妈的乳头，又比如入浴时让侍者把一只手伸到肥皂水下滑动。仪式结束后下起了雨。追悼会被迫结束，但人人感到如释重负，因为干旱持续了太久的时间。棉花渴了。

到詹姆斯过世的时候，兰德尔家的两个儿子已经与父亲的同辈和门生切断了社交纽带。詹姆斯有很多纸面上的生意伙伴，其中有些人他也当面见过，但他没什么朋友。扼要地讲，特伦斯的哥哥从来没觉得不通人情有什么不妥。参加他葬礼的人屈指可数。奴隶在田间劳动——收获临近，理所应当。这完全符合他的遗愿，特伦斯说。詹姆斯葬在靠近父母的地方，他们丰饶的土地上僻静的一角，紧挨着父亲的两条大狗柏拉图和狄摩西尼，它们生前受到所有人的喜爱，人和黑鬼皆然，哪怕它们不停地骚扰小鸡。

特伦斯前往新奥尔良，理顺哥哥在棉花贸易上的生意来往。虽然从来没有什么逃跑的好时机，但特伦斯兼管南北两区已让这一点大可商榷。北半区过去总是享有相对宽松的氛围。詹姆斯的冷酷和残忍不亚于任何白人，但与弟弟相比，他毕竟还算温和的化身。南半区传出的故事，即使不看细节，光从数量上来说，也足以让人胆战心寒。

大安东尼抓住了机会。他不算村里最聪明的青年，但没人能说他对机会欠缺判断。这是梅布尔之后的第一次逃亡企图。他挑战巫婆的咒语，没有出事，跑出去二十六英里，才被人发现躺在干草棚里打盹。治安官用自家亲戚打造的铁笼子，把大安东尼送了回来。"逃而复返，笼鸟槛猿。"铁笼前面给笼中人的名字留了空位，但一直无人起意加以利用。他们离开时带走了笼子。

在大安东尼受罚的前夜——但凡白人推迟惩罚，肯定是要安排大戏——西泽拜访了伶仃屋。玛丽放他入内。她迷惑不解。访客登门历来难得一见，至于男客，便只有带来坏消息的工头。对这男青年的意图，科拉没有告诉任何人。

阁楼挤满了女人，不是在睡觉就是在偷听。科拉把正在缝补的东西放到地上，带他出了门。

老兰德尔曾希望儿孙满堂，因此建起校舍。这些残垣断壁现在一片荒凉，怎么也不像很快就能物尽其用。自从兰德尔的两个儿子完成了教育，此地便只用于幽会，修习各种别具一格的课业。小可爱看见西泽和科拉走向那里，朋友的打趣弄得科拉连连摇头。

破败的校舍散发出腐烂的味道。小动物定期来这儿落脚。桌子椅子很久以前便已撤除，为枯枝败叶和蜘蛛网腾出了地盘。她很想知道西泽和弗朗西丝在一起时，是否也曾带她来过此地，是否和她干过什么。西泽已经见过科拉被剥得精光的样子了，那是在她挨鞭子的时候，鲜血涌流，盖住了皮肉。

西泽检查了一下窗外，然后说："你受苦了，我很难过。"

"他们就是这样的。"科拉说。

两个星期前她还把他当成傻子。这个夜晚，他的表现超出了实际的年龄，像一个饱经世故的老手，给你讲一个故事，而故事的真意要过上几天，甚至几个星期，当事实再也无法回避时，你才能领悟。

"现在你要跟我走吗？"西泽问，"一直在想早该走了。"

她看不透西泽。在那三个早晨，她遭到鞭打时，西泽就站在人群前列。奴隶们观看同为奴隶的遭受凌辱，是进行品德教育的一贯做法。表演期间，临到某一时刻，也许不止一个时刻，所有人都不得不背过脸去了，因为他们对那奴隶的痛苦感同身受，想到或迟或早轮到他们惨遭鞭打的那一天。是你在那儿，即使现在不是你。但西泽没有退缩。他没有直视科拉的眼睛，而是看着比她更远的某处，某个大而难以辨识的东西。

她说："你认为我是护身符，因为梅布尔逃走了。但我不是。你看到我了。你看到了你一旦动了那种念头就会发生什么。"

西泽不为所动，"等他回来就惨了。"

"现在就很惨。"科拉说，"一直都很惨。"她撇下他走了。

特伦斯订购了新刑具，这才是大安东尼受罚推迟的缘由。木匠们彻夜赶工，将枷锁打造完成，还用做作且不无幼稚的雕花加以装饰。人身牛头的弥诺陶洛斯，乳房丰硕的美人鱼，加上别的珍禽异兽，在木头上嬉戏寻欢。刑具装设于前草坪，四周绿草如茵。两个工头把大安东尼锁牢，让他悬吊在那儿，这是头一日。

第二天，一队来宾坐着四轮大马车驾到，个个都是有德行的人物，来自亚特兰大和萨凡纳。优雅的女士和绅士，是特伦斯外出公干时结识，还有一位伦敦的报馆记者，专程前来报道美国风情。草坪上铺设餐桌，他们围坐而食，细细品尝艾丽斯做的鳖汤和羊肉，奉上对厨师的种种赞美，反正她本人绝不会听到。他们用餐期间，大安东尼受着鞭刑，而他们细嚼慢咽。报馆的记者一边吃东西，一边在纸上飞快地写着什么。甜点上来了，宴饮者移入室内，以躲避蚊子叮咬，与此同时，对大安东尼的惩罚还在继续。

第三天，午饭时间刚过，地里的工人便奉令返回，洗衣妇、厨子和牲口棚的帮工放下手头的活计，大屋的仆役也离开了护养岗位。他们聚集到前草坪上。兰德尔的客人们啜饮着加香朗姆酒，大安东尼身上泼了油，烧烤开始了。看客们听不见他的尖叫，因为他的男根在第一天就给割掉了，塞进他的嘴巴，又做了缝合。刑具冒着烟，烤焦了，烧坏了，木头上的人鱼鸟兽在火焰里扭动，好像活了一样。

特伦斯对南半区和北半区的奴隶们发表了讲话。他说，现在我们是一个种植园了，目标和道路都得到了统一。他对兄长的去世表达了悲痛，又说自己已得到安慰，因为他知道詹姆斯与父母在天国重聚。他一边讲话，一边走到奴隶们中间，手杖轻戳地面，摩挲小黑崽子的头，爱抚一下南半区的老忠仆。碰到一个以前从没见过的半大小子，他先检查了他的牙齿，接着扳过男孩的下巴，瞧个端详，点点头，表示满意。他说，为了满足全世界对棉制品的无度需求，每一个采摘工每天的定量，都将根据他们上一年收获时录得的数字，按一定的比例加以提高。棉田将进行重组，以适应更高效的分行数目。他走过去。他抽了一个男人耳光，因为此人眼见自己的朋友在刑具上剧烈地抽搐，竟然哭鼻子了。

特伦斯走到科拉面前，把手滑进她的衣服，握住她一只乳房。他使劲捏着。她没有动。从他开始发表讲话，就没人动过，甚至没人捏一捏鼻子，以抵挡大安东尼的肉烧焦时发出的臭味。他说，除了圣诞节和复活节，宴会一律停办。所有的婚事都将由他亲自安排和批准，以确保男女般配和优生优育。星期天离开种植园外出务工的，将课征新税。他对科拉点点头，继续在他的非洲人中间漫步，分享他的改革宏图。

特伦斯结束了讲话。奴隶们明白，在康奈利下令解散之前，他们还动弹不得。萨凡纳的女士们从大酒罐里加添了饮品。报馆记者打开一本新的日记，重新做起了记录。特伦斯老爷回到来宾中间，一起出发，去巡视棉田了。

她过去不是他的人，现在是他的了。或者说，她过去一直是他的，只是她现在才知道这一点。科拉的注意力脱身而去。它在某个地方飘浮，远远地，越过了那燃烧的奴隶、大屋和划定兰德尔家地产的界线。她努力从一个个故事当中，通过对见过它的奴隶的叙述，给它填入细节。每当她抓住某种东西——无瑕的白色石头建筑，视野里一棵树都没有的广阔海洋，不为任何主人服务而只给自己干活的有色人的铁匠铺子——它都像一条鱼，自由地蜿蜒前行，然后飞速地跑掉了。如果她想留住它，就必须亲眼看到它。

她能跟谁说呢？小可爱和奈格会替她保守秘密，但她害怕特伦斯的报复。她们要不知情，最好是真不知情。不，唯一一个她能与之讨论这个计划的人，就是它的设计师。

　　特伦斯发表讲话的那个晚上，她去找他，而他表现得就像她很久以前就同意了一样。西泽不像她见过的任何有色人。他在弗吉尼亚的一座小农场出生，农场主是个守寡的小老太太。加纳夫人喜爱烘焙，每天打理花坛，只管自己，不问其他。西泽和父亲负责农活，照料牲口，他母亲做家务。他们种了一片面积不算太大的蔬菜，拿到镇上去卖。一家人住在农场后头，有自己的一幢两室小房。他们把房子刷成了白色，配上知更鸟蛋壳蓝的门窗贴脸，跟他母亲见过的一处白人房子一样。

　　加纳夫人只想安度晚年。她对支持奴隶制的通行理由并不赞同，但考虑到非洲部族明显的智力欠缺，她认为奴隶制是一种必不可少的恶。一下子解除他们的奴隶身份，必将造成灾难性的后果——没有了细心又耐心的眼睛给他们指路，他们怎样管理自己的事务呢？加纳夫人以自己的方式提供帮助，教她的奴隶认字，好让他们用自己的眼睛接受上帝之道。她开明地提供了外出许可的证明，允许西泽和家人在本县境内自主移动。这引起了邻居们的怨恨。就她而言，这是在为他们终将迎来的解放做准备，因为她已经承诺死前给他们自由。

加纳夫人过世后，西泽和家人为她服丧，照料农场，等待正式的解放证书。她没有留下遗嘱。她仅有的亲戚是波士顿的一个侄子，此人安排本地一位律师经手，变卖加纳夫人的财产。那真是个坏日子，他和治安官一起抵达，通知西泽和他的父母，要把他们统统卖掉。坏上加坏的是：卖到南方去，有各种可怕传说的南方，无尽的残忍和丑行。西泽和家人加入了拴在一起的奴隶队伍，父亲走一条路，母亲走另一条，西泽也只能自求多福。奴隶贩子用皮鞭打断了他们悲哀的道别，他对这种场面深感厌烦，以前见过无数次了，现在抽打起这伤心欲绝的一家子，只是三心二意。再拿西泽来说，挨了这几下敷衍了事的鞭子，反倒让他以为自己能经得住即将到来的一顿顿痛殴。在萨凡纳举行的一次拍卖，把他送到了兰德尔种植园，他这才迎来了可怕的觉醒。

"你识字？"科拉问。

"对。"现场示范当然不可能，但如果他们脱离了种植园，可就得指望这份稀有的才艺了。

他们在校舍见面，下工后约到牛奶房旁边，只要有可能，哪儿都成。现在她把自己和西泽，以及西泽的计划联系在一起了，她脑子里充满了各种各样的想法。科拉建议他们等到满月。西泽不同意，大安东尼逃跑之后，监工和工头已经加强了戒备，满月时必定格外警惕，一轮圆月诚如白色的灯塔，每每在奴隶心头激起逃亡的念头。不，他说。他想尽快走。明天晚上。上弦月就够了。地下铁道的业务员会等着他们。

地下铁道——西泽可够忙的。他们真把业务开到佐治亚这么靠南的地方了吗？逃跑的念头让她不知所措。撇开她自己的准备不论，他们怎样及时通知铁道上的人呢？西泽在星期天之前可是没有借口离开种植园的呀。他告诉科拉，他们的逃跑一定会引起骚动，所以他的人用不着事先通报。

加纳夫人已经用许多方法播下了西泽逃离的种子，但他之所以注意到地下铁道，还要仰仗一项特殊的教育。那是一个星期天的下午，他们坐在加纳夫人的前廊。周末的景象在他们前方的大马路上渐次展开。赶马车的商贩，步行前往市集的家庭。还有可怜的奴隶们，脖子上拴着锁链，串连成行，拖着脚慢慢行进。西泽给寡妇按摩脚丫子的当儿，她鼓励他修得一技之长，等他做了自由民，肯定能派上用场。他成了木工，在附近的铺子当学徒，店主是个眼界开阔的上帝一位论者。最终，西泽在广场上卖起了自己做的漂亮的工艺碗。正像加纳夫人评价的那样，他有一双巧手。

在兰德尔种植园，他继续做自己的营生，随同星期天的车马队，跟卖苔藓的小贩、做小活儿的女裁缝和按日计酬的散工一起进城。他没卖出多少，但每周一次的旅行是个小小的提醒，也许带着辛酸，让他想起在北方的生活。日落时分，忍痛作别眼前华丽壮观的表演，离开魅惑人心、混合着买卖和欲望的热舞，对他真是一种折磨。

有个星期天，一个头发花白、脊背伛偻的白人走到他面前，把他请进自己的商店。他主动提出，在不是周日的日子里，他也许能帮西泽卖卖手工艺品，这样两个人都能获利。西泽以前就对此人有所注意，他老在有色人摊贩中间转悠，也曾带着好奇的表情，在他的手工艺品前驻足。他从未发表过任何看法，现在却提出这样的要求，不免让他疑窦丛生。被卖到南方让他彻底扭转了对白人的态度。他留了几分小心。

此人经营粮油、布匹和农具。店里没什么客人。他压低嗓音问道："你认字，对不对？"

"您的意思？"这几个字说出来，就像佐治亚少年的口气。

"我见你在广场上念标志牌来着。还看了张报纸。你得收着点了。可不是只有我一个人能瞧见这种事。"

弗莱彻先生是宾夕法尼亚人。他后来才弄明白，他之所以在佐治亚重新安家，是因为他妻子对住到别的地方一概拒绝。她认准了此地的空气，认准了它对促进血液循环大有疗效。他承认，妻子对空气的见解是对的，但除此之外，这地方的方方面面全都堪称不幸。弗莱彻先生痛恨奴隶制，把它看成对上帝的公然冒犯。在北方的废奴主义者圈子里，他从来不是活跃分子，但是，目睹这种丑恶的制度，让他产生了自己也难以察觉的想法。这些想法可以逼使他从镇子里狂奔而出，甚至更糟。

他把西泽当成了知心人，冒着这奴隶可能为赏钱而告发他的风险。西泽回报他以信任。他以前见过这种白人，古道热肠，相信他们嘴里说出的一切。他们说不说真话是另一回事，但最起码他们相信他们。南方的白人都是从魔鬼裤裆里抖搂出来的玩意，根本无从预见他们的下一桩恶行。

第一次晤面到了最后，弗莱彻拿了西泽的三只碗，告诉他下礼拜再来。碗没卖掉，但随着讨论渐渐成形，这二位真正的事业开始有了眉目。西泽心想，主意就像一块大木头，需要人的手艺和匠心，从内部开掘出新的形状。

星期天最好。星期天他妻子走亲戚。弗莱彻从来没喜欢过家里的这一支旁系，人家也不喜欢他，就因为他性格古怪。弗莱彻告诉西泽，普遍认为地下铁道还没发展到这么南的地方。西泽对它早有耳闻。在弗吉尼亚，你可以偷偷溜进特拉华州，或藏身驳船，前往切萨皮克，一路上全靠你自己的机智，加上无形的上帝之手，来躲开巡逻队和赏金猎人。或者，地下铁道也能帮你的忙，它有秘密的干道和神秘的线路。

在国家的这一片区域，反奴隶制的书报均属非法。南下佐治亚和佛罗里达的废奴主义者和同情者不是被驱逐了，便是遭到暴民的鞭打和凌辱，涂柏油，粘羽毛。循道宗及其空洞的教条在王棉 [1] 的

----

[1] 王棉是内战前脱离派的口号，认定南方控制棉花出口，足以使新英格兰的纺织业崩溃，并逼使英法两国转而支持蓄奴州拟议另立的联盟国，因此不惧与北方开战。突出反映这种观点的，当数南卡罗来纳参议员詹姆斯·亨利·哈蒙德 1858 年狂妄的演讲："不，你们不敢对棉花开战。普天之下没有力量敢对棉花开战。棉花就是王。"

大本营毫无容身之地。种植园主们不能容忍毒草蔓延。

尽管如此，还是有个车站落成了。店主承诺，如果西泽能跑出三十英里，到达弗莱彻家，他就送他去地下铁道。

"他帮助过多少奴隶？"科拉问。

"一个也没有。"西泽说。他的声音毫不动摇，好让科拉跟他一样，早早地铁了心肠。西泽告诉他，弗莱彻先前跟一个男奴接上了头，但此人并未赴约。过了一个星期，报纸上说他被捉住了，还对他所受惩罚的性质做了一番描述。

"怎么知道他不是在骗我们？"

"他没骗。"西泽已经反复想过这个问题。仅仅与弗莱彻在他的店里交谈，就已经提供了吊死他的足够理由，用不着再这么大费周章。西泽和科拉的计划实在无法无天，他们力有不逮，索性暂停，且听昆虫的叫声。

"他一定会帮助我们。"科拉说，"他必须要帮。"

西泽一把抓过科拉的两只手，可这动作又让他局促起来。他松开手。"明晚。"他说。

尽管需要体力，她在营区的最后一夜还是失眠了。伶仃屋的其他女人在阁楼上，在她身边睡着。她听着她们的呼吸。那是奈格；那是丽达，每隔一分钟就响亮地吐一口气。明晚这个时候她就是自由的了。妈妈做出决定时也是这样的感觉吗？科拉对她只有遥远的印象。她记忆里最多的是她的悲伤。妈妈在伶仃屋出现之前就是个伶仃屋的女人了。混合着同样的不情不愿，那一直以来弯折她身体、让她显得格格不入的负担。科拉没法子在心里把她拼合成一个整体。她是谁？她现在在哪儿？她为什么要离开她？连一个特别的吻都没留下，不想告诉你：当你以后想起这个时刻，你一定会明白我是在和你道别，哪怕你当时并不知情。

最后一天，科拉在地里狠狠地刨着土，好像要挖一条地道出来。穿过它，再向前，你就能得救。

她没有说出再见地说了再见。前一天吃罢晚饭，她与小可爱坐在一起，乔基的生日以后，她们还没有像这样聊过天呢。科拉想不露痕迹地对朋友说些温柔的话儿，给她一件可以留到以后的礼物。你那样做当然是为了她，你是好人。梅杰当然喜欢你啦，我在你身上看到的，他也能看到。

科拉把最后一顿饭留给了伶仃屋的女人们。她们极少在一起打发空闲时间，但科拉要她们放下手头的活计，聚拢到一处。她们会遇到什么呢？她们是流亡者，但一俟在伶仃屋安顿下来，它便提供了某种形式的保护。就像奴隶往往堆出傻笑、假扮幼稚来逃脱毒打一样，她们也通过夸大自己的古怪，来避免营区种种复杂情况的纠缠。有些夜晚，伶仃屋的墙把这儿变成了堡垒，让她们不受争斗和密谋的伤害。白人会吃掉你，但有些时候，有色人的同胞同样会把你生吞活剥。

她把自己的一堆家什留在门边：一把梳子，一块磨光的方形银器，那是阿贾里多年前的乞讨所得，还有那一堆蓝色的石子，奈格称之为"印第安石"。这是她的道别。

她拿了自己的斧头。她拿了火石和火绒。像母亲一样，她挖出了番薯。她想，第二天晚上就会有人霸占她这块地，翻土。围一圈篱笆，养鸡。一个狗窝。也许她会继续把它当成菜园。这是一只锚来着，在种植园恶毒的汪洋里，阻止她被水流裹挟而去。直到她做出选择，让水流带她远远地离开。

村庄安静下来了，他们在棉田旁边见面。西泽看到她鼓鼓囊囊的番薯口袋，做了个怪怪的表情，但没说什么。他们在高高的庄稼中间蹚着，里面纠结缠绕，到了半途才顾得上奔跑。速度让他们眩晕。怎么可能？怎么可能！恐惧在他们身后呼唤，但没有别人，那是他们自己心里的叫喊。在失踪暴露之前，他们有六个小时；在民防团到达他们现在的位置前，还有一两个小时。但恐惧已经追上来了，在种植园里每天追逐他们的恐惧，此时已和他们并驾齐驱。

他们穿过土层太薄而不适于耕种的牧场，进入沼泽。多年以前，科拉曾和别的小黑崽子一起，在那些黑水里玩耍，用大熊、暗藏的鳄鱼和游泳极快的水蛇的故事吓唬对方。在沼泽猎捕水獭与河狸的人，还有从树上收集苔藓的小贩，会循迹往远走，但从来不会走得太远，总有一条无形的锁链把他们拉回种植园。西泽陪下网打鱼的、下套打猎的出巡，已经好几个月了，学会了怎样在泥炭和烂泥地带紧贴着芦苇行进，怎样找到有坚实土地的小岛。现在他走在前面，拿拐棍探测黑漆漆的地面。计划是快速西进，抵达渔猎者曾经指给他看的一系列小岛，然后折向东北，直到出现干地。尽管绕了路，但有了宝贵的、硬实的立足点，这就是最快的北行路线了。

只走了一小段路，他们便听到一个声音，赶紧停下脚步。科拉带着疑问看着西泽。他伸出双手，侧耳细听。那不是愤怒的声音。也不是男人的声音。

西泽终于辨清了人犯的身份，一个劲儿摇头。"小可爱——嘘！"

一旦小可爱瞅见他们，自然懂得保持安静。"我就知道你们要弄事儿。"她赶上来以后小声说道，"跟他鬼鬼祟祟的，啥也不说。后来你又挖番薯，它们还没熟呢！"她弄了些旧织物，做成一个挎包，现在就挂在她的肩膀上。

"你赶紧回去，别把我们毁了。"西泽说。

"你们去哪儿我去哪儿。"小可爱说。

科拉眉头紧皱。如果他们把小可爱打发回去，这姑娘溜进木屋时就可能被人抓住。小可爱不是那种守口如瓶的人。先发优势就会付诸东流。她不想为这姑娘负责，却不知道怎么说才好。

"他不可能带上我们三个。"西泽说。

"那他知道我要来吗？"科拉问。

他摇摇头。

"双份惊喜也是惊喜。"她说。她拎起自己的口袋。"反正我们带够了吃的。"

他花了一整夜才接受这种说法。他们还要很长时间才能睡觉。小可爱终于不再动不动便大呼小叫了，不管是听到夜行动物突然的响动，还是走得太深，水一下子漫到腰部。科拉已经习惯了小可爱这种神经兮兮的性格，可她没有看出朋友的另一面，不知道是什么原因让她再也无法忍受，让她决定出逃。但是每个奴隶都想着逃跑。在早晨，在下午，在夜晚。做梦都会梦到它。每个梦都是逃跑的梦，哪怕看上去不像。比如一个关于新鞋子的梦。机会一旦出现，小可爱便要利用，会不会挨鞭子也不管了。

他们仨朝西行进，在黑水里跋涉。科拉带不了路。她不知道西泽怎样做到的。但他一直在让她惊讶。他心里肯定有张地图，能看星座，还能识字呢。

小可爱哀声连连，骂骂咧咧，要求休息，这倒省得科拉自己张嘴了。他们要求看看她的粗麻布袋子，里面没装什么特别的，只有她收集的一些破旧的纪念品，一只小木头鸭子，一个蓝色的玻璃瓶什么的。说到他自己的实践能力，在寻找小岛这件事上，西泽表现得像个称职的领航员。也不知道他走得对不对，反正科拉说不上来。他们开始折向东北，天光微亮时，他们走出了沼泽。"他们知道了。"小可爱说，此时橘红色的阳光普照了大地。三个人又歇息了一次，还把一只番薯切成了片。蚊子和黑蝇围攻他们。他们在日光下脏得要命，从脚到脖子，泥浆溅得到处都是，浑身上下粘满了毛刺和鬈须。科拉不在乎。这是她离家最远的一次。就算此时此刻她被人拖走，上了镣子，她还是跑出了这么远的路程。

西泽把拐棍拄到地上，他们再次出发。下一次停下时，他告诉她俩，他必须去找县道。他保证很快就回，但他需要算一下他们走了多远。小可爱想问，如果他不回来又会怎样，但感到自己不能开这个口。为了让她们安心，他把自己的背包和皮革水袋留在一棵柏树下。没准儿也是为了帮助她们，如果他回不来的话。

"我就知道。"小可爱说。虽然筋疲力尽，但她仍然想唠叨一下这事。两个姑娘靠着树干坐下，好在土是结实而干燥的。

科拉把没说的话跟她说了，从乔基的生日开始。

"我就知道。"小可爱重复道。

"他认为我是好运气，因为就我妈跑成了。"

"想要好运气，砍只兔子脚。"小可爱说。

"你妈会怎么办？"科拉问。

小可爱五岁那年，母女俩一块来到了兰德尔家。她前一个主人认为小黑崽子用不着穿衣服，所以那是她头一次身上盖了东西。她母亲吉尔在非洲出生，喜欢给女儿和小朋友们讲自己小时候的故事，河边的小村庄啦，附近生活的各种动物啦。摘棉花毁掉了她的身体。她的关节肿大，僵直，弄得她直不起身子，走路成了极大的痛苦。吉尔无法参加劳动以后，就给那些下地干活的妈妈们照看小孩。就算受着病痛的折磨，她还是温柔地对待女儿，不过她没牙的嘴巴一咧，笑起来像一把斧子，常常吓得小可爱赶紧把脸扭开。

"为我骄傲。"小可爱回答。她躺到地上，背过身去了。

西泽回来得比她们预想的要快。他们非常靠近公路了，他说，但是速度不慢。现在他们得抓紧时间，在马队出发前尽可能跑远一些。他们领先的这点儿距离，骑马的人用很短的时间就能追上。

"咱们啥时候睡觉？"科拉问。

"先离开公路，完了再说。"西泽说。看他的样子，他也累坏了。

他们没过多久便放下了背包。等西泽叫醒科拉，太阳已经落山了。虽然她的身体歪斜地倚到一棵老橡树的树根上，可是人还一时没有醒过来。小可爱倒已经醒了。天快黑透时，他们走到了一处开阔地，一座私人农场后面的玉米田。主人在家，忙于杂务，人们前后脚地在小房子里进进出出。逃犯们暂且避走，一直等到这家人熄灯。从这儿到弗莱彻的农场，距离最短的路线是穿过别人家的土地，可这太危险了。他们待在树林里，兜起了圈子。

最后是猪把他们引上了绝路。他们走到猪经常出没的小道上去了，几个白人男子从树后面冲出来。一共四个。在小道上，猎猪的下了诱饵，等待着猎物，天气闷热，猪喜欢在夜间出来活动。逃奴是另一种畜生，但更有利可图。

鉴于公告上描述的特征，他们仨的身份断然不会弄错。两个猎猪的对付三人当中最小的那个，把她死死压在地上。老半天没出声了——奴隶是为了不让猎捕者觉察，猎捕者是为了不让猎物觉察——现在所有人都叫出声来了，扯着嗓子，高声尖叫。西泽跟一个留着黑色大胡子、体格魁伟的男人扭打在一起。逃犯更年轻，也更壮实，可那男人死死地扛住，还抱住了西泽的腰。西泽在搏斗，仿佛他痛打过很多白人似的，但那不可能发生，否则他早就进了坟坑。逃奴们为了不进坟坑而搏斗，因为只要白人得胜，把他们交还主人，坟坑就是他们的宿命。

ヽ

小可爱声声哀号，两个男人把她拖进了黑暗。袭击科拉的是个娃娃脸，身材瘦长，也许是其他猎猪者的儿子。他出其不意地扑到她身上，她的血流猛然加快，一下子把她拉回到熏肉房后，爱德华、泡特和其他人对她兽性大发的那个夜晚。她奋力搏斗，手上脚上无不平添了力量，连抓带咬，拳打脚踢，以从未有过的劲头投入战斗。她发现她的斧子已经掉了。她恨不得手上有这斧子。爱德华不是死了吗，眼前这男孩也去死才好呢，别让他把她抓住。

男孩拽倒了科拉。她在地上翻滚，头一下子撞到了树桩。他死死地按住她，往她身上爬。她热血上涌，伸出手，抓住一块石头，用力砸开了男孩的脑壳。他摇摇晃晃地倒下，她接着砸，一下又一下。他停止了呻吟。

时间好像臆想出来的。西泽叫着她的名字，拉她起身。她在黑暗里模模糊糊地看到大胡子男人逃走了。"这儿呢！"

科拉呼叫着自己的朋友。

她无影无踪，完全看不到他们去哪儿了。科拉犹豫着，西泽粗暴地往前拽她。她跟他走了。

他们停止了奔跑，前面是什么地方，他们完全没了头绪。因为黑暗和泪水，科拉什么也看不见。西泽拼命保住了水袋，但他们失去了剩余的给养。他们失去了小可爱。他借着星座确定方向，这两个逃犯一路跟跄，跌跌撞撞地扑进深夜。他们几个小时没有开口讲话。他们的计划形同树干，一个个选择，一个个决定，都是像细枝和嫩叶那样自动地发芽的。如果他们在沼泽里打发小姑娘回了家；如果他们选择的路线远远地绕开农场；如果科拉落在后面，那两个男人拖走的人是她；如果他们根本没有出发。

西泽找到一个稳妥的地点，他们爬到树上，像浣熊一样睡了。

她醒来的时候，太阳已经出来了，西泽在两棵松树间一边踱步，一边自言自语。她从过夜的地方溜下来，手脚因为与粗糙的树枝纠缠，现在还在发麻。西泽表情凝重。昨晚那一番打斗此刻已经传开了。巡逻队知道了他们前进的方向。"你有没有跟她说铁道的事？"

"我觉得没有。"

"我觉得我也没有。我们很愚蠢，没考虑到这事。"

他们中午时分蹚过的小溪是一处地标。他们快到了，西泽说。又走了一英里，他独自离开去探路。回来以后，他们选择了一条更靠外的林中小道，透过矮树丛，可以影影绰绰地望见房舍。

"就是那儿。"西泽说。那是一幢整洁的单层农房，正对着一块草场。地里光秃秃的，正在休耕。红色的风向标告诉西泽，这就是他要找的房子，后窗拉着黄色的窗帘，表明弗莱彻在家，而他妻子不在。

"要是小可爱都招了呢。"科拉说。

从他们的位置看不到别的房子，也看不到人。科拉和西泽飞快地跑过野草地，离开沼泽以来，第一次暴露在开阔的地方。无遮无拦，紧张不安。她感觉就像被人扔进了艾丽斯的大黑锅，火舌在下面一个劲儿地舔着。他们敲了敲后门，然后等着弗莱彻出现。科拉想象民防团正在树林里聚集，摩拳擦掌，准备冲进战场。说不定他们就在屋里等着呢，如果小可爱都招了的话。弗莱彻终于出现，把他们领进厨房。

厨房很小，但很舒服。几只常用的锅挂在钩子上，锅底已经黑了，草场里摘来的鲜艳的花儿从纤细的玻璃器皿中探出半截身子。一条红眼老猎狗漠然地待在角落，对访客无动于衷。弗莱彻递上大水罐，科拉和西泽贪婪地一通狂喝。看见多出了一位旅客，主人并不高兴，但很多事情从一开始就出了差错。

店主一一指出他们的不是。首先，小可爱的母亲吉尔发现女儿不见了，便从家里的木屋出来，暗自搜寻。男孩子们喜欢小可爱，小可爱也喜欢男孩子们。有个工头拦住吉尔，从她嘴里掏出了实情。

科拉和西泽面面相觑。他们多出来的那六个小时纯属幻想。巡逻队早就开始大搜捕了，一点儿都没耽搁。

弗莱彻说，到上午十点来钟，本县和周边所有空闲的人手都加入了搜索的队伍。特伦斯开出的赏额之高前所未有。每一处公共场所都张贴了通告。品行最劣的流氓纷纷投身追捕。酒鬼，混子，连鞋都没有的穷白人，为了这个能祸害有色人群体的机会欢呼雀跃。一支又一支巡逻队扫荡奴隶的村落，洗劫自由民的住房，连偷带抢，恣意强暴。

天可怜见：猎捕者相信逃犯们藏在沼泽地里——拖带着两个年少的女子，任何雄心壮志都得大打折扣。大多数奴隶直奔黑水，因为在如此之南的地方找不到施救的白人，也没有地下铁道等待搭救不要命的黑鬼。这一失策为他们仨赢得了时间，朝东北方向尽其所能地跑出了最远的距离。

直到他们遭遇猎猪的。小可爱被押返兰德尔家。民防团已经两次造访弗莱彻的房子，通告情况之余，对暗处不免多看几眼。但最糟的消息是那年纪最小的猎猪者，一个十二岁的少年，没能从伤痛中苏醒。西泽和科拉现在成了县民眼中的杀人犯。白人想以血还血。

西泽捂住了脸，弗莱彻把一只手放到他的肩头，要他宽心。科拉对这一信息明显没什么反应。两个男人等待着。她扯下一片面包。西泽的羞愧只能一份当成两份用了。

逃跑的经过，他们自己对林中搏斗的叙述，大大地缓解了弗莱彻的慌张。这三个人现在都在他的厨房里，意味着小可爱不知道铁道的事，他们在任何时候也没提过店主名字。他们将继续行动。

西泽和科拉狼吞虎咽地吃着剩下的黑面包和火腿片，科拉同时听着两个男人争论，是现在呢，还是入夜以后再行动，她决定还是不参与讨论为好。这是她第一次来到外面的世界，有很多东西她不知道。她本人赞成尽可能早走。在她和种植园之间的每一里路都是胜利，她都要加以珍藏。

男人们决定，就在他们眼皮底下出发，把奴隶藏到弗莱彻的马车后面，盖上麻毯，这样做最省事，不仅避免了藏身地窖的麻烦，也用不着担心弗莱彻太太进进出出。"你们觉得能行就行。"科拉说。老猎狗放了个屁。

在寂静的路上，西泽和科拉躺在弗莱彻的板条箱中间，紧紧依偎着。弗莱彻跟自己的马聊天时，暖暖的阳光穿过高高的树影，洒落到毯子上。科拉闭上了眼睛，却看到那男孩躺在床上，头缠绷带，大胡子男人站在旁边，这幅画面为她阻挡了睡意。他比她原来估计的还要年少。但他不该对她下手。男孩应该找点儿别的乐子，干吗半夜出来猎猪？她横下心来，她不在乎他能不能康复。无论他醒不醒得过来，他们都会被人杀掉。

城里的噪声让她回过神。她只能想象外面的情形，奔波的人，忙碌的店铺，四轮的和两轮的马车交替行进。声音很近，是些看不见的人在激动地喋喋不休。西泽紧紧抓着她的手。由于他们在板条箱中间的位置，她看不见西泽的脸，但她猜得到他的表情。这时弗莱彻停下了马车。科拉满心以为马上就要有人掀开毯子，她甚至想好了接下来的灾殃。沸腾的阳光。弗莱彻遭到鞭笞，逮捕，很有可能被私刑处死，因为他窝藏的不只是奴隶，还是杀人的凶手。科拉和西泽先遭到群众毫不留情的殴打，再交还给特伦斯，无论他们的主人发明了怎样的新花样，都必将超过大安东尼所受的折磨。如果等不及三个逃奴团圆，他已经在小可爱身上动了什么刑呢？她屏住了呼吸。

弗莱彻是让一个热情的朋友给叫住了。此人倚靠到马车上，还摇晃了几下，科拉一下子叫出了声，多亏他没听到。他问候了弗莱彻，还向店主通报了民防团和搜索行动的最新进展——杀人犯已经落网了！弗莱彻感谢了上帝。另一个声音掺和进来，揭穿了这个谣言。奴隶仍然在逃，早晨还在作案，要偷一户农民的鸡，但狗闻出了味道。弗莱彻再次向照看白人及其财产的上帝表示感谢。那男孩还是没消息。可惜了的，弗莱彻说。

少顷，马车回到了安静的县道。弗莱彻说："你们弄得他们兜圈子呢。"不清楚他是在跟奴隶讲话，还是在和他的马交谈。科拉又打起了瞌睡，艰辛的逃亡仍然在向他们索要回报。睡眠阻止了小可爱溜进她的睡梦。等她再睁开眼睛，天已经黑了。西泽拍拍她，要她安心。车声辘辘，接着门闩叮当一响。弗莱彻拉掉了毯子，两个逃犯伸直酸痛的四肢，他们已置身谷仓。

她首先看到了镣铐。几千条，挂在墙壁的钉子上，真是令人毛骨悚然的收藏，手铐，脚镣，用于手腕、脚踝和脖子的枷锁，各种形式，各种组合。防人逃跑、使人无法移动手脚的镣铐，把身体悬吊在半空中进行殴打的锁链。有一排儿童专用的镣子，还有与之相连的小铐子和小铁环。另一排陈列的铁铐之厚之重，一切锯子都奈何不得，还有些手铐之轻之薄，只有受罚的思想，可以阻止佩戴者把它们扯为两截。一排装饰华丽的口套，高居于自成一区的同类之上，角落里有一堆铁球和锁链。铁球堆成了金字塔，锁链盘卷成蛇形。有的镣铐生了锈，有的断了，其他的好像当天早晨才打造出

来。科拉走近一处藏品，触摸一条内圈带着尖钉的铁环。她断定这
是拿来拴脖子的。

"吓死人的展览。"一个男人说道，"我零零散散搜罗来的。"

他们没听到这个人进来，他一直都在这儿吗？他穿着灰裤子，
松松垮垮的汗衫，掩盖不住他瘦骨嶙峋的模样。科拉见过饿得要死
的奴隶，身上的肉都比他多。"一些旅行得来的纪念品。"这个白
人说道。他讲起话来有一种奇特的风格，一种古怪的欢欣，让科拉
想起种植园里那些精神失常的人。

弗莱彻介绍说，他叫伦布利。他绵软无力地跟他们握了握手。

"你是列车员？"西泽问。

"冒烟儿的事我可干不来，"伦布利说，"算是个站长吧。"他说
自己不搞铁道这一摊的时候，就在自家的农场里安安静静地过日
子。这是他的土地。他解释说，科拉和西泽来这儿时必须捂在毯子
下面，或是蒙着眼睛。他们最好对所在的位置一无所知。"我还以
为今天有三位乘客要来呢。"他说，"这下你们能伸直身子了。"

没等他们弄明白这话什么意思，弗莱彻就告诉他们，他该回去
见妻子了："朋友们，我这部分结束了。"他带着强烈的感情拥抱了
两位逃犯。科拉禁不住往后躲了一下。才两天，就有两个白人抱了
她。难道这就是获得自由的先决条件？

西泽默默地望着店主赶着马车启程。弗莱彻跟马说着话，他的
声音渐渐消失了。科拉看到，惦念之情写在她同伴的脸上。弗莱彻
为他们承受了巨大的风险，尤其是在情况急转直下、一度出乎他意

料的时候。报答这份恩情的唯一方式，就是活下去，并在条件允许时对别人伸出援手。最起码她是这样总结的。西泽对弗莱彻满怀感激，此前这几个月里，是他为他敞开了店门。这就是她在西泽脸上看到的——不是担心，而是责任。伦布利关上了谷仓的门，镣铐摇曳，叮叮当当。

伦布利可没那么爱动感情。他点着提灯，让西泽举着，他用脚把干草扒拉开，拉起地板上的一道活门。伦布利见他们吓得直哆嗦，便说："你们要是愿意，我走前头。"台阶上嵌着石子，下面传出一股酸臭的味道。它没有通往地窖，而是一直向下。科拉对建设所需的人工暗自赞叹。台阶很陡，但光滑的平面上镶嵌了石子，往下走并不费力。前面就是隧道了，赞叹二字已远远无法形容眼前的景象。

台阶尽处是一座小型月台。巨大隧道黑洞洞的入口分居两端。这里少说也有六米高，墙面铺了石子，组成深浅相间的图案。一定是不折不扣的产业化劳动，才让这样的工程变为可能。科拉和西泽注意到了铁轨。两条钢铁的轨道由木制的路枕固定在地面，在他们可以看到的隧道内延伸。铁轨想必是南北走向，从某个不可思议的源头出发，通往一个难以置信的终点。有人考虑周全，事先在月台上放了一张小小的长椅。科拉有点儿头晕，赶紧坐下。

西泽差点儿说不出话来，"隧道有多长？"

伦布利耸耸肩，"对你来说够长了。"

"肯定花了好多年。"

"比你知道的还要久呢。解决通风问题，这个花了点儿时间。"

"什么人修的？"

"这个国家还有谁修？"

科拉看出来了，伦布利很享受他们的惊奇。这可不是他头一次表演了。

西泽又问："到底怎么修的呢？"

"用手呗，还能怎么修？咱们得商量一下你们的出发时间。"伦布利从衣袋里扯出一张黄纸，瞅了一眼，"你们有两种选择。一个小时之后我们有一趟火车，六个小时后还有一趟。时间未必最合适。我们的旅客得能更合理地安排到达的时间才行呀，条件有限，可我们还是要运营。"

"下一趟。"科拉站起来说道。用不着商量。

"问题是它们去的不是一个地方。"伦布利说，"一趟这么走，另一趟……"

"去哪儿？"科拉问。

"离开这儿。我只能跟你说这么多。通信上有多困难你理解吧，这么多路线上的变化。本地的区间车，快车，哪座车站关闭了，路线延长到什么地方了。问题是某个目的地可能比另一个更合你的心意。车站会暴露，路线会中断。等你到了站，才知道前面等待你的是什么。"

两个逃犯一头雾水。根据站长的说法，一条路线可能更直接，但也可能更危险。他是说一条路线更长吗？伦布利不肯细说。他重申，他已经把知道的都告诉他们了。到了最后，摆在奴隶们面前的选择像往常一样：除了他们刚刚逃出来的地方，去哪儿都成。西泽跟同伴商量了一下，然后说："我们就坐下一趟。"

"随你啦。"伦布利说。他指了指长椅。

他们等待着。在西泽的请求下，站长讲起了他参加地下铁道工作的经历。科拉没用心去听。隧道强烈地吸引着她。建造这样一个地方需要多少人工呢？还有隧道那一端，它通往哪里？路程又有多长？她想到了采收，想到怎样在收获时沿着垄沟奋力向前，一具具非洲的躯体投入劳动，像一个人似的整齐划一，拼尽力气，全速采摘。广阔的田野上，遍地都是白色的棉铃，数量何止千万，宛如星海，在最晴朗的夜空里光芒四射。等到奴隶们完工，他们仿佛剥去了棉田的颜色。这是一项壮丽的工程，从种子到棉包，但他们没有一个人为自己付出的劳动感到自豪。那是从他们身上窃取的劳动，他们的血汗。而这隧道，铁轨，连同车站和时刻表，还有那些从中发现得救之道的苦命人——这才是让人为之自豪的奇迹。她不知道这一切的建造者有没有得到相应的报偿。

"每个州都不一样，"伦布利说，"每个州都有不同的可能，有自己的风俗和做事的方式。你们往下走，走到最后一站，就会看到这个国家有多么宽广了。"

就在这个时候，长椅开始抖动。他们肃静下来，抖动变成了噪声。伦布利让他们站到月台边上。这大家伙带着一种庞然的陌生感出现在眼前。西泽在弗吉尼亚见过火车；科拉对这种机器只是听说而已。这可不是她想象中的样子。火车头黑黑的，样子好丑，前面的排障器像一张三角形的大嘴巴，可是不会有什么动物脸上长着这样的引擎。后面是球茎形状的烟囱，蒙着一层煤灰。主体结构是个大黑匣子，顶部有司机的小屋。下面是鞲鞴和一组很大的汽缸，推动十个车轮，前面两对小的导轮，后面三对大的动轮，一起忙于不知疲倦的舞步。机车只拉一节车厢，这是一节破烂不堪的货车车厢，厢壁上好多木板都不见了。

司机是个有色人，从自己的小屋里对他们招手回礼，笑起来露出没牙的嘴巴。"全体登车喽。"他说。

为了不让西泽一个劲儿地提出烦人的问题，伦布利飞快地摘开车厢门的挂钩，拉开一道缝，"别耽误工夫了。"

科拉和西泽爬进车厢，伦布利咣当一声把他们关在里面。他透过木板上的缝隙往里瞧了瞧。"如果想看看这个国家到底是个什么样子，我老是跟人说，你们得坐火车。跑起来以后，你们往外看，就能看到美国的真面貌。"他拍拍车厢作为信号。火车一顿，然后向前驶出。

两个逃犯失去了平衡，跌倒在充当座位的干草包上。车厢嘎吱嘎吱地响着，抖着。这可不是什么新型号，旅程当中有很多次，科拉真害怕它就要散架。车厢空空的，只有干草包、死老鼠和弯钉子。她后来发现了一块烧焦的木头，看得出有人在这儿生过火。西泽已经让一连串离奇的事件给弄傻了，此刻在地板上蜷成一团。科拉听从伦布利最后的吩咐，透过板条往外看。只有黑暗，一里又一里的黑暗。

他们再次走进阳光下，已经身在南卡罗来纳了。她仰望着摩天大楼，只觉得天旋地转，不知道自己走过了多远的路程。

里奇韦

阿诺德·里奇韦的父亲是个铁匠。铁水仿佛落日的余晖，让他着迷，颜色从铁料中浮现，由慢而快，像一种情感将它淹没，那东西突然瘫软，不安地蠕动，等着实现自己的目标。他的铁匠炉诚如一个窗口，由此窥见世界的原始能量。

他有个酒馆伙伴，名叫汤姆·伯德，是白人和印第安人的混血儿，喝多了烧酒，就会变得多愁善感。有些夜晚，汤姆·伯德感觉与自己的人生规划相去甚远，便讲起大神明的故事。大神明栖身于一切事物——大地、天空、动物和森林——它流经其中，用一条神圣的线串连万物。里奇韦的父亲虽然对宗教讨论嗤之以鼻，汤姆·伯德嘴里的大神明却让他想到了自己对铁的感觉。他从不敬神拜鬼，只认炉子里铁的炽热。他读到过大火山的记载，地下深处的火从山上喷涌而出，摧毁了失落之城庞培。液态的火实为大地之血。把金属熔锻，成糊，拉长，打制成造福社会的有用物件：钉子、马掌、犁铧、刀剑、火枪。镣铐。这是他的使命。用他的话说，便是侍奉神明。

如果得到允许，年幼的里奇韦便站在角落，注视父亲煅打宾州铁。熔化，锤打，围着铁砧起舞。汗水从他脸上洒落，从头到脚沾着煤灰，比非洲的恶鬼还要黑呢。"你得侍奉神明，小子。"父亲告诉他，总有一天他会找到自己的神明。

这是个激励。里奇韦将它视为一种孤独的责任。他想成为的那种人没有模子。他不能去打铁，因为无论怎样，他都无法超越父亲的才华。在城里，他仔细打量男人们的面孔，一如他父亲在金属中寻找杂质。他们到处忙于微不足道、毫无价值的营生。农夫像傻子一样盼着下雨。店老板摆放着一排又一排的商品，虽属必需，却了无生气。手艺人和技工做出来的玩意，跟他父亲的铁匠活儿一比，就好比一触即破的谣言碰到了铁打的事实。就算那些最富有的人，固然能影响遥远的伦敦交易所和本地的行情，对他也没什么启发。他承认这些人在体系中的位置，知道他们在数字的基础上建起豪宅，但他对这些人并不尊敬。如果你一天到头，连点儿汗都不出，怎么能算是个堂堂的男人呢？

每天早晨，他父亲锤打金属的声音都像命运的脚步，再也不可能更迫近了。

里奇韦十四岁就参加了巡逻队。他是个大块头的少年，身长两米，魁梧，坚毅。一丁点儿不安的迹象都看不出来。他却能发现同伴身上的弱点，然后将他们打败。以里奇韦的年纪，参加巡逻队是小了点儿，但这一行已经变了。王棉和奴隶充斥乡村。西印度群岛的叛乱，加上种种令人忧虑的、离家更近的事件，让种植园主们如坐针毡。开明的白人用不着担心的事情，奴隶主却正好相反。巡逻队扩编了，任务也增加了，少年也能找到用武之地。

里奇韦这辈子见过的最令人望而生畏的家伙，非本县巡逻队的队长莫属。钱德勒好勇斗狠，专横跋扈，实为本地一霸，正派人远远地瞧见他，纷纷避走，就算马路另一头积了雨，地上满是烂泥汤也在所不惜。他蹲号子的时间，比他送进去的逃犯坐牢的日子还长。他躺在牢房里打着呼噜，身边就是自己几个小时以前才抓来的歹徒。一个有瑕疵的榜样，但已经接近了里奇韦寻找的楷模。在法律之内，能执法，却是法外之徒。他父亲讨厌钱德勒，仍然对多年前的一次争吵耿耿于怀。里奇韦爱他父亲，可老爷子成天谈论神明，总让他想到自己缺乏目标。

巡逻不算是困难的差使。他们看见任何黑鬼都会截停，要求对方出示证件。他们明知道哪些黑鬼是自由的，可还是要上前盘查，这样做既是为了取乐，也是在告诉非洲人，不管他们是不是属于白人，在执法部门眼里都是敌对分子。他们对奴隶村一一搜查，哪怕一个笑，一本书，任何一点差池都不放过，他们鞭打不听话的黑鬼，再把他们投进监狱，如果心情不错，离下班时间也不太近的话，说不准也会把黑鬼直接送交他们的主人。

每当传来奴隶逃跑的消息，他们便会投入欢乐的行动，追踪猎物，对种植园发动突袭，审问成堆哆哆嗦嗦的黑鬼。自由民知道要发生什么，会把值钱的东西藏好，白人打烂他们的家什，捣碎他们的玻璃时，他们还会哼唧几声，暗自祈祷，只求毁物，莫要伤人。他们当着奴隶家人的面羞辱男人，对没有经验、用错误的方式瞅了他们一眼的小子大打出手，除了这些行为带来的喜悦和兴奋，还有额外的收获。老马特农场的有色娘儿们最为标致——马特先生还是很有情趣的——如此激动人心的追捕，往往让年轻的巡逻队员兴致勃发。照某些人的说法，斯通种植园有几个老头子，他们的土法蒸馏器出产全县最好的玉米烧酒。时不时来一次扫荡，钱德勒就能重新灌满自家的酒坛子了。

在那些日子里，里奇韦控制了自己的嗜好，同党大发淫威之前他便走掉了。其他的巡逻队员尽是些品行恶劣的少年和汉子，正是这份工作能够招引来的类型。在另一个国家，他们早成了罪犯，可这是美国。他最喜欢上夜班，埋伏下来，等着某个黑小子偷偷摸摸穿过树林，到路那头的种植园去看媳妇，不然就是某个偷猎的，指望着在每天的猪食之外，抓一只松鼠打打牙祭。其他队员带着枪，渴望着干掉一切傻到逃跑的混蛋，但里奇韦学来了钱德勒的那一套。老天已经给他装备了足够的武器。里奇韦当他们是兔子，把他们扑倒，再用拳头制服他们。揍他们，因为他们敢出门；揍他们，因为他们敢逃跑，哪怕这种追击只是为了缓解他的焦躁。迎着黑暗出击，树枝子啪啪地抽脸，树墩子绊他一个屁股朝天，可他爬起来接着追。在追逐的过程中，他的血在欢唱，烫得他暖洋洋的。

他父亲结束一天的工作，劳动的成果就摆在眼前：一杆滑膛枪，一只耙子，一副马车弹簧。里奇韦面对的则是他逮住的男女。一个人制造工具，另一个回收工具。他父亲拿神明的事取笑他。追智力连狗都不如的黑鬼，这算哪门子职业？

里奇韦这时十八岁，已经是个男人了。"咱俩都替伊莱·惠特尼先生工作。"他说。这倒是真的；他父亲只雇了两个学徒，有些活儿转包给了别的小铁匠。轧花机意味着更高的棉花产量，收获这些棉花要用到铁具，马车把棉花运往市场，要用到铁轮圈、铁零件和铁马掌。还要用到更多的奴隶和拴他们的铁链子。庄稼催生出社区，盖房需要钉子和撑臂，还需要盖房的工具，房子需要道路连通，需要修路的工具，以及更多的铁器，来让这一切继续运转。这也让他父亲继续瞧不起他，继续谈论他的神明。这两个男人是同一个系统中不同的部分，共同服务于一个天降大任的国家。

如果主人是个铁公鸡，或黑鬼已成废人，那么一个逃亡的奴隶也许只能换来两美元，但也可能有高达一百美元的进账，如果跨州抓捕，还能翻番。里奇韦第一次去新泽西，为当地一个种植园主挽回财产之后，就成了正儿八经的猎奴者。贝琪从弗吉尼亚的烟草地一直跑到了新泽西的特伦顿。她跟同伴藏在一起，最后是她主人的朋友在集市上认出了她。主人出价二十美元，外加一切合理的花费，要本地少年前往押解。

他以前从未出过这么远的门。越往北走，脑子里的感觉就越强烈。这国家怎么这么大呀！每到一个城镇，都比前一个更不可理喻，更复杂难解。华盛顿特区的喧闹弄得他头晕眼花。拐过街角，看见正在施工中的国会大厦，他就吐了一地，内脏都清空了，这要么是一只坏掉的牡蛎在作怪，要么就是眼前的巨物在他内心深处激起了逆反。他到最便宜的旅店搜寻，一边在脑子里反复核对人家的说辞，一边抓挠身上的虱子。就算最短的渡轮航线都会把他送到一个新的桃源，光彩夺目，富丽堂皇。

在特伦顿监狱，看守长把他当成个有头有脸的人对待。这可不是在黄昏时分鞭打有色少年，也不是为了取乐而冲散奴隶的节庆聚会。这是人的工作。在里士满郊外的小树林里，贝琪为了换取自由，淫荡地向他求欢，用纤细的手指拉起自己的裙子。她屁股纤瘦，一张大嘴，两只灰眼珠子。他什么承诺也没给。这是他第一次与女人同寝。他把她的镣子重新扣紧时，她啐了他；到达她主人的庄园时，她又啐了他。他擦脸的当儿，主人和儿子们乐不可支，可是二十美元换来了一双新靴子，还有一件花缎子外套，他在首都看到，一些成功人士身上穿的就是这个。靴子他穿了很多年。他的肚子鼓凸得厉害，外套很快就罩不住了。

纽约标志着一个无法无天时期的开始。当治安官捎信来说，他们从弗吉尼亚或北卡罗来纳抓到个逃犯，里奇韦便北上领人。纽约已经变成了经常出现的目的地，在对自己性格中的新面貌做了一番考察之后，里奇韦决定动身。把逃犯弄回家并不困难，不听话就揍呗。可是去北边，超级大都市，解放运动，有色人社区的迷魂阵，统统聚拢到一起，抓人就像大海捞针了。

他学得快。倒不如说记性好。同情黑鬼的人和唯利是图的船长把逃犯偷偷运进市里的港口。装卸工、码头工人和办事员挨个给他通风报信，他赶在恶棍即将获救的当儿，将其当场拿获。自由民举报他们非洲的兄弟姐妹，记下报纸上对逃奴的描述，前往有色人的教会、酒馆和礼拜堂，将那些在周围晃晃悠悠、鬼鬼祟祟的家伙一一比对。巴里乃矮胖壮汉，高一米七一至七三，鼠目，凶相。黑斯蒂身处孕晚期，经不得旅程劳顿，故应由他人搬运。巴里呜咽倒地。黑斯蒂和她的小崽子在被押往夏洛特城时一路哭号。

没过多久，里奇韦就有了三件高级外套。他跟一伙猎奴的偶然相遇。这些暴徒身穿黑色正装，头戴可笑的圆顶硬礼帽。他得证明自己不是乡巴佬，但只此一次。他们一起跟踪逃奴多日，在动手之处的外围隐藏，直到机会自然出现，趁着夜色冲进黑鬼的窝棚，将他们一一劫持。这些人逃离种植园已经多年，娶了媳妇，有了家庭，满心以为自己得了自由，好像主人把财产忘了似的。这种错觉让他们成了唾手可得的猎物。他不理睬那些搞绑架的，他们纯属五点帮[1]的恶匪，将自由民五花大绑，弄到南方拍卖。这是卑劣的行为，巡逻队的行为。他现在是猎奴者了。

纽约是一座生产反奴隶制观点的工厂，必须有法庭签发的证明，里奇韦才能把手里的人带往南方。废奴主义者的律师用文书挡道，每星期都能使出新的花样。他们声称，纽约是自由州，只要跨过州界，任何有色人都能魔法般地获得自由。公告上的描述和法庭上的某人有所不同是可以理解的，他们却加以利用——有什么证据能证明这一位本杰明·琼斯就是在逃的那位本杰明·琼斯呢？大多数种植园主分不清这一个奴隶和另一个奴隶，就算带他们上过床

---

[1] 臭名昭著的纽约黑帮，活跃于十九世纪和二十世纪初。

也不灵光。难怪他们找不到自己财产的下落。这成了一种博弈，你得在律师使出最新的招数之前，赶紧把黑鬼提出监狱。道德高尚的白痴与金币的力量对抗。为了讨几个赏钱，纽约市的法官把新入狱逃犯的信息透露给他，匆匆忙忙地签发命令，将他们释放。不等废奴分子们从床上爬起来，他们已经在穿越新泽西的路上走到一半了。

如果有必要，里奇韦会绕过法庭，但不会经常这么干。如果走失的财产恰好有条如簧的巧舌，那么在自由州的路上遭到截停就会引起麻烦。让他们离开种植园，还学识字，实在是一大流弊。

里奇韦在码头等待人贩子时，从欧洲来的高耸入云的大轮船也在下锚，卸落乘客。他们饥肠辘辘，麻袋里装着全部家当。不管怎么看都像黑鬼一样倒霉。但他们终将各得其所，像他一样找到自己的位置。他小时候在南方，到处都是初来乍到者的余波。肮脏的白色洪流无处可去，只能外涌。南方。西部。垃圾和人流受制于同样的定律。城市的阴沟里尽是下水，阴沟两旁住满了废物——但脏东西迟早会找到自己的落脚点。

里奇韦望着他们蹒跚走下跳板，阴冷而困惑，被这座城市压服。种种的可能铺展在这些新移民眼前，宛如一道筵席，而他们这辈子早就饿急了眼。他们从来没见过这样的阵仗，但他们必将在新大陆留下自己的界标，就跟那些流芳后世的先驱在詹姆斯敦做过的一样，借着无法阻挡的种族逻辑，将其尽收囊中。如果黑鬼该有他们那种自由，断然不会披枷戴锁。如果红鬼该保留自己的疆土，那他们理应仍然在这片土地上当家做主。如果白人不是命中注定，要将新大陆据为己有，那他们现在也不会在此称雄。

这才是真正的大神明，连接一切人类宏图的天赐之线——如果你把它留住，它就是你的。你的财产，你的奴隶，你的大陆。这就是美国的天命。

凭着完璧归赵的本事，里奇韦积累了声望。逃犯抄小道，往哪儿跑，他知道。方向，目标，他都知道。他的秘诀是，别瞎猜奴隶下一步要去哪儿，只考虑他急着要摆脱你就行了。不是某个残忍的主子，也不是无尽的奴役手段，而只是你。在小路，在松林泥炭地，在沼泽，这一招屡试不爽，这是他自己的铁打的事实。他终于甩掉了父亲，甩掉了老爷子那套哲学的负担。里奇韦不要侍奉神明。他不是铁匠，他不执法。不是铁锤。不是铁砧。他是燎着你屁股的火舌。

父亲死了，铁匠铺将来要由他接手。是时候回南方去了——回到弗吉尼亚，再往南，不管工作把他带到何方——他跟一帮人搭了伙。逃犯太多，他自己处理不过来了。伊莱·惠特尼把他父亲送上了西天——老头子是咳着煤灰死的——也让他不停歇地追捕。种植园现在是从前的两倍大，数量上也有从前的两倍多，逃犯人数更众，也更聪明，赏金也更高了。立法机关的干预少了，南下的废奴分子也没那么能折腾了，这些事都由种植园主们负责摆平。地下铁道没有值得一提的线路。打扮成黑鬼的特务，报纸左页上的暗号。他们公开夸耀自己的破坏行动，在猎奴者冲进前门时，他们从后门抢个奴隶就跑。这是窃取财产的犯罪阴谋，里奇韦忍受着他们的肆无忌惮，视之为个人的污点。

有一位特拉华的商人尤其让他恼怒不已：奥古斯特·卡特。盎格鲁－撒克逊传统上的精力充沛，一双冷酷的蓝眼睛，让下层市民也能留心他拐弯抹角的论点。最讨人嫌的那一种，一个握有印刷机的废奴主义者。"自由之友群众大会将于下午二时在米勒氏庄园举行，以提供证言，反对邪恶的蓄奴势力控制我国。"人人都知道卡特家是个车站——离河道不足百米——但屡次突袭均无功而返。从前身为逃奴的积极分子在波士顿演讲，无不对他的慷慨歌功颂德。循道宗里的废奴主义者在主日早晨兜售他的小册子，伦敦的报刊不加反驳地发表他的论点。一台印刷机，加上法官里的朋友，不下三次迫使里奇韦放弃了指控。在监狱外，他从里奇韦身边经过，在帽檐上轻轻一触。

猎奴者别无选择，只能在午夜过后造访此人。他用白色的面粉口袋很讲究地给大伙缝了兜帽，可是集体拜会结束之后，他的指头动不了了——拳头肿了两天，暴揍那人的脸来着。他允许手下的汉子们使尽手段，让此人的老婆蒙羞，用的是他从来不准对黑鬼小妞使出的大招。多年以后，只要里奇韦看到营火，那阵阵的青烟就会让他想起卡特家的房子，美妙的浓烟直上云霄。一缕想象中的微笑驻停在他的嘴角。他后来听说，那男人搬到伍斯特去了，当了补鞋匠。

奴隶妈妈说：听话，不然里奇韦先生就要来找你了。

奴隶主说：叫人去请里奇韦。

第一次应召前往兰德尔种植园，他便遇到了挑战。偶尔有奴隶逃出他的手心了。他是非凡者，不是全能者。他失手了，梅布尔的消失让他难受了很久，比应该持续的时间还要长，这件事老在他心坎上嗡嗡嗡，嗡嗡嗡。

旧地重访，这一遭的任务是找到那妇人的女儿，前一次失手如此揪心，他知道原因了。好像不可能，但确确实实，地下铁道在佐治亚有了支线。他一定要找到它。他一定要摧毁它。

THE
UNDERGROUND
RAILROAD

South Carolina

南卡罗来纳

赏格三十美元

一貌美黄肤黑种女子，十八岁，逃跑已逾九月，凡有人将其送还本人，或解送至州内任一监狱，以便本人将其收回，可领上件赏格。该女性情狡诈，外表昂然，必然企图充作自由民过关，手肘有一处易认疤痕，系灼伤所得。本人获知，该女现在伊登顿一带潜藏。

本杰·P. 韦尔斯

一八一二年一月五日于默弗里斯伯勒

安德森一家住的是包有护墙板的漂亮房子，位于华盛顿街和主街的街角，经过喧嚣的店铺和商业区，再走几个路口就到了，城市的这一片区域是小康人家的私宅。到了晚上，安德森先生和安德森太太喜欢坐在宽阔的前廊，男主人在丝制的烟口袋里舀着烟丝，女主人眯着眼睛，看着自己的针线活儿，再往里，是客厅、餐厅和厨房。贝茜的大部分时间是在一楼度过的，追逐孩子们，准备饭食，收拾房间。楼梯最上面是一排卧室——梅茜和小雷蒙德住同一间——还有第二个盥洗室。雷蒙德午睡时间很长，贝茜常常等他进入梦乡，便坐到临窗的位置。她只能认出格里芬大楼最上面的两层，白色的挑檐在阳光下格外明亮。

这一天，她包好面包和果酱，给梅茜当午饭，带男孩出门散步，洗净刀叉和杯子。换完寝具，她和雷蒙德接梅茜放学，再一块去公园。喷泉旁边有个小提琴手，拉着时新的乐曲，孩子们跟小伙伴玩闹，做着捉迷藏和找戒指的游戏。她得小心看护，既不能让雷蒙德受人欺负，也不能触怒小坏蛋的妈妈，谁是谁妈，她可弄不清楚。这是星期五，也就是说，她最后要去购物。不管怎样，天光已经开始暗落。贝茜买了咸牛肉、牛奶和别的食材，在安德森家的名下挂账。她签字时画了个×。

安德森太太六点钟到家。家里的医生嘱咐她多到户外活动。这么一来，她为新医院募集资金的工作便不无裨益，与附近的其他女士共进下午餐也有好处。她心情不错，把自己的两个孩子弄过来，又是亲，又是抱，保证吃完晚饭给他们奖励。梅茜乐得直蹦高，连声尖叫。安德森太太向忙碌一天的贝茜道谢，祝她晚安。

宿舍在城里的另一头，走回去不太远。可以抄近路，但贝茜喜欢感受一下主街入夜后的活力，她想置身于市民中间，有白人，也有有色人。她一路漫步，经过街上的各种建筑，走到大玻璃窗跟前时，一定要磨蹭半天。女裁缝的店，带有褶边的鲜艳女装从铁环上垂挂而下，堆得满满的商场，里面是各种商品组成的奇境，主街两边是一家家相互竞争的百货店。她做了个小游戏，看着陈列品，从中挑出新摆出来的东西。琳琅满目，她仍然为之惊讶不已。在这一切当中，最令人印象深刻的就是格里芬大楼。

它有十二层，是全国最高的建筑之一，自然可以睥睨南方任何一座楼宇。它是本城的骄傲。银行占据首层，配有拱形的天花板和田纳西大理石。贝茜在那儿没什么业务，可她对上面的楼层并不陌生。前一个星期，她还带着孩子们，在他们父亲过生日那天去看他，她听着自己的脚步，在漂亮的大堂里咔咔作响。方圆数百英里仅有的一部升降机把他们送上八楼。梅茜和雷蒙德来过很多次了，已经觉得升降机索然无味，可它的魔力每次都让贝茜既快活又害怕，她死死地抓住黄铜栏杆，生怕大难临头。

他们经过一层又一层的保险公司、政府机构和出口商行。空房极为罕见；格里芬大楼的地址能给商誉带来很大的提升。安德森先生那一层挤满了律师事务所，铺着昂贵的地毯，深褐色的木制墙板，门上镶嵌着毛玻璃。安德森先生本人做合同工作，以棉花贸易为主。看见家人来访，他相当惊讶。他兴高采烈地从孩子手里接过一个小蛋糕，但是又毫不客气地说道，他得赶紧回去弄文件。有那么一忽儿，贝茜都弄不清自己是不是要挨骂了，好在没有。是安德森太太非要他们来的。安德森先生的秘书给他们拉开门，贝茜手忙脚乱地把孩子们推到门外，奔糖果店去了。

这一天晚上，贝茜经过银行锃亮的黄铜大门，继续朝家走去。这座不同凡响的大厦每天都起着纪念碑的功用，镌刻下她所处环境的深刻变化。她像一个自由妇女那样走过人行道。没有人追捕她，没有人凌辱她。有些人是安德森太太那个圈子里的，认出贝茜是她家的佣人，有时甚至还冲她笑上一笑呢。

贝茜跨过马路，躲开乱糟糟的酒馆和里面不三不四的客人。她暂且驻足，在醉鬼们中间搜寻了一下萨姆的脸。拐过街角，就是一片寒酸的住宅，住的是家境不够殷实的白人居民。她加快了步伐。角落里有幢灰房子，房主对自家的狗暴露凶相毫不在乎，还有一排独栋小屋，屋里的主妇们表情坚毅，呆望着窗外。住在本城这一片的白人，很多是在大工厂里做工头或苦力的。他们一般不雇有色人帮佣，所以贝茜对他们的日常生活几乎一无所知。

只一忽儿，她就走到宿舍了。这一带两层的红砖楼房，在贝茜抵达之前不久才告落成。周围的树苗和树篱迟早会带来阴凉，自成一体，现在它们只是呈现出了美好的意图。砖的颜色纯洁，无瑕，连雨水溅起的泥点都没有。也见不到毛毛虫在角落里爬来爬去。进得楼内，在公共空间、餐厅和大寝室里，仍然能闻到新鲜的白漆味道。除了门把手，哪儿都不敢碰的姑娘可不止贝茜一个。她们生怕留下一个污点或刮痕。

贝茜跟人行道上碰见的舍友打着招呼。大部分人刚下工回来。另一些正要出发去照看小孩，好让孩子的父母能出门过一个愉快的夜晚。到星期六，只有一半的有色人舍友工作，所以星期五晚上总是忙忙碌碌的。

到十八号楼了。她对正在公共休息室编辫子的姑娘们说了声你好，便冲到楼上，好在晚饭前换身衣服。大寝室一共八十个床位，贝茜刚到本城时，大多数床铺已经有人住了。早来一天，她说不准就能睡在靠窗的铺位。还要过些时间才会有人搬走，到时候她可以换个更好的位置。贝茜喜欢窗外吹进来的微风。要是她翻个身，就能在某些夜晚看到星星了。

贝茜打开床脚的衣箱，取出她到南卡罗来纳第二个星期买的蓝裙子。她把裙子在腿上抚平。柔软的棉布触及皮肤，仍然让她兴奋莫名。贝茜把工作装卷成一团，塞进床下的麻布口袋。最近她都在星期六的下午，上完学校的课以后才洗衣服。她允许自己在周六早晨放纵一下，睡个懒觉，家务活正是她对晚起床的一种补偿。

晚饭是烤鸡，配胡萝卜和土豆。厨娘玛格丽特住在八号。舍监出于审慎起见，认为搞清洁的和做饭的不应该在自己住的楼里上工，而应该去别的宿舍干活。这个想法虽从小处着眼，却大可称道。玛格丽特用起盐来敢下重手，但她做出的肉和禽总是柔嫩酥滑，妙不可言。贝茜一边拿面包皮刮净油汤，一边听别人谈论当晚的计划。在晚上的联欢会开始以前，大部分姑娘都会待在宿舍，但一些更年轻的这就要出门，去新近开张的有色人酒馆。出乎意料的是，酒馆连代币券都收。贝茜认为，这就是另一个不去那儿的理由。她把自己的盘子送进厨房，便回楼上去了。

"贝茜？"

"晚上好，露西小姐。"贝茜说。

像露西小姐这样，星期五晚上还待到这么晚是十分少见的。大多数舍监一到六点就无影无踪。听其他宿舍的姑娘这么一说，露西小姐的敬业精神真该让同事们无地自容。的确，她的指点已经让贝茜多次受益。她欣赏她的穿着方式，总是那么干净利落，恰到好处。露西小姐把头发扎了个髻，加上一副金丝框的眼镜，看上去颇为严肃，可她只要莞尔一笑，女人味也会显露无遗。

"你怎么样？"露西小姐问道。

"估摸着我要在营区过一个安静的晚上了，露西小姐。"贝茜说。

"宿舍，贝茜。不是营区。"

"是，露西小姐。"

"感觉，别老估摸。"

"我正在改嘛。"

"也正在取得显著的进步！"露西小姐拍拍贝茜的胳膊，"星期一早晨，去上班之前我想和你谈谈。"

"有什么不对的吗，露西小姐？"

"当然没有，贝茜。咱们到时候再谈。"她微微低了下头，便走到办公室去了。

对一个有色姑娘低头。

贝茜·卡彭特是萨姆在车站给她的文件上所写的名字。几个月过去了，贝茜依然不知道自己是怎样活着逃出佐治亚的。黑暗的隧道很快把货车车厢变成了墓穴。仅有的一点亮光来自驾驶室，穿透前面板条的缝隙，照进东倒西歪的车厢。有一阵子，车厢摇晃得实在太厉害，科拉不得不抱紧西泽，他们就这样抱了好长一会儿，震动更加要命的时候，他们死死地搂住对方，紧抵在干草堆上。抓着他，随着他胸膛挺起，落下，期待着温暖的挤压，感觉好舒服。

后来机车减了速，西泽一跃而起。虽然逃奴的兴奋劲儿已经有所缓和，他们还是不敢相信眼前的一切。每次他们完成一段旅程，下一个意想不到的场景便会拉开帷幕。装满镣铐的谷仓，地面赫然出现的洞口，这节破烂不堪的货车车厢——地下铁道行进的前方，正是奇情异状所在的方向。科拉告诉西泽，看见那些镣铐，她真害怕弗莱彻从一开始就跟特伦斯串通好了，就等着把他们送进恐怖的密室。他们的计划、逃跑和抵达，统统都是戏码，用来上演一出精心制作的活生生的大戏。

他们到达的车站跟出发的地方很像。只是长椅换成了一张桌子，几把椅子。墙上挂着两盏提灯，还有一只小篮子，放在台阶的近旁。

司机把他们放出车厢。他是个大个子，脑袋瓜周围有一圈马蹄铁形状的白发，因为经年累月在地里劳动，背已经驼了。他抹了一把脸上的汗水和煤灰，刚要张嘴讲话，一阵猛烈的咳嗽便将他的仪表生生扼杀。司机举起瓶子，猛灌几口，这才恢复了镇定。

他打断两人的道谢。"这是我的工作。"他说，"伺候锅炉吃喝，让她跑起来别停。把旅客送到人家要去的地方。"他走向驾驶室，"你们就跟这儿等着，有人会来接你们的。"没过多久，火车就消失了，留下一道打着旋儿的蒸汽尾巴和渐渐远去的噪声。

篮子里装着预留的食品：面包，半只鸡，水，还有一瓶啤酒。他们饿坏了，连面包渣子都从篮子里抖搂出来，分而食之。科拉甚至喝了一小口啤酒。忽然听到台阶上响起足音，他们鼓足勇气，等着迎接地下铁道的又一位代表。

萨姆是个二十五岁的白人，一点儿也没表现出前两位同事那种古怪的性情。他身材结实，外表快活，穿一条棕黄色的背带裤，一件红色的厚衬衫，这衣服一看就知道曾经饱受搓板粗暴的折磨。他留着小胡子，两端上翘，随着他的热情而不停地上下抛动。站长和他们一一握手，把他们上下打量一番，带着不相信的表情。"你们做成了，"萨姆说，"你们真到了这儿。"

他拿来了更多的食物。他们在歪斜的桌边坐下，萨姆对上面的世界做了一番介绍。"你们从佐治亚出来，这段路可不短啊。"萨姆说，"在帮扶有色人方面，南卡罗来纳的态度要比南方别的地方开明得多。你们肯定是安全的，先待在这儿，等我们把下一段行程安排下来再说。这可能要花些时间。"

"多久？"西泽问。

"不好说。来来往往的人太多了，一趟只有一站。通个信别提多难了。铁道是天工，但管理起来能把人逼疯。"看着他们大嚼大咽，他脸上露出好开心的样子。"谁知道呢？"他说，"没准儿你们就待下来不走了呢。我老说，南卡罗来纳跟你们见过的地方都不一样。"

萨姆上楼去了，回来时拿了些衣服，还有一小桶水。"你们得洗洗。"他说，"我可是好心好意的哟。"他坐到楼梯上，给他们的隐私腾出空间。西泽让科拉先洗，自己走去找萨姆了。她光光的身子并不新奇，可她还是对这番好意满怀感激。科拉从脸开始洗起。她好脏，她好臭，拧干衣服时，黑汤四溢。新衣服不是那种僵硬的黑鬼衣服，而是柔软的棉布，让她的身体也感觉洁净了，好像她当真拿肥皂搓洗过一样。裙子很简单，淡蓝色的，上面有横道道，一点儿也不像她以前穿过的东西。棉花进去一个样，出来是另一个样了。

等西泽也洗完，萨姆便递上他们的文件。

"名字不对呀。"西泽说。

"你们是逃犯，"萨姆说，"这才是现在的你们。你们得牢牢记住这些名字，这些来历。"

不只是逃犯吧。杀人犯，也许。自从走入地下，科拉还没有想起过那个男孩。西泽跟她想到一块去了，不由得锁紧了眉头。她决定把树林子里的搏斗告诉萨姆。

站长没有做出评判，但在听到小可爱的命运时，他露出了真诚的悲愤。他说他替他们的朋友感到难过。"还没听说这事。咱们这儿跟别的地方不一样，这种消息传不开的。从我们现在知道的来看，那男孩可能苏醒了，但即便如此，这也改变不了你们的身份。你们最好还是有个新名字。"

"这上面说我们是美国政府的财产。"西泽注意到了。

"这是法律依据。"萨姆说。白人家庭卷起铺盖，涌到南卡罗来纳寻找机会，报上说，还有大老远的从纽约跑来的呢。得了自由的男人女人也来了，美国的这一波移民潮谁都不曾见过。一部分有色人是逃奴，不过说不清到底有多少，原因是明摆着的。本州大部分有色人已由政府买断。有些时候是在拍卖会上或趁着家产甩卖时买的，中间人追踪着大型拍卖，大部分是从不再务农的白人手里买来的。农村生活不适合这些白人了，即便他们从小在种植园长大，庄稼是他们祖传的家业。这是一个新时代。政府提供了非常优渥的条件和激励政策，把他们重新安置到较大的城市，还有抵押贷款和税额减免。

"奴隶怎么办？"科拉问。谈到钱她就弄不懂了，但她一听就知道人是被当作财产卖掉的。

"他们有吃的，住的，还有工作。想来就来，想走就走。想跟谁结婚就跟谁结婚，养了孩子，再也不会被人夺走。工作也是好工作，不是奴隶的苦力活儿。但你们很快就能看到了。"就他所知，有一份卖契，存在某个地方某只盒子的某份文件里，但就这些了。不会有什么把柄用来对付他们。格里芬大楼里有位同志已经替他们伪造了这些文件。

"你们准备好了吗？"萨姆问。

科拉和西泽看了看对方。他像个绅士一样，朝身体的一侧伸长手臂。"女士先请。"

她实在憋不住笑了，然后他们一起走进了阳光。

政府是在北卡罗来纳的一次破产聆讯中买下贝茜·卡彭特和克里斯蒂安·马克森的。他们步行进城时，萨姆帮他们做了预习。他住在两英里外，在他祖父建造的独立小屋中安家。他父母原来在主街经营铜器店，但他们死后，萨姆决定走一条不一样的路。他把生意卖给了一个来到南卡罗来纳重新立业的移民。如今萨姆在一家名叫漂流的酒馆工作，店主是他朋友，那儿的气氛很对他的脾气。萨姆喜欢近距离地观察人类动物的众生相，也能借着一条条酒后的大舌头，摸一摸本城的各种活动。他自行安排工作时间，这对他的另一项事业大有助益。车站暗藏在他家谷仓下面，像伦布利家一样。

走到城郊，萨姆给他们指明详细的路线，要他们前往就业办公室。"你们要是走丢了，就往那儿去。"他指着那幢高耸入云的人

间奇迹，"到主街，往右一拐就行了。"等他有了新消息，会再跟
他们联络。

西泽和科拉沿着尘土飞扬的马路进城，还是不敢相信自己的眼
睛。一辆双轮单座马车拐了个弯，这一对儿受了惊，差点儿一头钻
到树林子里去。赶车的是个有色男孩，带着一副时髦的派头，拿手
轻轻点一下自己的帽檐。心平气和，若无其事。小小年纪就这副德
行！等他没影了，他们才哈哈大笑，笑的是自己刚才荒唐的行为。
科拉挺胸，抬头。他们非得学会像自由民那样走路不可。

在接下来的几个月里，科拉掌握了姿态。她的字母和谈吐还需
要多加练习。在跟露西小姐谈过之后，她从衣箱里取出了识字课
本。别的女孩子叽叽喳喳的时候，一个接一个道过晚安的时候，科
拉还在练习写大字呢。下次再替安德森家的杂货签名，她一定要一
笔一画地写上贝茜。手都写麻了以后，她吹熄了蜡烛。

这是她从小到大睡过的最软和的床了。不过话说回来，她从小
到大只睡过这一张床。

汉德勒小姐一定是在圣徒的怀抱里长大的。有个老汉在最基础的读写方面无能到了极点，但作为老师，她怎么也不缺少礼貌和宽容。每到礼拜六上午，教室总是满满的，上课时，老汉张口结舌，唾沫飞溅，弄得全班同学在桌边个个避之不及。坐在科拉前面的两个姑娘不时互相看一眼，对他乱七八糟的发音窃笑不止。

科拉进这个班很恼火。在正常情况下，简直没法子听懂霍华德在说什么。他偏爱一种混杂的语言，结合了死掉的非洲话和奴隶的谈吐。从前，母亲告诉过她，那种半拉子语言正是种植园的声音。他们是从非洲各个地方的村子给偷来的，讲什么话的都有。从跨越大洋开始，随着时间流逝，词语和他们阴阳永隔。为了简明扼要，为了抹掉他们的身份，为了扼杀起义。所有的词语都没了，只有那些仍然记得自己从前是谁的人珍藏了一些。"他们藏着呢，就像藏着宝贵的金子。"梅布尔说。

这不是母亲和外婆的时代了。霍华德一遍遍地想把"我是"这两个字说清楚，耽误了宝贵的上课时间，上了一个星期的班，时间已经少得可怜。她来这儿是为了学习。

一阵劲风吹来，百叶窗的折叶哗哗作响。汉德勒小姐放下粉笔。"在北卡罗来纳，"她说，"我们正在做的事情就是犯罪。我要被罚一百美元，你们要吃三十九鞭。这是法律的规定。你们的主人多半还有更重的惩罚。"她看了一眼科拉。女教师只比她大几岁，可是在她面前，科拉感觉自己就像个什么也不知道的小黑崽子。"从一无所知起步很难。几个星期以前，你们有些人就是霍华德现在这个样子。这需要时间，还有耐心。"

她宣布下课。科拉着急忙慌地抓起自己的东西，希望第一个出门。霍华德还在拿袖子抹眼泪。

学校坐落在几排女生宿舍的南边。科拉注意到，在需要比公共休息室更严肃的气氛时，这幢楼也用来开会，举办关于卫生工作和妇女事务的会议。外面是草地，草地就是有色人的公园。今天晚上的联欢会，有支男生宿舍的乐队要在露台上演奏。

他们活该受到汉德勒小姐的责骂。就像萨姆在月台上告诉科拉的，南卡罗来纳对有色人进步的态度大不一样。几个月来，科拉已经通过很多方式享受了这一事实，但要说益处最大的，有色人教育方面的规定得算一项。有一次，康奈利因为一个奴隶在看有字的东西，就把他两只眼睛给挖出来了。他失掉了雅各布的劳动能力，但如果此人真有天分，监工在惩罚他时，也只会让他少受点儿罪而已。作为报偿，康奈利收获了永恒的恐惧，任何有心学习主人字母的奴隶都得小心了。

剥棉又不用眼睛，康奈利告诉他们，不然你们就饿死好了。雅各布果然饿死了。

她把种植园抛在身后。她再也不住种植园了。

识字课本飞出一页，她在草地上追逐。书即将散架，就要被她和这本书以前的主人用烂了。科拉见过些很小的孩子，比梅茜还小，也用同样的识字课本上课。新书本，书脊平平整整。有色人学校的书都是用旧了的，她必须把自己的字母擦在别人涂写的东西上面，挤在当中，但是看一眼课本是不会招来鞭子抽的。

母亲一定会为她骄傲。就像小可爱的母亲很可能会为女儿逃跑骄傲一样。那场持续了一天半的逃跑。科拉把这一页放回书里。她再次从心头推开了种植园。这件事她越做越熟。可心思是狡猾的，弯弯绕的。她不喜欢的那些念想老是从旁边，从底下，透过裂缝，从她已经打了封条的地方悄悄地挤进来。

比如说，想妈妈。住到宿舍的第三个星期，她敲开了露西小姐办公室的门。如果政府保存着所有来到这儿的有色人的记录，那么在许许多多的名字当中，也许会有妈妈的名字。梅布尔逃走以后的生活像谜一样。那么多自由民来到南卡罗来纳寻找机会，她有可能是其中一员。

从十八号楼的公共休息室顺着走廊走下去，就到了露西小姐工作的房间。科拉不信任她，可还是来了。露西小姐让她进屋。办公室颇为逼仄，舍监不得不从文件柜中间挤过去，才能坐回自己的办公桌，但她在墙上挂了些画，表现不同的农耕场面，房间因此显得轻松愉悦了。屋里没有空间放第二把椅子。来访者站着接受会见，来访的时间也能因此缩短。

露西小姐从眼镜上方盯着科拉，"她叫什么？"

"梅布尔·兰德尔。"

"你姓卡彭特。"露西小姐说。

"那我爸的姓。我妈兰德尔。"

"那是。"露西小姐说，"你妈姓。"

她在一个文件柜前停下，翻弄起浅蓝色的文件纸，不时地朝科拉这边瞟一眼。露西小姐曾经提过，她和一群舍监住在广场附近的公寓。科拉努力想象女领导在不管理宿舍时都做些什么，她又是怎么打发星期六的？有没有一位年轻的绅士带她去这儿去那儿？一个没嫁人的白人女子在南卡罗来纳忙些什么？科拉变得勇敢了一些，但在不去安德森家帮佣时，她仍然死守着宿舍一带。这样做似乎不失谨慎，毕竟她刚从地道里出来。

露西小姐走到另一个文件柜前，用力拉开一个又一个抽屉，但什么都没找到。"这些记录只是在我们宿舍待过的。"她说，"可是我们的场所遍布全州。"舍监记下她母亲的姓名，答应再去格里芬大楼查查总档。她第二次提醒科拉在读写上多花些精力，课程虽属自愿，但最好去上，一起参与有色人提高水平的大业，天资好的人尤其应该这样。然后露西小姐便继续工作了。

这只是一时的奇想。梅布尔刚逃走时，科拉尽己所能不去想她。等她到了南卡罗来纳，才认识到自己之所以从记忆中抹掉妈妈，不是出于悲伤，而是因为愤怒。她恨她。尝到了自由的丰盛，科拉实在无法理解梅布尔把她丢在人间地狱的举动。一个孩子。带上她肯定会让逃跑更加艰难，但科拉那时已经不是婴儿了。如果她能摘棉花，她就能跑。她经历了无尽的暴行，要是西泽再不出现，她多半已经死在那个地方了。在火车上，在永恒的隧道里，她终于开了口，问他为什么要带上她。西泽说："因为我知道你做得到。"

她多么恨她呀。她在凄凉的阁楼上熬过了数不清的夜晚，辗转反侧，跟身边那个女人死磕，暗中策划着一个又一个逃离种植园的办法。偷偷藏进车上的棉花堆，一到新奥尔良郊外就在路上跳车。委身于男人，向监工行贿。带上斧子，像她卑鄙的亲娘一样跑过沼泽。多少个无眠的夜晚。当晨光初现，她才惊觉自己的计划不过是幻梦一场。那不是她平日的想法，压根儿也不是。因为脑袋里装着这些走来走去，无所作为，何异于死！

她不知道妈妈逃到哪里去了。梅布尔没有把自由拿来攒钱，好为女儿赎身，这是肯定的。可就算她这样做了，兰德尔也不会答应。露西小姐从来没在文件里找到母亲的名字。如果她找到了，科拉一定会径直走到梅布尔那里，敲开她的房门。

"贝茜——你没事吧？"

原来是六号楼的阿比盖尔，她正要去吃晚饭，路过这里。她跟在蒙哥马利街工作的姑娘们相处得很好。科拉一直站在草地中央，眼神发直来着。她告诉阿比盖尔自己一切都好，便回宿舍干杂活去了。是的，科拉得多加注意，不能什么事都表露在脸上。

如果科拉的面具只是偶尔才滑到一边，这便证明她已经熟练地

掌握了贝茜·卡彭特的伪装，成了一个刚从北卡罗来纳到这儿不久
的新人。不管是露西小姐问起她母亲的家姓，还是谈话可能带出的
其他旧史，她都已经做好了准备。第一天在就业办公室的面试，只
简单地问了几个问题就结束了。新人要么在家中帮佣，要么下地帮
工。不管哪一种，初期都以家务劳动为主。雇人的家庭已得到通
知，对没有经验的佣人要多些宽容。

　　医生的检查让她受了惊吓，但吓人的不是那些问题。检查室里
闪闪发亮的钢制器械，看上去就像特伦斯·兰德尔为了罪恶的目的
从铁匠铺定制的玩意。

　　医生的办公室位于格里芬大楼十层。头一次坐升降机，把她吓
了个半死，但总算迈进了长长的走廊，成排的椅子摆在这里，坐满
了等待检查的有色男人和有色妇女。一个身穿纯白制服的护士在名
单上核对完科拉的姓名，便让她加入到妇女群中。紧张不安的交谈
可想而知；对大多数人而言，这是他们第一次看医生。在兰德尔种
植园，只有在奴隶的药物，也就是草根和膏药统统不顶用，一个有
价值的工人就要死掉时，才会叫医生。大多数情况下，到了这个时
候，医生也无力回天，只是一味地抱怨道路泥泞，然后拿钱走人。

　　他们叫了她的名字。透过检查室的窗子，她看到了城市的面貌
和一里又一里翠绿的乡村。人类建造了这样的奇迹，一块通往天堂
的踏脚石。她可以在这儿待一整天，凝望这风景，但是检查打断了
她的奇想。坎贝尔大夫是个做事麻利、身材魁梧的绅士，在屋里跑
来跑去，白大褂在身后拍打着，像一条披肩。他检查了科拉的总体

健康状况，年轻的护士在蓝纸上仔细做着记录。她的祖先是哪个部落的？她对他们的习俗都有哪些了解？她生过病吗？她的心脏状况如何？肺呢？她这时才想起来，特伦斯打过她以后，她一直受着头痛的折磨，但自从来到南卡罗来纳，症状便消失了。

智力测验很简短，只是摆弄几下木头模型，做几个图案测验。体检时她脱掉了衣服。坎贝尔大夫看了看她的手。很柔软，但还是下地务农之人的手。他的手指抚过鞭刑在她身上留下的伤疤。他试图猜一猜她挨过多少鞭，猜差了两鞭。他用器械查看了她的私处。检查很疼，也让她感到羞耻，医生冷静的态度无助于缓解她的不适。科拉回答了曾经遭受强暴的问题。坎贝尔大夫转向护士，让她记下他对科拉生育能力做出的诊断。

附近的托盘上放着一批威风凛凛的金属器械。他从当中拿出一件格外吓人的：一支细钉子，屁股后面连着一支玻璃量筒。"我们要抽点血。"他说。

"为啥？"

"血液告诉我们很多东西。"医生说，"关于疾病，它们怎么传播。血液研究可是尖端学科。"护士抓住科拉的胳膊，坎贝尔大夫将针头刺入。现在她知道在门外走廊听到的那些号叫是怎么回事了。她自己也叫了一嗓子。然后检查就做完了。走廊里只有男人们还在。椅子坐满了。

那是她最后一次去十楼。安德森太太有一天告诉她，新的医院一开业，公家医生的办公室就都要搬迁。安德森太太又说，那层楼的租约已经期满。安德森太太自己的医生在主街执业，就在眼镜店的楼上。听上去他像个很能干的人。在科拉替安德森家工作的这几个月里，孩子母亲病恹恹的日子明显少了许多。她动怒的情况，她把自己锁进房间、门窗紧闭的下午，她对孩子们苛刻的态度，都不再像原来那么频繁了。更多的户外时间，加上吃药，产生了神奇的作用。

科拉洗完星期六的衣服，吃罢晚饭，差不多就到联欢会的时间了。她穿上新买的蓝裙子。这是有色人大卖场里最漂亮的一件。由于价钱的缘故，她尽量不在那儿买东西。由于替安德森太太购物，她被他们那一片的商店吓了一跳，里面同样东西的价格是白人商店里的两三倍。就拿那条裙子来说吧，它要花一个星期的工钱，她不得不用了代币券。大多数情况下，她花钱是很小心的。钱是个新东西，不可预测，说没就没。有些姑娘欠下好几个月的薪水，现在买什么都指着代币券了。科拉理解其中的缘由——公家扣掉了伙食费和住宿费，加上用于宿舍维护和学校教材的杂费，是剩不下几个钱的。最好少依仗代币券的赊欠。科拉暗自保证，这条裙子算是破例。

因为当晚的聚会，大寝室里的女孩子们处于格外兴奋的状态。科拉也不例外。她打扮完了。西泽没准儿已经到了草地。

他坐在长椅上等她，从这儿看得到露台和乐队。他知道她不肯跳舞。从草地那一头看过来，西泽比佐治亚那段时间成熟了一些。她认出了他的晚装，有色人大卖场里堆了很多，但他穿起来更为自信，强过在种植园出生的同龄男人。工厂的工作也挺适合他的。当然还有与他们处境改善相关的其他因素。距他们上次见面，已经过去了一个星期，他留起了小胡子。

她接着看见了鲜花。她夸赞了他的花，又向他道谢。他夸赞了她的裙子。他们从隧道出来一个月后，他曾想要吻她。她装作什么都没发生，从那以后，他就玩起了这种把戏。总有一天他们会那样做的。到时候说不定是她亲他呢，她不知道。

"我认识他们。"西泽说。他们落座时，他指着乐队，"我觉得他们比乔治和韦斯利还要棒。"

几个月过去以后，科拉和西泽在公共场所提到兰德尔种植园时，已经越来越随意了。他们所说的许多东西，都有可能飘进某个昔日奴隶的耳朵，飘进他的心头。种植园就是种植园；你也许认为自己的不幸是独一无二的，可是真正的恐怖在于这是普遍的不幸。不管怎样，音乐很快就会盖住他们关于地下铁道的交谈。科拉本以为乐师会把他们的漫不经心当成失礼。其实没事儿。作为自由民而不是奴隶演奏音乐，也许仍然是一桩美差。卸去了为奴隶村提供唯一安慰的责任，全心全意地投入乐曲。怀着解放和喜悦，操演自己的技艺。

舍监安排这些联欢，目的是在有色人中间培养健康的男女关系，修补奴隶制对他们性格造成的某些破坏。他们认为，音乐和舞蹈，食物和潘趣酒，映着灯笼暧昧的光影，在草地上一一展开，对饱受摧残的心灵必是一剂大补。对西泽和科拉而言，这也是他们屈指可数的见面机会。

西泽在城郊的机械厂上工，他的倒班时间难得与科拉的合拍。他喜欢这份工作。每个星期，工厂视乎订货量，都会装配一种不同的机器。男工们守在传送带前，每个人都有分配给自己的零件，负责安装到在流水线上移动过来的半成品上。一开始，传送带上什么都没有，一堆有待安装的零件，等最后一个人完工，成果便展现在大伙眼前，所有人的眼前。西泽说，真是意想不到的满足，目睹完整的产品，完全不同于兰德尔家那种空洞的苦工。

工作是单调的，但并不繁重；产品的变化多少缓解了乏味。工长和经理时常引用一位劳工理论家的话，遵照此人的论点，漫长的休息时间在当班的过程中得到了很好的分配。工友都是好人。虽说有些伙计仍然留有种植园习性的印记，但他们想学好，对故态复萌的苗头稍有觉察，眼瞅着就要做出仍然生活在资源贫乏条件下的举动，便渴望着自行纠正。新生活带来了种种可能，增强了这些男人的抵抗力，他们每个星期都在进步。

这两位从前的逃奴互通了消息。梅茜又掉了一颗牙。这个星期厂里开始制造机车引擎了——西泽不知道它们有一天会不会用在地下铁道。他注意到大卖场的价格又涨了。对科拉来说，这可不算新闻。

"萨姆怎么样？"科拉问道。西泽要见站长比她容易。

"还那样儿——成天乐呵呵的，也不知道为了什么。有个笨蛋在酒馆打了他眼睛。他还挺自豪的，说他早想要个黑眼圈了。"

"别的呢？"

他两手交握，放到腿上。"几天后有趟火车。你要想坐的话。"他补了后面这一句，好像知道科拉的态度似的。

"要不下一趟吧。"

"是啊，也许下一趟。"

自从他俩来到这儿，已经有三趟火车过去了。第一次，他们商量了好几个小时，不知道该不该马上离开这黑暗的南方，或是看看南卡罗来纳能提供些别的什么再说。那时他们已经长了几斤肉，挣到了工钱，开始忘记种植园每天的痛楚。但实实在在的争论一直没断，科拉撺掇着他们去坐火车，而西泽力主此地大有作为。萨姆没掺和这事——他钟爱自己的家乡，也是南卡罗来纳在种族问题上不断进步论的鼓吹者。他不知道这场社会实验会产生怎样的结果，而且对一长串不信任政府的煽动者感到认同，但他满怀着希望。他们留下来了。也许下一趟。

下一趟火车来而复去，讨论也短了不少。科拉那时刚在宿舍吃过一顿美妙绝伦的饭菜。西泽才买了一件新衬衫。他们想到又要忍饥挨饿，逃亡就变得兴味索然，他们也不忍心丢下用血汗钱买来的东西。第三趟火车来而复去，现在这第四趟恐怕也是同样的结果。

"也许我们应该留下来，不走了。"科拉说。

西泽没有说话。这是个美丽的夜晚。正如他所说，乐师们才艺过人，前几次联欢会上演奏的拉格泰姆就弄得人人开心不已。小提琴手们出身于这一座或那一座种植园，弹班卓琴的来自另一个州：乐师们天天在宿舍分享家乡的曲调，曲库不断壮大。观众献出各自种植园的舞蹈，围在一起，互相学习。他们冲到一边休息，调情，借着微风凉快一下，然后返身再战，一边跳一边笑，手也不停，拍着巴掌。

"也许我们应该留下来。"西泽重复一遍。就这么决定了。

联欢会在午夜结束。乐师们拿出一顶帽子，讨起了赏钱，但大多数人到了星期六的晚上，已经深陷于代币券，所以帽子到头来空空如也。科拉跟西泽道过晚安，就在回家的路上，她目睹了一起事件。

一个女人跑过学校附近的草地。她二十多岁，身材苗条，头发猛烈地朝上甩着。她的罩衫敞开到了肚脐，露出了乳房。一瞬间，科拉仿佛回到了兰德尔家，感觉又要受到暴行的洗礼了。

两个男人抓住那女人，尽己所能地不要下手太重，制止她乱抓乱动。群众开始围拢。有个姑娘到学校那一头去叫舍监了。科拉从人缝里挤过去。那女人语无伦次地哭闹着，后来突然叫道："我的宝宝们，他们要夺走我的宝宝们呀！"

围观群众听到这熟悉的句子，无不为之叹息。他们在种植园生活时已经听过太多次了，这是母亲哭她受苦的儿女。科拉想起西泽所说，工厂里的男人们仍然受着种植园的折磨，不管有多少里路，他们还是把那段生活背到这儿来了。它就住在他们心里。它仍然住在他们所有人心里，一等到机会出现，便会嘲笑他们，伤害他们。

女人略微平静了一些，便让人领回到紧靠后的宿舍楼里去了。

虽然他们决定留下的结果带来了慰藉，但科拉还是熬过了一个长夜，她的思绪飘回去了，那是女人的一声声尖叫，还有她自己召来的一个个幽魂。

"我能道个别吗？跟安德森两口子，还有孩子们？"科拉问。

露西小姐肯定地说，这可以安排。那家人很喜欢她，她说。

"是我工作没做好吗？"科拉自认为有了不少的进步，比较适合家务劳动更为精细的节奏了。她用大拇指滑过指尖的肉垫。它们现在好软呀。

"你工作做得非常出色，贝茜。"露西小姐说，"所以这个新岗位一出现，我们就想到了你。这是我的主意，汉德勒小姐也很赞成。博物馆需要一个特殊类型的姑娘。"她说，"宿舍里像你一样适应得这么好的不是很多。你应该把它当成表扬。"

科拉打消了疑虑，但还是在门口磨磨叽叽。

"还有事吗，贝茜？"露西小姐一边问，一边把文件码放整齐。

联欢会上的事件已经过去了两天，科拉仍然觉得心里堵得慌。她问那个尖叫的女人怎么样了。

露西小姐带着同情点点头。"你是说格特鲁德吧。"她说，"我知道这让人很不舒服。她现在没事了。他们会让她卧床几天，等她完全恢复过来。"露西小姐解释说，有护士在场给她做检查。"这就是我们为什么把那幢宿舍楼留下来，用来安置患有焦虑症的住客。他们再和大伙混住就说不过去了。在四十号，他们能得到需要的照料。"

"我都不知道四十号很特殊。"科拉说，"这是你们的伶仃屋。"

"什么？"露西小姐问，但科拉没再往下说。"他们只是短时间待在那里。"女人接着说道，"我们很乐观。"

科拉不知道乐观是什么意思。当天晚上她问别的姑娘熟不熟悉这个字眼儿。她们谁都没听说过。她认定这是尽力的意思。

去博物馆跟她去安德森家是同一条路，一直走到法院才右拐。就要离开那一家人让她觉得伤心。她跟孩子们的父亲没什么交流，因为他总是早早离家出门，他办公室窗子的灯光往往是格里芬大楼里亮到最晚的。棉花把他也变成了奴隶。但安德森太太是个很有耐心的雇主，特别是她的大夫给她开了方子以后；孩子们也讨人喜欢。梅茜现在十岁。在兰德尔种植园，到了这个年龄，一切欢乐都被碾压净尽。前一天还是个快乐的小黑崽子，后一天脸上便没了光彩：在这中间，他们一定见识了新的受人奴役的现实。梅茜无疑受到娇惯，可如果你是有色人，那么比娇惯更糟的事还多着呢。这小女孩让科拉动了心思，她很想知道自己的小孩将来会是什么样。

她闲逛时，已经有很多次看到了自然奇观博物馆，但从来不知道这座又矮又宽的石灰岩大楼用途何在。它占据了一整片街区。狮子雕像守卫着长而平缓的台阶，仿佛饥渴地凝视着大喷泉。一旦科拉走进它的势力范围，溅落的水声便压过街上的噪音，将她纳入博物馆的羽翼之下。

进入大楼之后，有人带她穿过一道谢绝外人入内的大门，门后是走廊连着走廊的迷宫。透过半开半掩的门，科拉瞧见了一些奇特的行为。有个手拿针线的男人正在鼓捣一只死獾。另一个男人举着一块小黄石头，凑近明亮的光线。在一个摆满了木头长桌和各种仪器的房间，她平生第一次看见了显微镜。它们蹲伏在桌子上，活像一只只黑蛤蟆。这时有人把她引见给了菲尔茨先生，生动历史馆的馆长。

"你一定能够胜任。"他边说边审视着她，就像房间里的男人们正在审视自己工作台上的项目一样。不管什么时候开口讲话，他语速都很快，显得精力旺盛，一点儿也没有南方的痕迹。她后来才知道，菲尔茨先生原来在波士顿的一家博物馆工作，此番受雇来提升本地的业务水平。"我看你来了以后吃得不错。"他说，"意料之中的事，但你肯定能胜任。"

"我先从这儿开始打扫，对吗，菲尔茨先生？"科拉在来这儿的路上已经下定决心，到了新的工作岗位，她一定要尽己所能，不用种植园的语调说话。

"打扫？噢，不。你知道我们这儿是做什么的……"他停了一下，"你以前来过这儿吗？"他讲解了博物馆的大致功用。这一座则专注于美国历史——作为一个年轻的国家，有太多的东西要拿来教育大众。北美大陆上未经驯服的动物和野生的植物，在他们脚下世界埋藏的矿产和其他的精华。他说，有些人从来没离开过自己出生的县境。博物馆就像铁道，让他们有机会超越自身贫乏的经历，看到我国的其他部分，从佛罗里达到缅因，再到西部边疆。也要看看我国人民。"像你这样的人民。"菲尔茨先生说。

科拉在三个展厅上班。第一天，灰色的帷幕遮住了分隔她们和观众的大玻璃窗。第二天早晨，帷幕已经撤除，群众陆续入场。

第一个展厅是"非洲腹地即景"。一座茅屋占据了展览最显要的位置，墙壁由捆在一起的木杆子构成，支撑着尖尖的茅草屋顶。如果科拉需要休息一下，避开外面的人脸，她便退入茅屋的阴影。有一丛用来做饭的火，用红色的玻璃片代表火苗；一条小小的、制作粗糙的长凳；还有各式各样的工具、葫芦和贝壳。三只大黑鸟用一根铁丝吊在屋顶下。预期效果是成群的鸟儿盘旋在土著人活动的上空。它们让科拉想到秃鹰，在种植园里啄食着用来展览的死人的肉。

在"运奴船上的生活"中，内墙涂成给人慰藉的蓝色，再现了大西洋上的天空。科拉在这儿来回走动的地方，是一艘三帆快速舰的局部，桅杆周围有各种各样的小木桶，盘绕在一起的绳索。她的非洲装束是一块鲜艳的包布；她的水手装扮让她看起来好像街头的流氓：束腰外衣，裤子，皮靴。一个非洲少年先上了船，然后故事由此继续，他在甲板上帮忙，完成各种各样的小任务，算是学徒的一种。科拉把头发盘在红帽子下面。一尊水手的塑像斜倚着船舷的上缘，手里握着小望远镜。他的眼睛、嘴巴和皮肤的颜色，都是在蜡做的脑袋上画出来的，用的是令人头皮发麻的色调。

到了"种植园典型的一天"，她可以坐在纺车前歇歇脚，座位确确实实像极了她的老槭木块。用锯屑装填的小鸡在地上啄食；科拉不时朝它们丢几把想象的种子。对非洲和船上的场景是不是准确，她憋了一肚子的怀疑，可是到了这一间展厅，就有现成的权威了呀：她说出了自己的批评。菲尔茨先生承认纺车的确一般不在户外使用，也不该放到奴隶木屋的外面，但又回嘴说，虽然他们把真实奉为口号，但考虑到展厅的大小，真实也不得不打些折扣。他要是能把一整块棉田搬到展览上来，再有十几个演员的预算就好了。没准哪天能行。

科拉的批评没有进一步涉及"典型的一天"的行头，因为那是用质量粗劣、货真价实的黑鬼布料制成的。由于要脱光衣服，换上戏装，她一天两次受着羞耻的煎熬。

菲尔茨先生的预算可以请三个演员，或是提到她们时所说的三个模特。他也在汉德勒小姐的学校搞了招聘，艾西丝和贝蒂在年龄和体型上都与科拉差不多。她们共用戏装。休息时，三个姑娘讨论了新工作岗位的优点和弊端。经过一两天的适应之后，菲尔茨先生便不再干涉她们了。贝蒂喜欢他从不发脾气，跟她刚伺候完的一家子截然相反，那些人平时都挺和善的，但总有可能出现误解，动不动就拉下脸来，与她的所作所为完全没有关系。艾西丝喜欢的是不必张嘴讲话。她生在一个小农场，不太有人管她，只是有些夜晚主人需要陪伴时，她不得不忍辱负重。科拉思念白人的商店和里面琳琅的货架，但她仍然可以在晚上步行回家，继续玩一玩清点橱窗变动的游戏。

另一方面，对博物馆的参观者视而不见是一项艰巨的任务。孩子们捶玻璃，用粗鲁的方式对模特指指戳戳，在她们假装忙乎水手绳结时吓唬她们。大人有时冲着她们表演的哑剧叫嚷，做出评论，姑娘们虽然听不清，但那无论如何都不像好话。每隔一个小时，模特们便轮换一次角色，好让单调有所缓和，省得一个劲儿地假装冲洗甲板，打磨捕猎工具，爱抚木头番薯。如果说菲尔茨先生有什么指示始终不变的话，那就是她们不要老坐着，但他没太较真。她们站在凳子上摆弄麻索时，就便逗弄一下约翰船长，这是她们给那假水手起的诨名。

展览和医院在同一天开幕，照样是为了宣扬本城最近取得的成就。新市长是靠着一揽子进步政纲而当选的，很想让市民把他和前任富于远见的进取精神联系在一起，因为他还在格里芬大楼当产权律师的时候，市里的这些项目就已经上马了。科拉没有参加庆典，不过当天晚上，她从宿舍窗口看到了绚丽的烟花，轮到她做体检时，她也得以近距离地见识了医院。随着有色人居民逐渐适应了南卡罗来纳的生活，医生们也开始密切关注他们的身体健康，用心之专，恰如舍监不放过他们的情绪调节。一天下午，在草地上散步时，露西小姐告诉科拉，总有一天，这些数字啦，图表啦，记录啦，会大大地增加他们对有色人生活的理解。

从正面看，医院是一座整洁的、趴在地上的单层建筑，长度似乎跟格里芬大楼的高度一样。它光秃秃的，不加装饰，科拉以前从未见过这样的建筑，仿佛每一面墙都写满了效率二字。有色人的大门开在侧面，但除此之外，跟白人的大门没什么两样，这是指最初的设计，而不是后来的做法，差不多回回如此。

在有色人区，这是个忙碌的早晨，科拉向接待员报上自己的名字。一群男人挤在相邻的房间等着抽血，其中一些人她在联欢会和下午的草地上见过。到南卡罗来纳之前，她没听说过血液上的问题，但宿舍里有非常多的男人受着这种病的折磨，城里的医生们也为此付出了巨大的努力。专科医生好像有自己的区域，叫到名字的病人都消失在长长的走廊里了。

这一次，她见到了另一个内科医生，比坎贝尔大夫更和蔼可亲。他姓史蒂文斯。他是个北方人，留着一头黑色鬈发，颇有几分女人的味道，但细心打理的胡子又把这种感觉减去了两分。史蒂文斯大夫似乎还没到做大夫的年纪。科拉认为，这种早熟不啻对他才华的褒扬。随着检查的进行，科拉感到自己正在传送带上移动，像西泽的一件产品，在一丝不苟的照料下向前行进。

这一次体检不像头一次那样全面。他看了科拉上一次就医时留下的记录，并在蓝纸上加添了自己的附言。其间他还问起科拉在宿舍的生活。"听起来很有效。"史蒂文斯大夫说。他断言，博物馆的工作是"一项非常有意思的公共服务"。

等她穿好衣服，史蒂文斯大夫拉过一个木头凳子。他说话时口气仍然非常柔和："你已经发生过男女关系了。有没有考虑过节育？"

史蒂文斯大夫微笑着解释道，南卡罗来纳正在开展一项大规模的公共卫生项目，向老百姓普及新的手术方法，通过切断妇女体内的管道来阻止胎儿生成。这个过程很简单，一劳永逸，而且没有风险。新医院是专门为此配备的，史蒂文斯大夫本人曾经跟着这项技术的发明人学习，它已经在波士顿一家收容所的有色人病患身上得到了完善。人家之所以请他来这儿，部分原因就是要他教会本地医生做这种手术，从而造福广大的有色人民。

"如果我不想做呢？"

"这当然由你决定。"医生说，"从这个星期开始，它对本州有些人就是强制的了。已经生了两个以上小孩的有色妇女，是以人口控制的名义。弱智者和其他方面精神不健全的人，是出于显而易见的原因。还有罪犯中的惯犯。但这不是针对你的，贝茜。那些女人的负担已经够多了。对你来说呢，这只是一个机会，让你把命运掌握在自己手里。"

她并不是头一个不听话的病人。史蒂文斯大夫没有收起亲切的态度，便把这件事放到了一边，他告诉科拉，对这项计划，她的舍监那儿有更详细的信息，有什么不放心的，都可以谈嘛。

她快步穿过医院的走廊，渴望着新鲜的空气。遭遇白人老爷，还得毫发无伤地逃离，这种情况现在对科拉来说，真是成了家常便饭。他问得那么直接，随后又讲解得那么细致，一时让她发蒙。把熏肉房那天晚上发生的事，跟一个男人和妻子相爱时两情相悦的行为相提并论。按照史蒂文斯大夫的那番话，它们都是一回事。一想到这儿，她五脏六腑就蛮不是滋味。还有"强制"那档子事。听上去好像女人们——换了面孔的伶仃屋的女人们——没有发言权一样。好像她们是财产，由着医生随心所欲。安德森太太苦于情绪低落，难道她也因此成了不健全的人？难道她的医生也会对她提出同样的建议？不。

她一遍又一遍这样想着，不知不觉走到了安德森家的门口。两只脚机械地前行，思绪却在别处。也许在心底，科拉想到的是两个孩子。梅茜应该正在上学，但雷蒙德可能在家。她过去两个星期太忙了，都没好好道个再见。

开门的女孩看着科拉，目光里带着怀疑，她讲明自己的身份也不管用。

"我想她叫贝茜来着。"女孩说。她又瘦又小，可她死死地抓着门，好像巴不得整个人扑上来，把入侵者挡在门外。"可你说你叫科拉。"

科拉只怪大夫让她心烦意乱。她解释说，主人叫她贝茜，可是在营区里大伙都叫她科拉，因为她长得太像母亲了。

"安德森太太不在家。"女孩说，"孩子们在跟小朋友玩呢。你最好等她在家时再来。"她关上了门。

就这一次，科拉抄了近路回家。跟西泽谈谈也许有用，可他在工厂。她在床上一直躺到晚饭时间。从那天起，她去博物馆就走另一条路了，好避开安德森家。

　　两个星期之后，菲尔茨先生决定让模特们正儿八经地参观一下博物馆。艾西丝和贝蒂在大玻璃后面所花的时间，已经让表演技巧得到了提高。她俩做出一副真心感兴趣的样子，听菲尔茨先生滔滔不绝地讲解南瓜的横切面，白橡树历史悠久的年轮，切开的晶洞里玻璃牙齿似的粉红水晶，还有科学家们用特殊化合物保存下来的小甲虫和小蚂蚁。填塞起来的狼獾带着凝固的微笑，红尾巴的老鹰俯冲到一半便戛然而止，笨拙的黑熊扑向橱窗，看到这些，姑娘们一阵窃笑。捕食者在大开杀戒的当口，被捉了个正着。

　　科拉凝视着白人蜡做的脸。菲尔茨先生的三个模特是仅有的活展品。白人是用石膏、铁丝和颜料做出来的。在一个橱窗里，有两位首批移民，身穿厚羊毛马裤和紧身上衣，指着普利茅斯岩，身后的壁画上，与他们同行的航海者正在船上观望。经历了寻找新开端的危险航程，此时总算有了安全感。在另一个橱窗里，博物馆布置了港口的场面，白人殖民者装扮成莫霍克印第安人的模样，脸上带着夸张的欢欣，将茶叶箱掷到船外。人在一生当中戴着不同的枷锁，但要理解反抗并不困难，即便反抗者为了免受指责而穿上了戏装。

　　模特们像掏钱的看客那样走到展品前。两位坚定的考察者在山脊上指点江山，眺望西部的山脉，他们前方是一片神秘的国土，带着危险，有待发现。谁知道那里埋伏着什么？他们是自己生命的主人，无所畏惧地迎向未来。

在最后一个橱窗里，一个红鬼印第安人从三个仪表堂堂的白人手中接过一片羊皮纸，白人的手张开着，做出谈判的姿态。

"那是什么？"艾西丝问。

"那是一顶真正的圆锥形帐篷。"菲尔茨先生说，"每个场景我们都想讲一个故事，阐述美国的历程。人人都知道这次历史性遭遇的真相，但是看到它在你眼前……"

"他们在那里面睡觉？"艾西丝问。

他做了讲解。听完以后，姑娘们就回到自己的窗子里去了。

"你有何高见，约翰船长？"科拉问同船的水手，"这就是我们历史性遭遇的真相吗？"她近来蛮喜欢跟这位假人拉拉家常，增加一些观众眼里的戏剧效果。他脸上的颜料已经剥落，下面灰色的蜡都露出来了。

科拉觉得，肚子里塞得满满的土狼在架子上可没撒谎。蚁冢和岩石也说出了自己的真相。可是在白人的展览里，不准确和不一致的地方实在太多，都快赶上科拉工作的这三个展厅了。这里没有被绑架的男孩在刷洗甲板，讨白人绑架者的欢心。那一个非洲男孩朝气蓬勃，科拉还穿着他那双漂亮的皮靴呢，可他必定是上了镣子，锁在底舱，就着自己的秽物刷洗自己的身体。是的，奴隶有时也干些纺织的活儿，可大多数时候没这回事。从来没有哪个奴隶是昏倒在纺车上死掉的，也没有谁是因为弄乱了棉纱而遭到宰杀。可是没人想说一说这世界真正的安排。也没人想听。此时此刻那些在展厅玻璃另一面的白妖怪们肯定不想听，他们只顾着用油腻腻的口鼻拱着玻璃，轻蔑地笑啊，叫啊。真相就是商店橱窗里不断变换的展品，在你看不到的时候任人摆弄，看上去很美，可你永远够不着。

白人来到这块大陆，是为了一个全新的开始，为了逃离主人的暴政，就像曾经逃离残暴主人的自由民一样。他们坚持自己的理想，却否定别人同样的理想。从前在兰德尔种植园，科拉有好多次听过迈克尔背诵《独立宣言》，他的声音像一个愤怒的幽灵，在全村飘荡。她听不懂那些字眼儿，最起码大部分都不理解，但"生而平等"这几个字不能不引起她的注意。写出这些话的白人想必对此也不理解，因为"所有人"并不真的意味着所有人。因为他们夺走属于别人的东西，无论那是你能抓在手里的，比如泥土，还是你抓不住的，比如自由。她耕种和采收过的土地本来是印第安人的家园。她知道白人夸耀一次又一次的大屠杀多么见效，他们杀死妇女和婴儿，在摇篮里扼杀他们的未来。

用偷来的身体耕作着偷来的土地。这是一台不会停工的引擎，它饥渴的锅炉由鲜血供养。科拉心想，通过史蒂文斯大夫描述的手术，白人已经开始郑重其事地偷窃未来。把你切开，把他们扯断，湿淋淋的。因为你们拿走别人的孩子时就是这么干的——偷走他们的未来。趁着他们还活在世上，往死里折磨他们，然后拿走希望，拿走他们的后代能过好日子的希望。

"难道不对吗，约翰船长？"科拉问。有时，如果她猛一转头，那个东西就像在对她眨巴眼睛呢。

过了几个晚上，她注意到四十号已经不再有灯光了，哪怕还是晚上很早的时间。她向别的姑娘打听。"他们搬到医院去了。"有人说，"这样他们就能好起来了。"

里奇韦血洗南卡罗来纳之前的那个夜晚，科拉流连于格里芬大楼的楼顶，想看看她来的地方。距离她跟西泽和萨姆见面还有一个小时，她没有躺在床上，一边听姑娘们叽叽喳喳地讲话，一边在心里玩味折磨人的想法。上个星期六放学后，一个在格里芬大楼工作的男人，以前干过种烟的工人，名叫马丁的，告诉她通往楼顶的门没有上锁。很容易进去。马丁说，如果科拉担心自己从升降机出来时会受到在十二楼上班的白人盘问，最后几层她走楼梯就好了。

　　这是她第二次在黄昏时分来访。高度让她晕眩。她想跳起来，抓一把在头顶激涌的灰云。汉德勒小姐在课上讲过埃及的大金字塔，那是奴隶用双手和汗水建成的奇迹。金字塔跟这座大楼一样高吗？法老是不是坐在塔尖上丈量自己的国土，还趁着隔开了一定的距离，看一看世界怎样变小？下面的主街上，工人们盖起了三四层高的楼房，高过原来那些两层的建筑。科拉每天都要经过建筑工地。还没有和格里芬大楼一样高的楼房，但总有一天，它会迎来遍布国土的兄弟楼和姐妹楼。每当梦想把她带往前途一片光明的街道，这种想法，这座城市终将繁荣兴旺的想法，都会让她激动不已。

格里芬大楼东侧是白人的房子，还有他们的一系列新工程——扩建后的城市广场，新医院，博物馆。科拉把目光移到西侧，那是有色人宿舍所在的地方。从这个高度望去，一个个红色的盒子排成了令人过目难忘的阵势，向没有除尽的树林逼近。有一天她也要住到那里去吗？一座小屋，在一条他们还没有铺设的街道上？催促一个男孩和一个女孩上楼睡觉。科拉想看看那男人的脸，祈求孩子们的名字快快出现。想象没能成全她的希望。她眯起眼睛看着南边兰德尔种植园的方向。她期待看到什么呢？夜的黑暗吞没了南方。

北方呢？也许有一天，她会去看看的。

一阵轻风吹得她打了个寒战，她走向街道。现在去萨姆家是安全的。

西泽不知道站长为什么想见他们。萨姆在他经过酒馆时发了暗号，并且告诉他："今晚。"自从抵达这里，科拉还没回过车站，可是她获救的那一天在记忆里那么清晰，所以她没怎么费劲就找到了那条路。黑暗的森林里传出动物的声音，树枝噼啪作响，树叶沙沙歌唱，这一切让她想起逃亡的过程，后来又想到小可爱怎样在夜色中消失不见。

透过树枝，看到萨姆家窗子里颤动的灯火，她加快了脚步。萨姆带着一贯的热情拥抱了她，他的衬衫潮乎乎的，沾染着酒水。她前一次来访时因为心慌，竟没有注意到这屋里的杂乱，脏兮兮的盘子，木屑，一堆堆的衣服。要进厨房，她得迈过一个翻倒的工具箱，里面的东西乱七八糟撒了一地，钉子像游戏棒似的散落着。她走之前，一定要建议萨姆联系一下就业办公室，请个女佣。

西泽已经到了，坐在厨房的桌边，喝着一瓶麦芽酒。他给萨姆带了一只自己做的碗，手指在碗底抚过，好像在检查有没有不易察觉的裂缝。科拉这才想起来，他是多么喜欢木头活儿呀。最近她见西泽的时候不多。她高兴地注意到，他从有色人大卖场买了更贵的衣服，一套深色的正装，跟他蛮配的。有人教他打了领带，要不然就是弗吉尼亚的生活在他身上留下的记号，他曾相信那个白人老太太会给他自由，所以才在自己的外表上下过一番功夫。

"火车要来？"科拉问。

"就这几天。"萨姆说。

西泽和科拉在椅子上欠了欠身。

"我知道这趟车你们不想坐。"萨姆说，"这没关系。"

"我们已经决定留下来了。"西泽说。

"我们本来想拿定主意再告诉你。"科拉补充道。

萨姆深吸了一口气，往后靠到吱嘎作响的椅子上。"看到你们由着火车一趟趟地开走，要在这儿安顿下来，我挺高兴的。"站长说，"但是等我把话说完，你们还可以再考虑考虑。"

萨姆给他们端来些甜品——主街边上有家名叫理想的糕饼店，他是那儿忠实的顾客——然后说明了自己的意图。"我想警告你们，离雷德远点儿。"萨姆说。

"你害怕竞争？"西泽打趣道。这当然是玩笑话。萨姆的酒馆不接待有色人。可是，雷德咖啡馆专门招徕想喝酒、想跳舞的宿舍住户。他们用不着担心，那里是收代币券的。

"更危险。"萨姆说，"老实说，我也弄不清楚怎么回事。"这是个奇怪的故事。漂流酒馆老板凯莱布臭脾气远近闻名，萨姆管店时倒是出了名地喜欢聊天。"要想了解一个地方真实的生活，就去那儿上班好了。"萨姆喜欢这样说。他有个常客，是个医生，名叫伯特勒姆，最近才受雇于新医院。他没跟其他的北方佬混在一块儿，而是更喜欢漂流的气氛和这里粗俗的客源。他想喝烈酒。"压一压他的罪孽。"萨姆说。

一个普通的夜晚，伯特勒姆喝到第三杯才敞开心怀，威士忌打开了他的话匣子，他眉飞色舞地谈起马萨诸塞的暴风雪，医学院捉弄新生的惯例，还有弗吉尼亚负鼠相对发达的智力。他的谈话在前一天晚上转向了女性的友谊，萨姆说，医生经常拜访特朗博尔小姐的宅子，把它比作兰开斯特府，在他看来，那儿的姑娘个个性情阴郁，仿佛是从缅因或别的偏好阴沉的省份运过来的。

"萨姆？"科拉说。

"对不起，科拉。"他长话短说。伯特勒姆大夫当晚列举了特朗博尔小姐的一些优点，接着又道："如果你喜欢黑鬼小妞这一口，那不管你做什么，伙计，千万别去雷德咖啡馆。"他有几位男病人经常光顾此店，与女顾客发生关系。病人们以为自己正在接受血液病的治疗，可是医院给他们开出的药剂与糖水无异。事实上，这些黑鬼正在参与一个研究项目，内容是潜伏期和第三期的梅毒。

"他们认为你在帮助他们？"萨姆问那医生。他尽力让声音不带感情色彩，可是热血已经涌到头上了。

"这是一项重要的研究。"伯特勒姆给他做了讲解，"弄清楚一种疾病是怎样传播的，通过哪些渠道感染的，这样我们才能着手治疗。"雷德是城里唯一一家正儿八经的有色人酒馆，因为提供监视，经营者在租金上得了很大的便宜。在医院的有色人病区，有很多研究和实验正在开展，梅毒项目只是其中的一种。萨姆知道非洲大陆上的伊博族人容易患上焦虑症吗？自杀和情绪低落呢？医生讲了四十个奴隶的故事，他们在船上拿镣铐锁在一起，结果宁肯集体跳海，也不愿戴着锁链活下去。有了这种想法，就能孕育并且实施一个妙不可言的计划！我们对黑鬼的繁殖模式做些调整，消灭那些带有忧郁倾向的好不好呀？别的倾向，比如性攻击和暴力本能，也来做一番处理呢？这样就能保护我们的女人和女儿，免受他们身上种种丛林冲动的伤害，伯特勒姆大夫懂得，在南方，这是白种男人特有的恐惧。

医生探身向前。萨姆看没看今天的报纸？

萨姆摇摇头，给医生把酒加满。

可是，酒保这么多年肯定看过报上的社论吧，医生非要往下说不可，对这一话题的急切之情溢于言表。美国进口和繁殖了太多的非洲人，在很多州，白人已经成了少数。仅仅出于这个原因，解放奴隶就不可能。通过战略绝育——先针对妇女，到一定时间两性皆然——我们既可以解除他们的枷锁，又不必害怕熟睡时遭到他们的屠戮。牙买加奴隶暴动的发起者有贝宁和刚果血统，固执，狡猾。假以时日，我们能不能让这些种系得到精心的弱化？医生说，对有色人新移民及其后代资料的收集，已经开展了几年甚至几十年了，这必将成为历史上最具胆识的科学工程。依法绝育，深入研究传染性的疾病，对不适合社会交往的人实施外科手术，并让这一技术得到完善——我国最优秀的医学人才齐聚南卡罗来纳，也便不足为奇了吧？

一群流氓跌跌撞撞地走进来，把伯特勒姆挤到吧台角落里去了。萨姆抽不出身。医生安静地喝了一会儿酒，便悄悄离去。"你们俩不是那种去雷德酒馆的人。"萨姆说，"可我还是想让你们知道。"

"雷德，"科拉说，"那儿可不只是酒馆呀，萨姆。咱们得告诉他们，他们上当了。他们得病了。"

西泽同意她的意见。

"难不成他们信你而不信白人医生？"萨姆问道，"证据呢？别指望公家出面纠正——钱都是市里出的。再说了，还有那么多城市，也对有色人的初代移民采取了同样的措施。可不是只有这里开了新医院啊。"

他们坐在厨房的桌边合计此事。有没有这种可能：不只是医生们，而是每个帮助有色人群体的人都参与了这项惊人的计划？指导有色人新移民走这一条或那一条路，从庄园或拍卖台上买下他们，以便开展这项实验？所有那些配合工作的，把他们的资料一五一十地记到蓝纸上的白人助手？科拉跟史蒂文斯大夫谈过以后，有天早晨，她正要去博物馆，露西小姐把她叫住了。科拉对医院的生育控制计划有没有什么想法？她还可以跟别的姑娘谈谈嘛，用她们能懂的语言。你要能这样做我们感激不尽，女人说。市里提供了各种各样的新岗位，凡是能证明自己价值的人，都有大把的机会。

科拉回想起她和西泽决定留下来的那个夜晚，联欢会就要结束时，有个女人在草地上游荡和尖叫。"他们要夺走我的宝宝们呀！"那女人哭号的，不是老种植园的不义，而是南卡罗来纳犯下的罪行。偷走她孩子的不是她从前的主子，而是医生。

"他们打听过我父母来自非洲哪个地方。"西泽说，"我怎么知道？他说我长了个贝宁人的鼻子。"

"阉人之前说这种话可不是夸你。"萨姆说。

"我得告诉梅格。"西泽说，"她有些朋友晚上老去雷德。我知道她们找的几个男人都是在那儿遇到的。"

"梅格是谁？"科拉问。

"一个朋友，我们一块消磨时间。"

"有一天我在主街上看见你们了。"萨姆说，"她非常打眼。"

"那天下午很愉快。"西泽说。他喝了一小口啤酒，盯住空瓶，躲避着科拉的目光。

他们想商量出一个行动方案，却没什么头绪，只是一味地纠结于向谁求助，以及别的有色人居民会有怎样的反应。西泽说，也许他们更希望自己不知道吧。跟他们受奴役的日子相比，这些谣言又算什么？一方面是新环境带来的所有承诺，另一方面是毫无根据的断言和他们本人过往的真相，两相权衡，他们的邻人会做出怎样的判断？根据法律，他们中的大多数人仍然是财产，他们的名字写在文件柜里的纸片上，由美国政府保管。目前他们能做的，也就只有告诫别人了。

科拉和西泽快走到城里时，他才说："梅格替华盛顿街上的一户人家工作。那些大房子当中的一座，你知道吧？"

科拉说："我很高兴你有朋友了。"

"你真这么想？"

"我们留下来不对吗？"科拉问。

"也许这就是我们应该下车的地方，"西泽说，"也许不是。小可爱会怎么说？"

科拉没有回答。他们没再讲话。

科拉睡得很不好。八十个铺位上的女人们打着鼾，在被单下翻身。她们入睡时相信自己摆脱了白人的控制，也不再有人命令她们应该干什么，应该是什么。她们相信自己的事可以自己管。但这些妇女仍然被人成群地牧养着。不像从前那样是纯粹的商品，而是家畜：按需繁殖，任人阉除。圈养在笼子或畜栏一样的宿舍。

到了早晨，科拉和姑娘们一起出门，去做指派给各自的工作。她和其他模特正要换上戏装时，艾西丝问能不能跟科拉换个展厅。她感觉不舒服，想在纺车那儿休息一下。"如果我能稍微歇个脚的话。"

　　到博物馆上班六个星期之后，科拉想到了一个适合自己性格的轮班次序。如果她从"种植园典型的一天"开始，那么一过中午饭，她就能把两个种植园的班全部上完。科拉讨厌这场荒唐的奴隶展览，宁愿它早早结束。从"种植园"到"运奴船"再到"非洲腹地"的过程，起到了一种慰藉的效果。就像时光倒流，美国不断松脱。在"非洲腹地即景"结束一天的工作，总能让她迈入一条宁静之河。简单的剧场变得不只是剧场了，它成了一个真正的避难所。但这一次，科拉答应了艾西丝的请求。她将作为奴隶结束这一天。

　　在棉田里，她曾置身于监工或工头无情的目光之下。"弯下腰！""去收那一行！"在安德森家，当梅茜上学，或是跟小伙伴去玩了，而小雷蒙德在睡觉的时候，科拉可以不受打扰、无人监视地工作。这是日到中途时一小段宝贵的时光。近来在展览中的工作把她送回了佐治亚的垄沟，而无声的、张着嘴巴、瞪大眼睛的看客们的目光，又把她悄悄地拉回展览的状态。

　　有一天，她决定报复一个红头发的白种女人，她一看见科拉在"海洋"上的工作便怒目而视。也许这女人嫁给过某个积习难改的水手，因而讨厌旧事重现——科拉不知道她这股子憎恶或烦恼的源头。女人把她惹毛了。科拉死盯着她的眼睛，坚定而凶狠，直到她败下阵去，从玻璃前落荒而逃，奔农业区那边去了。

　　从这个时候起，科拉便每隔一个小时选一位看客，投以狠毒的目光。一个从格里芬大楼的办公桌边溜出来的年轻职员，一个事业型的男人；一个苦恼的主妇，拖带着一堆不守规矩的小孩；一个讨人嫌的年轻人，喜欢捶玻璃，吓唬模特。有时这一个，有时那一个。她从人群里挑出薄弱的环节，能在她目光下败退的那些人。薄弱环节——她喜欢这几个字的感觉。在束缚你的锁链上寻找有缺陷的地方。单独来看，每一环其实不算什么。但是连在一起，便成了强大的铁镣，虽有薄弱的地方，却让几百万人臣服。她挑选的人，年轻的，年老的，来自富庶的城区，或境况一般的街道，这些人从个人来讲，并没有迫害过科拉。作为一个群体，他们就成了镣铐。如果她坚持下去，一点一点地破坏她在其中发现的薄弱环节，兴许能水滴石穿，绳锯木断。

她对狠毒的目光越来越擅长了。坐在奴隶的纺车旁边，或是守着小屋前的玻璃火，把某个人钉死在原地，就像昆虫展览上被钉住的甲虫或螨虫。他们无一例外地溃败下去，谁也没想到会遭受这样怪异的攻击，或踉跄退后，或低眉垂首，或弄得同伴出手，把他们拉到一旁。给你们好好上一课，科拉心想，让你们知道奴隶，你们中间的非洲人，也在看着你们。

艾西丝感觉不舒服的那天，科拉第二次换到船上后，往大玻璃窗外面看，一下子瞅见了扎着小辫儿的梅茜，她穿着科拉曾经洗过、晒过的裙子。这是学校组织的参观活动。科拉认出了跟她在一起的男女小孩，孩子们倒不记得她是安德森家原来的女佣了。梅茜一开始没认出她。后来科拉用毒眼把她盯住，这女孩才明白过来。老师在讲解展览的意义，其他孩子对约翰船长艳丽的笑容指指点点，嬉笑不已，梅茜的脸却因为恐惧而抽搐着。从外面看，谁也不知道她们之间产生了怎样的交流，一如狗屋那天，她和布莱克面对面时的情形。科拉心里说，梅茜呀，我一定要打垮你。她做到了，小女孩一下子跑出了橱窗围成的画面。科拉不知道自己为什么这样做，又觉得羞愧，一直到她脱下行头，返回宿舍。

当天晚上，她去见了露西小姐。一整天，科拉都在琢磨萨姆说的事情，把它当成一个丑陋的小玩意，举到光线下，翻过来掉过去地仔细端详。舍监以前帮助过科拉很多次。现在她的意见和建议却像是在耍花招，如同农夫欺骗驴子，要它服服帖帖地顺从自己的意图。

科拉把脑袋探进办公室，女人正在归置一摞蓝色的文件纸。上面也写着她的名字吗？旁边的附注里又说了些什么？不对，她纠正说：贝茜的名字，不是她的名字。

"我没多少时间。"舍监说。

"我看见四十号又有人住了。"科拉说，"但不是原来在那儿住的人。他们还在医院治疗吗？"

露西小姐看着文件，一下子绷紧了身体。"他们搬到别的城市去了。"她说，"这么多新来的人，我们需要给他们腾出空间，所以有些妇女，比如格特鲁德这样需要帮助的人，我们就把她们送到别的地方去，好让她们得到更合适的照顾。"

"他们不回来了吗？"

"不回来了。"露西小姐打量着来访者，"你为此担心，我知道。你是个聪明的姑娘，贝茜。即使你现在认为自己还不需要手术，但我仍然希望你将来能和其他姑娘一起发挥表率作用。如果你好好干，你是能够为你们的种族增光添彩的。"

"我能自己做决定，"科拉说，"她们为什么不能？在种植园，主人为我们决定一切。我以为我们在这儿不弄那一套了呢。"

听到这种对比，露西小姐吓了一跳，"一边是善良而正直的人，另一边是精神失常的人，还有罪犯和弱智，如果你看不到他们之间的区别，你就不是我心目中的那个人了。"

我不是你心目中的那个人。

另一个女舍监打断了她们的谈话。她叫罗伯塔，比露西小姐年长，经常跟就业办公室协调工作。好几个月之前，就是她把科拉安排到了安德森家。"露西，他们在等你。"

露西小姐嘟囔了几句。"我马上就来。"露西小姐对同事说，"但是格里芬那边的记录也是一样的。逃奴法案规定，我们必须交出逃亡者，而且不得阻挠对他们的抓捕——不是要我们放弃正在做的这一切，而只是因为有些猎奴者已经想出了弄到猎物的办法。我们不庇护杀人犯。"她站起身，把那一摞文件纸抱到胸前，"贝茜，我们明天继续。请好好想一想我们的谈话。"

贝茜走回宿舍楼的楼梯。她在第三个台阶上坐下。他们在找谁都有可能。宿舍里尽是在这儿避难的逃犯，有的不久以前才逃离了枷锁，有的已经在别的地方求生数年。他们在找谁都有可能。

他们在追捕杀人犯。

科拉先去了西泽的宿舍。她本来知道西泽的时间表，却在惊恐当中想不起他的倒班时间了。在门外，她一个白人都没看见，没有谁符合她想象中猎奴者的大致模样。她飞快地跑过草地。宿舍那儿有个上了些岁数的男人，色迷迷地看着她——大姑娘家的，跑到男人住的地方串门，肯定带着淫荡的意思——告诉她西泽还在工厂。"想跟我一起等吗？"他问。

天已经黑下来了。她思忖着要不要冒险走主街。市里的档案上有她贝茜的名字。他们逃走以后，特伦斯印刷了传单，上面的画像虽然粗糙，却很像他们，任何一个追捕奴隶的人看见她都会多打量几眼。在跟西泽和萨姆商量之前，她这口气肯定是松不下来的。她走了跟主街平行的榆树街，一直走到漂流酒馆所在的街区。每次拐过街角，她都担心撞见民防团，骑着马，举着火把和滑膛枪，脸上挂着卑鄙的笑容。漂流里满是傍晚时分狂饮的酒客，有她认识的男人，也有不认识的。她不得不两次从酒馆窗户前走过，才让站长看见她。他冲科拉打了个手势，要她绕到房后。

酒馆里的男人们放声大笑。她借着里面灯火的光亮溜进小巷。外屋的门虚掩着：屋里空空的。萨姆站在阴影里，一只脚蹬在板条箱上，把靴子带系牢。"我刚才正在想办法，看看怎么探听些消息。"他说，"猎奴者名叫里奇韦。这会儿正在跟治安官谈话，谈你和西泽。我给他手下的两个人上了威士忌。"

他递给科拉一张传单。正是弗莱彻在自家小屋里说过的那些布告，但是有一件事不一样了。现在她知道自己的名字怎么写了，杀人犯三个字镌着她的心。

酒馆里传来一阵喧哗，科拉退入更深的阴影。萨姆说，接下来一个小时他都没法抽身出来。他要尽可能地多打听些消息，再想法把西泽按在工厂别动。科拉最好还是去他家，在那儿等。

她跑起来了，很长时间没有这样奔跑了，紧贴着路边，一听到行人的动静便冲进树林。她从后门进入萨姆的房子，在厨房点着一根蜡烛。她来回踱着步，没法坐下。科拉只干了一件事，让自己平静下来。萨姆回到家时，她已经洗净了所有的盘子。

"情况不妙。"站长说，"咱们刚说完话，就来了一个赏金猎手。他脖子上挂着一串人耳，好像红鬼印第安人，一看就是个真正的狠角儿。他跟其他人说，他们知道你在哪儿了。他们走了，去找他们带头的，那个里奇韦。"他因为跑这一趟，还在呼哧呼哧地喘气，"我不知道他们怎么知道的，但他们清楚你是谁了。"

科拉正抓着西泽的碗呢。她把这碗在手里翻了个个儿。

"他们叫上了民防团的。"萨姆说，"我没能去找西泽。他知道要来这儿，要么去酒馆——我们原来有计划。没准儿他已经在路上了。"萨姆打算回漂流去等他。

"你觉得有没有人看见咱俩说话？"

"也许你应该下去，到月台那儿。"

他们搬开厨房的桌子，卷起厚厚的灰地毯。他们一起用力，拉开地板上的活门——门很紧——带着霉味儿的空气吹上来，烛火摇曳。她拿了些吃的和一盏提灯，迈入黑暗的地下。门在她头顶关上了，桌子隆隆响过，回到了原位。

她不曾参加城里有色人教堂的礼拜。在种植园，兰德尔是禁止开展宗教活动的，以清除解放观念可能带来的精神污染，她来到南卡罗来纳以后，也从未对礼拜活动产生过兴趣。她知道，这让她在有色人住户眼中显得格格不入，但格格不入并没有困扰她很长时间。她现在应该祷告吗？她就着一点细弱的灯火坐在桌边。月台上太黑了，根本看不出隧道在哪儿。他们要花多长时间找到西泽？他能跑多快？她知道，人落到绝望的境地会接受交易。为了给发烧的病儿降温，为了让残暴的监工手下留情，为了救一个，救他脱离众多的为奴隶特设的人间地狱。就她看到的而言，交易从来没有结果。有时候烧退了，但种植园还是在那儿，总是在那儿。科拉不祷告。

她等着等着就睡着了。后来，科拉爬上台阶，贴着门坐下。听。上面的世界也许是白天，也许是黑夜。她又饿又渴。她吃了些面包和香肠。顺着台阶爬上爬下，耳朵贴到门上，过一会儿再退回去，她就这样过了好几个小时。食物都吃光时，她的绝望也就是彻彻底底的了。她贴着门那儿听啊。没声音。

雷鸣般的声响从上而下，惊醒她，终结了空虚。那不是一个人，也不是两个，而是很多个男人。他们在抄家，在喊叫，撞倒柜子，打翻家具。喧闹之声响亮而狂暴，又如此之近，她退缩到台阶下面。她听不清他们在说什么。后来他们消停了。

门缝不透光，也不透气。她闻不到烟味，可她听见玻璃碎了，木头爆裂，砰然作响，噼啪有声。

房子烧着了。

THE
UNDERGROUND
RAILROAD

Stevens

史蒂文斯

普罗克特医学院的解剖房与主楼远隔三个街区，位于一条死巷的倒数第二户。学校不像波士顿一些更有名的医学院那样打眼；入学的压力让扩建成为必然。阿洛伊修斯·史蒂文斯上夜班，这样才能符合专科培训的要求。为了换取学费减免和工作的机会——后半夜上班既安静，对研究也不无裨益——学校需要有人盗尸。

卡彭特通常在天快亮、周围居民起床之前交货，但这一次他午夜就到了。史蒂文斯吹熄解剖室的灯火，跑上楼梯。他差点儿忘记围巾，一下子想起了上一次行动时有多冷，秋天潜行而至，提醒他们冷日子就要到来。早晨下过雨，他希望不要太泥泞。他有一双拷花皮鞋，鞋底已惨不忍睹。

卡彭特带着他的伙计科布在车夫的座位上等候。史蒂文斯坐进车斗，待在一堆工具中间。他往下滑，直到马车跑出安全的距离，他生怕撞上附近哪个教员或学生。很晚了，但一位芝加哥的骨科专家晚上来过，他们可能还在附近的酒馆痛饮。错过此人的讲座，史蒂文斯很失望，培训生的工作经常让他听不成客席老师的授课，但是钱可以让他的苦闷有所减轻。其他学生大部分来自富裕的马萨诸

塞人家，用不着担心房租和饭钱。马车经过麦金蒂酒馆，史蒂文斯
听到里面的哄笑，他拉低了帽子。

科布转过身，凑近了。"今天去康科德。"他说着递过酒瓶。出
于原则，科布和他分享烈酒时，史蒂文斯总是谢绝。虽然还在上
学，但他很相信自己对此人健康状况做出的诊断。可是风很大，这
表明他们得摸着黑在泥浆地里待好几个小时才能回到解剖房。史蒂
文斯灌了一大口，火辣辣的，呛得难受，"这是什么？"

"我有个表弟调的酒。太冲了，不对你的口味？"他和卡彭特
咯咯地笑了。

八成是他昨天晚上从酒馆收来的酒糟，史蒂文斯欣然接受了这
个恶作剧。经过这几个月，科布对他已经生出了好感。当初不管什
么时候，只要团伙里有人因为醉得太厉害，或进了监狱，或出于别
的什么原因，不能参加夜里的行动，而卡彭特提议由史蒂文斯顶替
时，科布的抱怨可想而知。谁知道这个有钱人家的花花公子能不能
管好自己的嘴巴？（史蒂文斯不是有钱人家的，花花公子也只是他
的愿望。）波士顿近来开始对盗墓者判处绞刑——这很讽刺，或者
说很恰当，就看你怎么想了，因为绞刑犯的尸体是要派给医学院做
解剖的。

"甭在意绞刑架。"科布告诉过史蒂文斯，"那玩意可快了。看
热闹的才是个事儿。要我说，就不应该示众。看着别人拉一裤子，
这很不像话。"

掘墓巩固了友谊。现在科布管他叫大夫，语气里带着尊敬而不

是嘲笑。"你不像别人。"有天晚上，他们抬着一具死尸穿过后门，科布对他说，"你有点儿邪性。"

他的确如此。身为一个年轻的外科医生，手段肮脏一点儿是有用的，特别是涉及尸体剖检的材料时。自从解剖学成形，尸荒便一直存在。法律、监狱和法官能提供的，只有死掉的杀人犯和死掉的妓女。是的，患有罕见疾病的人，有着稀奇古怪的伤残的人，会卖掉自己死后的身体，以供研究之用，有些医生也会本着科学探索的精神，捐出自己的遗体，但其数量难以满足需要。尸体竞赛极为激烈，买家和卖家同样如此。有钱的医学院出价高于不那么富裕的学校。盗尸人为死尸索价，后来加上了定金，再后来连运费也要收了。学期开始，需求旺盛，他们坐地起价，到了学期末段不再需要标本时，则减价甩卖。

病态的悖论每天困扰着史蒂文斯。他的专业是延长生命，现在却暗地里盼望着多些死者。一次医疗事故诉讼，可以因为技术不精而把你送上法庭，可是带着一具非法获取的死尸被捕，法官会因为你图谋增进技艺而对你施以惩罚。普罗克特让学生为自己的病理学标本付费。史蒂文斯的第一期解剖课需要两具完整的剖体，他该去哪儿弄这笔钱呢？以前在缅因，他一向受到厨艺精湛的母亲宠爱；她娘家那边的女人个个有才。而在这座城市，学费、图书、讲座和房租，常常让他一连几天靠着面包皮度日。

卡彭特邀请史蒂文斯为他工作时，他没有犹豫。几个月前第一次送货，他的样子把史蒂文斯吓了一跳。这盗墓者是个爱尔兰巨人，身形伟岸，言谈粗鲁，笨嘴拙舌，身上带着一股子湿土的臭味。卡彭特和妻子生了六个孩子，其中两个死于黄热病，他把他们卖了，用于解剖学研究。反正据说如此。史蒂文斯着实害怕，没敢当面向他求证。搞死尸买卖这一行，容不得多愁善感。

盗尸人打开坟墓，赫然看见某个长期不通音信的表亲或某个好友的脸，碰到这种情形的，他可绝不是头一个。

卡彭特在酒馆里物色同伙，都是些粗蛮的汉子。他们白天睡觉，晚上痛饮，然后动身去找乐子。"时间不是很好，但有些人适合。"法外之徒，屡教不改的家伙。这是卑贱的营生。夜袭墓地在其中不过是小事一桩。竞争对手是一群疯狗。看中的坟，要是晚上迟一点儿下手，你多半会发现别人捷足先登，盗走了尸首。卡彭特向警察告发竞争者的客户，闯进解剖室，交货时抓他个人赃俱获。在同一块混饭吃的地盘上，相互竞争的团伙不期而遇，往往争执不下。在一座座墓碑中间，他们把对方打得头破血流。"吵得很啊。"每当故事讲到最后，卡彭特总是这样说，同时咧嘴一笑，露出一口仿佛长满苔藓的牙。

在全盛时期，卡彭特把这一行的把戏和诡计发展成了一门邪恶的艺术。他把石头装进殡仪馆要拿去下葬的手推车，转身把死者运走。一个演员给他的侄子侄女传授哭丧的才艺，要他们说哭就哭，该号就号。然后他们一家家地拜访停尸房，认领死尸，声称那是他们失散多时的亲属。话说回来，直接从法医那儿偷尸体的事，卡彭特也不是不屑，没法子的时候他一样会干。不止一次，卡彭特先把死尸卖给一家医学院，再向警察告发有人盗尸，然后要他老婆穿上丧服，声称那是她儿子。就这样，卡彭特又把尸体卖给另一所学校。县里因此省了一笔埋人的开销；好像没人特别在意。

最后，死尸生意发展到了无法无天的地步，亲属们开始到墓地值守，以免所爱之人在夜晚不翼而飞。突然之间，在人们的心目中，所有失踪的儿童都成了卑劣行径的牺牲品——他们遭到了拐骗，谋杀，再卖作剖体。报纸在义愤填膺的社论中谈到这一原因；法律随即介入。在这种新的氛围下，大部分盗尸人扩大了活动范围，开始光顾偏远的墓地，拉开劫掠行动的距离。卡彭特也变了，他现在专偷黑鬼。

黑鬼不会看守死者。黑鬼不会砸警长的门，也不会到报馆纠缠。没有哪个警长理会他们的报案，没有哪个记者肯听他们诉苦。他们所爱之人的遗体进了麻布袋子，消失不见，继而在医学院冰冷的地窖里重新现身，准备呈露自己身上的一切秘密。在史蒂文斯看来，每一具尸体都是奇迹，都能提供一份指南，用以参透上帝复杂难解的造物。

"黑鬼"——卡彭特嘴里迸出这两个字时近乎吠叫，仿佛一条癞皮狗守卫着自己贮藏的骨头。史蒂文斯从来不用这个字眼儿。他不赞同种族偏见。比起白人医生，像卡彭特这样没受过教育的爱尔兰人，因为社会的误导，在盗墓挖坟的生活中沦落，这的确和黑种有更多相近之处。你好好琢磨琢磨就是了。这些话他当然不会明里讲出来。有时，考虑到现代世界的德行，史蒂文斯并不知道自己的观点是不是显得过于古朴。别的学生整天念叨波士顿有色群体种种骇人至极的事情，说他们臭不可闻，智力低下，充满了原始的本能。可是同学们拿着手术刀鼓捣一具有色剖体时，他们为有色人进步所做的贡献，终归要大过那些最高尚的废奴主义者。黑种以死而晋人类。只有在这个时候，他们和白人才是平等的。

到了康科德郊区，他们在小木头门外止步，等待看守人的信号。看到他来回摇晃提灯，卡彭特便驱车驶入墓地。科布给他付了小费，他奉上当晚备下的厚礼：两座大的，两座中型的，三个婴儿。雨水泡松了泥土。他们三个小时就能收工。等坟坑填平，这里就该像他们从没来过一样了。

"你的手术刀。"卡彭特递给史蒂文斯一把铁锹。

到了早晨，他将再度变回医学院的学生。今夜，他是救死复生的掘墓者。更准确的称呼是盗尸人。救死复生有点儿溢美，却不无真实。他给了这些人第二次机会做贡献，而在生前，任谁也不会给他们这样的机会。

史蒂文斯常常想，如果你能拿死人搞研究，也就能研究活人，让他们作证，这一点死尸是做不到的。

他搓搓手，醒醒神，开始挖坟。

THE
UNDERGROUND
RAILROAD

North Carolina

北卡罗来纳

黑种女子，名叫**玛莎**，属具名人所有，本月十六日从亨德森附近之具名人住宅逃跑或遁隐。该女约二十一岁，肤色黑褐，体型瘦小，直言无忌；头戴黑色丝制女帽，饰有羽毛；其财物包括两床印花棉布衾。本人相信，伊必定企图假充自由民过关。

　　　　　　　　　　　　　　　　里格登·班克斯
　　　　　　　一八三九年八月二十八日于格兰维尔县

她弄丢了蜡烛。有只老鼠咬醒了科拉。回过神来，她摸索着从月台的泥土中爬过。她一无所获。这是萨姆的房子垮塌后的第二天，不过她也吃不准。现在找一杆兰德尔种植园的棉秤来量时间才好呢，饥饿和恐惧堆在这一边，希望在另一边，一点一点地减少。要想知道你在黑暗中迷失了多久，唯一的方法就是从中获救。

　　科拉只需要烛光的陪伴了，在此之前，她已经采集了这座监狱的不少细节。月台长二十八步，从墙到铁轨是五步半。到地上世界是二十六个台阶。她把手掌放到活门上，门还是热的。她知道她爬上来时，哪个台阶剐破了她的裙子（第八级），也知道她如果往下爬得太快，哪个台阶有可能蹭伤她的皮肤（第十五级）。科拉记起曾在月台角落见过一把扫帚。她用它在地上点戳，像城里的女瞎子，像西泽在他们逃跑的路上探查黑水。若非笨手笨脚，便是过于自信，反正她跌倒在铁轨上了，结果既丢了扫帚，也失去了一切欲望，索性在地上缩成一团。

　　她得出去。在这漫长的时间里，她没办法不去臆想一个又一个残暴的场面，拿来布置成她专属的恐怖奇观博物馆。西泽让一群咧嘴坏笑的暴民吊死了；西泽成了一团饱受折磨的活肉泥，瘫在猎奴者马车的地板上，行驶在返回兰德尔家的中途，等待着惩罚。好心的萨姆进了监狱；萨姆浑身涂了柏油，粘了羽毛，接受审讯，问他地下铁道，骨头断了，不省人事。在闷热的小屋残骸中，一个面目模糊的白人民防团员仔细察看，拉起活门，她从此万劫不复。

这就是她苏醒时用鲜血装点的画面。噩梦里的展览要更为怪诞。她在大玻璃窗前来回踱步，活脱脱一个花钱买罪受的看客。博物馆闭馆后，她锁在"运奴船上的生活"里了，一直处在港口和港口之间，等待着起风，千百个遭到绑架的人在甲板下悲号。在下一个橱窗里，露西小姐用一把开信刀切开了科拉的肚子，一千只黑色的蜘蛛从她肠子里奔涌而出。一次又一次，她闪回到熏肉房那个夜晚，医院的护士们把她死死压住，特伦斯·兰德尔像猪一样哼哼着，在她身上刺戳。一般情况下，都是老鼠或虫子在好奇心变得过于强烈时，才把她弄醒，打断她的梦境，把她送回月台上的黑暗。

肚皮在手指下颤抖。她以前挨过饿，那是康奈利因为有人惹麻烦而惩罚整个营区，存心削减了伙食的配额。但他们需要食物才能干活，棉花要求惩罚尽量简短。在这儿呢，根本没法子知道她什么时候才能吃上下一顿。火车晚点了。萨姆把坏血试验告诉他们的那个晚上——当时房子还在——下一趟火车预定在两天后到达。现在它应该到了。她不知道晚点了多长时间，但这延误绝不是什么好兆头。也许这条支线已经关闭。整条路线都暴露了，取消了。谁也不会来了。她已经虚弱不堪，不可能走过里数不明的长路，摸着黑去下一站，更不消说她根本不知道前面的车站有什么在等着她。

西泽呀。如果他们早点儿开窍，继续逃跑，那她和西泽已经到了自由州。他们为什么要相信两个低贱的奴隶理当受到南卡罗来纳的盛情款待？为什么要相信新生活如此之近，一过州界便唾手可得？这仍然是南方啊，你逃不出恶魔的手心。再说了，世界已经给了他们那么多的教训，可是眼睁睁看着自己的手腕、脚踝，咔哒咔哒叫人扣了个正着，他们却认不出那是镣铐来了。南卡罗来纳的镣铐是新产品，钥匙和锁簧的设计颇具地方特色，但仍然实现了镣铐的目标。他们根本就没跑出多远。

她看不见自己的手就在眼前，却一次又一次看到西泽被人抓获。在工厂被抓，在去漂流见萨姆的路上被抓。走在主街上，跟他的梅格姑娘挎着胳膊。他们抓住他时，梅格大声叫嚷，他们把她打倒在人行道上。如果她已经让西泽做了爱人，那么就会是另一番光景了。他们也许会连她一块抓走。他们关在分开的监牢里也不会孤单。科拉把两膝贴紧胸口，双臂抱住膝头。她到底要让他失望了。她毕竟是个无家可归的。不仅在种植园的环境里无家可归——没爹没娘，没人照料——在别的每一种环境下也是如此。某个地方，多年以前，她走上了人生的岔道，从此再也不能回到有家之人的世界了。

地面微微颤动。在以后的日子里，每当想起晚点的火车渐渐驶近，她不会联想到咣当咣当的机车，而是一个扑面而来的真相，一个她早就知道的真相：说千道万，她到死都是个无家可归的。她是伶仃族的最后一员。

火车的光疯狂地颤动。科拉伸手去拢头发，旋即意识到要是自己死了，形象好不好还有什么区别。司机不会对她品头论足；他们秘密事业的兄弟会里全是各路的怪客。她起劲儿地挥动手臂，欣喜地看着那团橘红色的光，像一颗温暖的肥皂泡在月台上膨胀。

火车高速通过车站，很快就看不见了。

她冲着火车咆哮，几乎摔倒在铁轨中间，连日来水米未进，她的嗓子干燥，粗糙。科拉站立着，颤抖着，无法相信眼前的一切，终于听见火车停下，随后沿着轨道倒车。

司机满脸歉意。"你肯定要把我的三明治也吃了吧，嗯？"他问。科拉正抓着他的水袋咕嘟咕嘟地狂灌。她对司机的戏谑浑然不觉，吃掉了三明治，哪怕她从来没喜欢过猪舌头。

"你没有道理在这儿啊。"男孩边说边推了推自己的眼镜。他顶多十五岁，骨瘦如柴，表情热切。

"哦，你看见我了，对不对？"她舔起了手指头，一嘴的土味。

男孩听着她的故事，每到紧要之处，便惊呼"哎呀！"和"我的妈呀！"。他两手拇指插在工装裤口袋里，身子摇来晃去。他讲起话来，就像科拉见过的在城里广场上踢皮球的那些白人小孩，一副什么也不在乎的自信劲儿，跟他的肤色并不般配，更别说他这份工作的性质了。他是怎么摆弄起了火车头的，想必很有故事，但现在不是絮叨有色人少年非凡履历的时间。

"佐治亚站关闭了。"他最后说，一边用手抓挠着蓝帽子下的头皮，"我们不该来这儿的。巡逻队肯定已经发现了什么，我觉着。"
他爬进驾驶室找夜壶，然后走到隧道边把它倒掉。"上头没听到站
长的消息，所以我跑一趟特快。时刻表上本来没这一站。"他想马
上离开。

科拉犹豫了一下，禁不住望着台阶的方向，期待着最后关头，
再等一等那不可能出现的乘客。然后她走向驾驶室。

"你不能上那儿！"男孩说，"这是规定。"

"你别指望我坐到那儿去。"科拉说。

"本次列车所有乘客均须乘坐旅客车厢，小姐。他们管得可严了。"

把这节敞车称作旅客车厢，实在太对不起这四个字了。这是一
节货车车厢，跟她前往南卡罗来纳时坐过的那一节类似，但只有基
础。底部的木板用铆钉固定在车厢底盘上，没有厢壁，也没有顶。
她爬到上面，火车在男孩准备出发时颠簸摇晃。他扭过头，带着明
显过度的热情，冲他的旅客招了招手。

用于超大型货物的皮带和绳索散落在地板上，松弛而弯曲。科
拉坐在敞车中央，拿一条绳索在腰上缠了三圈，又抓住另外两条，
权当它们是缰绳了。她用力拉紧。

火车颠簸着驶入隧道。向北行进。司机大叫："全体登车！"
科拉心想，别看这男孩头脑简单，履行起职责来倒不含糊。她往回
看。她的地下监狱不断暗落，为黑暗重新吞没。她不知道自己是不
是最后的乘客。也许下一位旅行者无须滞留，可以一路向前，直达
自由。

当初在前往南卡罗来纳的旅程中，科拉曾依偎着西泽温暖的身体，在喧闹的车厢里睡着了。这一趟行程，她没睡。她这节所谓的客车车厢，比以前那节货车车厢要牢固一些，但呼啸的气流，把乘车变成了一次狂风大作的苦难历程。科拉得不时扭转身体，才能喘口气。这一位司机比前一位更不要命，开得飞快，鞭策着机器高速运转。每到转弯处，敞车便上蹿下跳。她以前离海最近的经历，是在自然奇观博物馆工作期间；现在这些木板让她对船和风暴终于有了认识。司机的哼唱飘到身后，是她无法分辨的歌曲，是狂风从北方吹送过来的碎片。她终于不再硬撑下去了，趴下来，手指抠住接缝的地方。

"后边怎么样？"司机停车时问道。他们在隧道中间，看不到车站。

科拉抖抖缰绳。

"很好。"男孩说。他擦了擦额头的煤灰和汗水。"咱们大概跑了一半。得伸伸腿。"他一巴掌拍在锅炉上，"这老丫头，尽尥蹶子。"

直到火车再度开动，科拉才想到自己忘了问，他们究竟要驶向何方。

伦布利农场地下的车站用彩石精心装饰，萨姆车站的墙壁镶有木板。这一站的建造者在顽强的地下爆破，掘进，却无意装修，成心将这番壮举的艰难之处一一展现。白色、橙色和铁锈色纹理构成的条纹，游走在缺口、凹陷和凸起之间。科拉站在一座山的肚子里了。

　　司机点燃墙上的一支火把。工人完工以后不曾清理现场。装齿轮的板条箱和掘进设备堆积在月台上，把它变成了一个大车间。旅客们就拿空炸药箱子当座位。科拉尝了尝桶里的水。味道新鲜。经过隧道里沙尘的洗礼，她的嘴巴已经成了个旧畚箕。她拿长柄勺喝了很长时间的水，司机看着她，坐立不安。"这是什么地方？"她问。

　　"北卡罗来纳。"男孩答道，"我听说，这里原来是常来常往的一站。现在不是了。"

　　"站长呢？"科拉问。

　　"我从来没见过他，但我肯定他是个好人。"

　　他需要一副好脾气，耐得住阴暗，才能在这样一个坑洞里工作。经历了萨姆家地下的煎熬，科拉无意再受折磨。"我跟你走。"科拉说，"下一站是哪儿？"

"我早就想跟你说这事了，小姐。我在搞养护。"他告诉科拉，因为年龄的关系，他只负责引擎，不管客运。佐治亚站关闭以后——他不知道细节，但传言说它已经暴露——他们正在测试所有路线，以便重新规划交通。她等的那趟火车取消了，他不知道下一趟什么时候经过。他得到的指令是报告情况，然后返回枢纽。

"你不能带我到下一站吗？"

他用手势告诉科拉走到月台边缘，然后举高提灯。前方十五米是一处乱七八糟的地方，隧道到此为止。

"我们在那儿经过了一条支线，往南走的。"他说，"我带的煤刚够过来看看，再开回车库。"

"我不能往南走。"科拉说。

"站长会来的。我敢保证。"

他前脚刚走，科拉后脚就想他了，虽然这孩子有点儿愣。

科拉有了光，还有了另一种她在南卡罗来纳不曾拥有的东西——声音。铁轨中间黑暗的水塘，由车站顶部稳定滴落的水珠注入。上方的石头拱顶是白色的，带着斑驳的红色，像鞭刑时流出的血渗透了衬衫。不过，这里的声响让她心情振奋。起到同样作用的还有丰富的饮用水和火把，以及她一路远离猎奴者的距离。北卡罗来纳的情况是个改善，至少在地表之下。

她到处察看一番。车站与一条粗略凿成的隧道相接。承重支柱撑起了木制顶棚，嵌入泥土地面的石子让她走起路来磕磕绊绊。她先往左，迈过墙上松脱掉落的碎片。生锈的工具乱丢在路上。各种凿子、大锤和镐——劈山斩石的武器装备。空气潮湿。她在墙上摸一把，手便盖上了一层白霜。在通道的尽头，梯子拔地而起，通往一条狭窄的竖井。她举起火把，看不出梯子延伸了多远。等她发现通道的另一头越走越窄，最后是死路一条，这才回过头来，鼓起勇气，向上攀爬。

才往上爬了一米，她便知道工人为什么丢弃那些工具了。一道由石头和泥土构成的土堤形成斜坡，从地到顶，切断了隧道。在塌方的另一面，隧道持续了三十米便告结束，她的恐惧得到了证实。她又一次陷入了困境。

科拉瘫倒在碎石堆上，哭啊哭啊，直到昏昏睡去。

站长叫醒了她。"噢！"此人说。他在碎石堆顶上弄出个空儿，探进圆鼓鼓的红脸膛。"噢，天哪。"他说，"你在这儿做什么？"

"我是旅客，先生。"

"你不知道这一站已经关闭了吗？"

她咳嗽一阵，直起身，扯平肮脏的裙子。

"噢天哪，噢天哪。"他说。

他叫马丁·韦尔斯。他们合力拓宽石墙上的洞口，让科拉钻到另一边。马丁扶她下到地面，好像搀扶一位大小姐爬出豪华的马车。拐过几个弯，隧道的出口隐约可见。一股清风抚触着科拉的皮肤。她像喝水一样，大口呼吸着空气，这夜晚的天空就是她享受过的最好的饭食了，经历了地下的时光，一颗颗星星仿佛熟透的果实，多汁而鲜美。

站长水桶身材，早已人到中年，脸如面团，又白又软。作为地下铁道的员工，对危险想必不会陌生，可他表现出了一种紧张不安的气质。"你不该来这儿。"他说，口气和司机一模一样，"这是个非常令人遗憾的意外。"

马丁喘着粗气做着解释，一边讲话，一边拢着脸上汗津津的灰白头发。他说，黑夜骑士们到处巡逻，站长和旅客的处境都很危险。没错，这老云母矿位置偏远，很久以前就让印第安人开采殆尽，大多数人都把这儿忘记了，但执法者定期检查洞穴和矿井，不放过逃犯可能寻求避难以逃脱法律制裁的任何场所。

让科拉万念俱灰的塌方，实际上是个障眼法，以掩盖下方的施工。这一招奏效了，但北卡罗来纳的新法律已经让车站无法继续运行——他到矿上来，只是要给地下铁道留个信儿，他不能再接收旅客了。不管是收留科拉，还是窝藏任何逃奴，马丁都完全没有准备。"尤其是在当前的形势下。"他压低声音说道，好像巡逻队就守在沟渠顶上。

马丁说，他得去弄辆马车，科拉吃不准他会不会回来。他保证不会太久——天快亮了，天亮以后再想把她运走就不可能了。她对自己能够脱身回到人间世界而感激不尽，因此决定相信他。等他赶着两匹瘦骨嶙峋的挽马，拉着一辆饱经风霜的马车重新露面时，科拉差一点儿张开双臂，把他抱个满怀。他们挪开装谷物和种子的麻

袋，腾出一条狭窄的容身之地。上一次科拉必须这样藏身时，他们
需要两个人的空间。马丁拿油布盖住货物，车声辘辘，驶出沟渠，
站长一路骂骂咧咧，直到他们上了公路。

没走多远，马丁就停下了马车。他掀起油布。"太阳很快就要
出来了，但我想让你看看这个。"站长说。

科拉没有马上明白他的意思。乡村公路一片寂静，两边都是森
林，树冠紧挨着树冠。她看见了一个人影，接着是另一个。科拉跳
下了马车。

一具具尸首挂在树上，好像正在腐烂的装饰品。有些完全裸露
着，其余的也是衣不蔽体，裤子污黑的，是因为肠子没了，脖子断
了。离她最近的那些，有两个刚好被站长的提灯照亮，皮肉上都带
着严重的创口和伤痕。一个遭到了阉割，丑陋的嘴巴大张着，嘴
里塞着自己的阳具。另一个是女人，她的肚子隆起着。对一具尸首
里面是不是有小孩，科拉一直不太擅长做出准确的判断。他们鼓凸
的眼珠子，好像在责备她凝望的目光。区区一个女孩的注目，不过
打扰了他们的安息，可是自从离了娘胎，这个世界就让他们受尽摧
残，这两样又怎能相提并论？

"他们现在把这条路叫作自由小道。"马丁说着，重新盖好了马
车，"进城这一路都是尸首。"

火车把她丢在了一座怎样的地狱啊。

等科拉再一次从马车上下来，已经到了马丁家黄色的房子跟
前，她偷偷摸摸地溜着边儿走。天光渐亮。马丁胆子再大，也只敢

把马车赶到离家尽可能远的地方。两边的人家离他的房子非常近，随便哪个人被马的声音弄醒，都可能看见她。一步步靠近房门时，科拉看见了街道，还看见了街道另一边的草地。马丁催她快点儿，她爬上后门廊，又爬进屋里。一个高个子白种女人，只穿着睡衣，倚靠在厨房的护墙板上。她拿着杯子，喝了一小口柠檬水，看也不看科拉地说："你要把我们害死了。"

这是埃塞尔。她和马丁结婚已经三十五年了。马丁在脸盆里洗着哆哆嗦嗦的手，两口子谁都没说话。科拉知道，她在矿井等待时，他们已经为她吵过一架了，一旦着手处理眼前这摊麻烦事，争吵随时都会再次爆发。

马丁把马车赶回商店时，埃塞尔让科拉上楼。科拉短暂地看了一眼客厅，屋里只有些简单的陈设；有了马丁事先的警告，迎着窗外照进来的晨光，她不由得加快了脚步。埃塞尔灰白的长发快垂到腰上了。这女人走路的样子让科拉心生畏惧。她好像在飘移，浮在自己的怒火之上。走到楼梯最上面，埃塞尔停下来，指着浴室。"你很臭。"她说，"麻利点儿。"

等科拉再度迈进走廊，女人便吩咐她爬楼梯，上阁楼。在这又小又热的房间里，科拉的脑袋几乎擦到了天花板。在阁楼的尖屋顶形成的斜墙之间，塞满了陈年的弃物。两副坏掉的搓板，成堆的破被子，表面开裂的椅子。一匹摇摆木马，上面铺着黯淡无光的兽皮，立在角落，紧挨着卷曲而剥落的黄色墙纸。

"我们得赶快把那儿遮住。"她说。她指的是窗户。她从墙边拉过一个板条箱，站到上面，轻轻推开屋顶上的天窗。"过来，过来。"她说。她一脸苦相，对逃犯还是一眼都不看。

科拉爬到假屋顶上面，钻进逼仄的密室。这里从地板向上逐渐变窄，高不足一米，长也仅有四米五。她挪开一摞摞发霉的报纸和书，腾出一些空间。她听到埃塞尔下楼去了。女主人回来时，给科拉拿了些吃的，一壶水，一个便壶。

埃塞尔第一次正眼看了科拉，天窗框出了她憔悴的脸。"女佣人很快就到，"她说，"她要是听见你的动静，一定告发我们，他们会把我们统统杀掉。我们女儿一家子今天下午过来，他们不能知道你在这儿。你懂吗？"

"那要多长时间？"

"你这蠢货，不准出声，一点儿声也别出。只要有人听见你，我们就完了。"她拉上了天窗。

光和空气唯一的来源，就是墙上面对街道的一个小孔。科拉爬过去，伛偻在椽子底下。粗糙的小孔是从里面挖出来的，想必是此前的某位住客，因为对寄宿的房间不太满意而留下的作品。她很想知道那个人现在在哪儿。

第一天，科拉便熟悉了公园的生活。公园就是她在房前看到的那块草地，位于街道对面。她把一只眼睛贴紧窥视孔，东瞧瞧，西看看，努力捕捉完整的视野。公园四周都是两到三层的木结构房屋，建筑样式完全相同，不一样的只是外墙涂料的颜色，以及长门廊上的家具。砖块铺成两条整洁的便道，从草地中间交叉而过，蜿蜓进出于高树和粗枝洒下的浓荫。一口喷泉在靠近入口的地方发出悦耳的颤音，周围装设了低矮的石凳，日出之后不久，便有人在那儿落座，直到入夜，石凳总是一席难求。

上了年纪的男人用手帕包着面包皮喂鸟，孩子们放风筝、踢皮球，一对对中了爱情符咒的男女青年交替出现。一条棕色的杂种狗把这地方当成了自己的家，人人都认识它，它叫个没完，到处撒欢。下午的时候，孩子们追着它穿过草地，跑到公园一侧结实的白色音乐台上。一棵巨大的橡树带着庄严的从容俯瞰着草地，借着树荫，那条狗在长椅下打起了瞌睡。科拉注意到，它吃得蛮好的，常常大嚼大咽着美食和市民们丢给它的骨头。看到这一幕，她的肚子一定会咕噜咕噜地叫起来。她给他取了名：市长。

随着太阳接近一天中的高点，正午的人流让公园充满了喧闹，此时的高温把藏身的洞窟变成了难以忍受的火炉。在阁楼密室的几个部分之间来回爬动，寻找想象中凉爽的绿洲，这已经成了她的主要活动，仅次于对公园的不懈监视。她知道房东不会在白天光顾，因为女佣人菲奥娜正在上工。马丁要照看商店，埃塞尔有自己的交际圈，总是出出进进，但菲奥娜一直都在楼下。她很年轻，带着明显的爱尔兰乡音。科拉听到她忙乎自己的工作，暗自叹气，对不在家的雇主口出恶言。第一天，菲奥娜虽然没进阁楼，可她的脚步声吓得科拉一动也不敢动，像极了她海上的老伙计约翰船长。埃塞尔第一天早晨的警告产生了意料之中的效果。

她来的那天还有另外的访客——马丁和埃塞尔的女儿简，以及简的一家子。从女儿活泼、愉快的性情来看，科拉断定她像父亲，并且照着马丁的模子，给她描画了一张阔脸，加添了五官。女婿和两个外孙女一刻不停地吵闹，雷鸣般回荡在屋中。两个女孩一度要上阁楼，但在商量了一番鬼的习性和嗜好之后，便打消了这个念头。这房子里的确有个鬼，可她被死死地锁住了，不管那链子有没有发出哗哗的声响。

到了晚上，公园依旧人潮不断。科拉想，主街肯定就在附近，汇集着城里的人流。有些老妇人穿着蓝色的条纹棉布裙，把蓝白相间的彩旗钉到音乐台上，再加上柑橘叶编成的花环作为装饰。一家又一家人到舞台前占座儿，铺开毯子，从篮子里取出晚餐。那些就住在公园旁边的人，拿着水壶和酒杯，聚集在自家的门廊。

由于满脑子都是这令人如坐针毡的避难所，加上猎奴者发现他们下落以来的一连串不幸，科拉没有马上注意到公园一个重要的特征：所有人都是白人。在跟西泽逃跑之前，她从未离开过种植园，所以南卡罗来纳给了她第一个机会，让她得以一窥城市和村镇里种族交混的景象。在主街，在商店，在工厂和办公室，在每一个地段，黑人和白人都是整日里混杂在一起的，并且视之为理所当然。少了这些，人与人的往来就会枯萎。无论是自由的，还是受着奴役，非洲人和美国人已经无法分离。

在北卡罗来纳，黑人种族是不存在的，除非吊在绳子上。

两个能干的男青年爬到音乐台上方，帮女干事挂起一条横幅——"星期五晚会"。乐队上台就位，他们演奏的暖场音乐把四散的游园者聚拢到一起。科拉蹲伏着，脸紧贴着墙。班卓琴手展示出了些许的才华，小号手和小提琴手差多了。他们奏出的音乐，跟她在兰德尔种植园内外听过的那些有色人乐师一比，便显得淡而无味，但市民们很享受这些没什么人味儿的旋律。乐队最后演奏了两首朝气蓬勃的有色人乐曲，科拉听出来了，这显然是当晚最受欢迎的曲调。在楼下的门廊上，马丁和埃塞尔的两个外孙女发出尖叫，拍起了巴掌。

　　一个男人穿着皱巴巴的亚麻布正装，走上舞台，做了简短的欢迎致辞。马丁后来告诉科拉，此人乃坦尼森法官，不贪杯的时候，他是本城一位很受尊敬的人物。可这一天晚上他脚步蹒跚。科拉没听明白法官对下一个节目的介绍，黑鬼秀？她以前听说过，但从没看过他们的滑稽表演；在南卡罗来纳的剧院，有色人之夜提供的是不一样的节目。两个白种男人，脸上用烧过的软木涂成黑色，蹦蹦跳跳地表演了一连串的短剧，公园里爆发出阵阵欢笑。他们身穿搭配失当、艳丽流俗的衣裳，戴着高顶圆礼帽，捏着嗓子，夸大有色人的口音，八成这就是笑点所在。在其中一个小品中，骨瘦如柴的演员脱下一只破旧的靴子，一遍遍数着自己的脚趾，又老是忘记自己数到几了，这一幕激起了观众最响亮、最热烈的反应。

　　最后一个节目之前，法官先就湖泊长期存在的排水问题宣读了一份通告，然后才开始短剧表演。演员的动作，只言片语的对白，飘进令人透不过气的阁楼密室，科拉把这些东西拼凑到一起，慢慢明白剧情说的是一个奴隶——又一次，一个白人涂了烧焦的软木，粉嘟嘟的脖子和手腕明晃晃地露在外头——这奴隶因为受了主人轻微的责备，便往北方逃窜。他一路上遭了老鼻子的罪，对种种磨难发表了娇嗔的独白：饿呀，冷呀，还有野兽呀。到了北方，一个酒馆老板雇佣了他。这位店主可是个残忍的主儿，有事没事地，对这死脑筋的奴隶又是打，又是骂，克扣他的工钱，剥夺他的尊严，好一出描画了北方白人德行的活报剧。

最后一幕表现的是奴隶回到了主人家门口。他又逃跑了，这一次逃离的是自由州虚伪的承诺。他哀求着，只想拿回从前的身份，对自己的蠢行悔恨不已，请求得到宽恕。主人说了一番仁慈和耐心的话儿，表明这是不可能的，在这奴隶逃走的日子里，北卡罗来纳已经变了。主人一声口哨，两个巡逻队员便把瘫软在地的奴隶带离了主人的宅邸。

市民领会了演出的道德寓意，喝彩声响彻公园。小不点儿们骑在爸爸肩头，猛拍着巴掌，科拉看到市长也冲着半空张牙舞爪。她对这座城市的大小一无所知，却感觉此时所有市民都在公园里聚集着，等待着。晚会真正的意图拉开了帷幕。一个彪形大汉穿着白裤子和鲜艳的红外套，走到了舞台中央。就算不考虑他的块头，此人的动作也充满了魄力和权威——科拉想起博物馆陈列架上的大熊，摆出姿势，刻意强调发起攻击的戏剧性时刻。他捻着翘八字胡的一角，带着耐心的兴味，等待群众渐渐安静。他的嗓音坚定，清晰。当天晚上第一次，科拉一个字也没漏掉。

尽管公园里所有人都知道他的身份，他还是自我介绍名叫贾米森。"每到星期五，我醒来时浑身充满了活力。"他说，"因为我知道，再过几个小时，我们就要在这里重聚，庆祝我们的好运道。在执法者保证黑夜安全之前的那些日子里，睡眠对说我来说真是一大难题。"他朝那令人胆寒的执法队做了个手势，他们有五十人之众，集中在音乐台的一侧。他们挥手，市民欢呼；队员们又对贾米森的认同点头致意。

贾米森继续鼓动群众的热情。上帝给了一位执法队员一个新生的儿子作为礼物，还有两个队员迎来了自己的生日。"今天晚上有一位新队员和我们在一起。"贾米森接着说，"一个来自优秀家庭的年轻人，在这个星期加入了黑夜骑士的队伍。到前面来，理查德，让大伙看看你。"

瘦小的红发男孩磨磨蹭蹭，走到前台。像战友们一样，他穿着制服：黑裤子和厚厚的白布衬衫；脖子在衬衣领子里扭动。男孩吭吭唧唧说了些什么。科拉从贾米森对他所说的推测，这位新队员已经开始在本县巡逻，从所属的打手队那里学习基本的准则。

"可你已经有了一个幸运的开始，对不对呀，孩子？"

细弱的男孩使劲点头。他的年幼和瘦小，让科拉想起了前一次坐火车时的小司机，他们都是因为机缘巧合，应征做起了男人的工作。他这张生有雀斑的脸皮虽然是浅色的，可他们有着同样脆弱的渴望。说不定还是同一天出生的，后来却受到两种规则、两种机缘的操弄，分别为使命迥异的组织效力了。

"可不是每个骑士头一回出任务，都能有所斩获啊。"贾米森说，"咱们这就看看，小理查德给大伙带来了什么。"

两个黑夜骑士把一个有色女孩拖到台上。她长着一副内宅女佣纤弱的体形，傻笑起来缩得就更小了。她灰色的束腰外衣已经撕破，沾染了血污和秽物，她的头发已经被人胡乱地剃掉了。"理查德搜查一艘开往田纳西的汽船，搜到底舱，结果发现这个无赖藏在下面。"贾米森说，"她叫路易莎。她是趁着正在重组的混乱，从种植园跑出来的，这几个月就藏在树林子里。她相信自己已经逃出了我们这个制度的罗网。"

路易莎打了个滚儿，审视着群众，短暂地扬起头，接着便静止不动。要想看清楚折磨她的这些人一定是很难的，因为她两只眼睛里都是血。

贾米森向空中挥舞着拳头，好像要吓退天上的某个东西。夜晚就是他的敌手，科拉心想，夜晚，还有他拿来装填夜晚的幽灵。他说，有色人的歹徒在黑暗里潜伏，随时准备着玷污市民的妻女。在不死的黑暗里，他们的南方传统是不设防的，面临着重重的危险。骑士们保护了他们的安全。"为了这个新的北卡罗来纳，为了它的正义，我们大家人人都要做出牺牲。"贾米森说，"为了我们一手锻造出来的这个自主的国度，为了不受北方的干涉和少数种族的污染。黑色的种群已经被击退了，多年以前在这个国家诞生时犯下的错误正在得到纠正。有些人啊，比如说我们州界另一边的兄弟，竟然采纳了荒谬的观念，弄什么黑鬼的提升。教一头驴子做加减乘除，还要更容易些呢。"他俯下身，揉搓路易莎的脑壳，"一旦发现这古怪的无赖，我们的职责决不含糊。"

群众训练有素，按照惯例朝两边分开。贾米森走在队伍最前头，黑夜骑士把女孩拖到公园中央的大橡树下。科拉当天已经看到，一架轮式平台就放在公园的角落，整个下午，孩子们爬上爬下，在平台上蹦蹦跳跳。入夜后的某一时刻，它被推到了大橡树下。贾米森招呼志愿者，各个年龄段的人都有，他们蜂拥而上，在平台的两边各就各位。绞索向下套住了路易莎的脖子，有人领着她走上台阶。一位黑夜骑士带着熟能生巧的精确，只是一掷，便将绳头抛过了粗大而结实的树枝。

在拥挤上前要把斜梯推开的人当中，有一位被赶到了一边——上一次晚会他已经得到过机会了。一个年轻的棕发女人，穿着圆点花纹的粉红色裙子，冲上去抢了他的位置。

女孩开始在半空中摆荡之前，科拉扭开了头。她爬到阁楼密室的另一边，缩进这新牢笼的角落。在接下来的几个月里，当天气不再那么令人窒息，她宁愿窝在角落里睡觉。她已尽己所能远离了公园，这一颗怦怦跳动的、可耻的城市心脏。

现在全城肃静了。贾米森下达了指令。

为了解释他和妻子为什么把科拉关进阁楼，马丁不得不从头道来。正像南方的一切，这件事也要从棉花说起。棉花无情的发动机需要非洲的躯体做燃料。轮船在海洋上奔波往复，带来血肉之躯，耕种土地，繁殖更多的躯体。

这发动机的活塞不留情面地做着运动。更多的奴隶带来更多的棉花，更多的金钱，用以购买更多的土地，种植更多的棉田。即使在奴隶贸易终止以后，仅仅一代人的时间，人口的数字比例就难以维系了：怎么那么多的黑鬼呀。在北卡罗来纳，白人的数量以二比一的比例超过奴隶，但在路易斯安那和佐治亚，黑白人口已接近持平。在仅仅一界之隔的南卡罗来纳，黑人的数量超过了白人十万以上。不难想象，当奴隶摆脱枷锁，追求自由，甚至还要复仇时，会出现怎样的后果。

在佐治亚和肯塔基，在南美洲和加勒比群岛，都有非洲人对他们的主人发动攻击，这些遭遇战虽然短暂，却令人心悸。在剿灭南安普顿暴乱之前，特纳一伙人屠洗了六十五个男人、妇女和儿童。[1]作为报复，民兵和巡逻队员私刑处死的人数三倍于此，包括共谋者、同情者和无辜的人，以树立样板，立下规矩。但数字依旧，宣示着一个由偏见所阐明的事实。

"在这一带，最接近警官的就是巡逻队员了。"马丁说。

"大多数地方，"科拉说，"巡逻队员都会随时随地作践你。"此时已经过了午夜，她迎来了第一个星期一。马丁女儿一家子已经回去了，菲奥娜也走了，她住在顺路而下的爱尔兰区。马丁坐在阁楼的一只板条箱上，扇着手里的东西，让自己凉快一下。科拉来回踱步，拉伸酸痛的四肢。她已经好几天没站过了。埃塞尔不肯露面。深蓝色的窗帘遮住了窗口，一支小蜡烛轻舔着黑暗。

就算到了这个钟点，马丁讲起话来还是要压低嗓门。隔壁街坊的儿子是个黑夜骑士。

作为奴隶主的打手，巡逻队员就是法律。他们是白种的，路数不正的，冷酷无情的。从社会的最底层和最堕落的群体中选拔出来，一无所知，连个小工头都无力胜任。（科拉点头表示同意。）巡逻队员什么理由都不需要，就可以凭着肤色把一个人截住。奴隶在种植园外让这些人撞见，就非得拿出证件不可，除非他们想挨鞭子，再去光顾一下本县的监狱。自由黑人必须随身携带解放证书，不然就得冒着被重新卖做奴隶的危险；但不管怎样，他们有的时候

---

[1] 1831 年 8 月，纳特·特纳率七十五人在弗吉尼亚州的南安普顿县举事。威廉·斯蒂伦 1967 年的小说《纳特·特纳的自白》和纳特·帕克 2016 年的电影《一个国家的诞生》均取材于这次奴隶起义。

还是会被偷偷运到拍卖场上。不肯就范的黑人淘气鬼有可能遭到当场射杀。他们随意搜查奴隶的村落，在对自由民抄家时任意胡来，抢走人家辛苦赚来的布匹，或是放纵淫欲，大占便宜。

　　镇压奴隶叛乱是最光荣的战斗召唤。在战争中，巡逻队员可以超越自己的出身，变成一支真正的军队。科拉把这些暴动想象成血肉横飞的大规模作战，在燎原之火照亮的夜空下，轰轰烈烈地展开。可是听马丁这么一说，实际的起义规模都非常小，而且乱哄哄的。奴隶们在城镇之间的路上乱窜，手里拿着随便捡来的武器：镰刀和斧头，刀子和砖头。在有色人叛徒的接应下，白人打手队精心布置伏击，靠着强大的美国陆军的支援，用火枪成群地射杀叛乱分子，再纵马将他们赶尽杀绝。一收到第一波警报，平民志愿者便加入巡逻队，平息骚乱，扫荡黑人营区，将自由民的房子付之一炬。嫌疑犯和局外人挤满了监狱。他们绞死犯人，并且出于防范目的，把相当比例的无辜者也一并吊死。一旦报了白人被杀的仇，更重要的是，对白人法律的冒犯得到了加倍的偿付，这些老百姓便回到自己的农庄、工厂和商店去了，巡逻队的例行巡查也随即恢复。

　　反抗被镇压下去了，但有色人口巨大的数目一如其旧。人口普查的结论就呈现在一行行、一列列阴郁的数字之间。

　　"这事儿我们知道，可我们不说。"科拉告诉马丁。

　　马丁换了个姿势，板条箱发出嘎吱嘎吱的声响。

　　"要是我们说了，我们也不会瞎嚷嚷。"科拉说，"干吗说我们人多力量大？"

去年秋天一个寒冷的夜晚，北卡罗来纳有权有势的老爷们开了个会，准备解决有色人的问题。政治家习惯性地回避奴隶制辩论的复杂性；驾驭棉兽的富农感到缰绳正在滑脱；必不可少的律师们出手，把写有方案的软黏土烧成永不褪色的法案。马丁告诉科拉，贾米森也有出席，他是州参议员和本地的种植园主。那是个漫长的夜晚。

他们在奥内·加里森的餐厅集会。奥内住在公平山顶，之所以叫公平山，是因为它能把山下很远很远的一切尽收眼底，如实地观察世界。这天晚上过后，他们的会议将以"公平大会"为人所知。晚餐主人的父亲曾经是植棉先驱中的一员，也是这种神奇作物精明的说客。在奥内成长的过程中，身边总是环绕着棉花的利润，还有它必不可少的恶——黑鬼。在他的餐厅里，那些人喝着他的烈酒，长久地逗留，而他坐在那儿，注视着那些长长的、没有血色的面孔，他思考得越多，他真正想要的就只是更多的利润，更少的黑鬼。为什么他们花了这么多时间，担心奴隶的造反，担心国会里北方的影响，却看不到真正的问题是谁来采收这么多该死的棉花？

马丁说，在随后的日子里，报纸刊登了这些数字，好让人人都能看到。北卡罗来纳差不多有三十万奴隶。每年都有同样数量的欧洲人，大部分是爱尔兰人和德意志人，因为饥荒和政治原因逃离本国，涌入波士顿、纽约和费城的港口。在州议会大厦的议席上，在报纸的社论版面上，都提出了这样的问题：为什么把这种供应让渡给北方佬？为什么不对人力输入的路线加以调整，好让它也能供给南方？他们在海外的报纸上做广告，宣传合同工的种种好处，宣传员深入酒寮、市镇会议和济贫院，百般推销，到了一定时候，包租的轮船便满载着自愿出海的人力，将梦想家们运往新国度的海岸。他们一上岸便下地干活去了。

"从来没见过白人摘棉花。"科拉说。

"我回到北卡罗来纳之前，还从来没见过暴民把人大卸八块呢。"马丁说，"看到这些，你就不会说什么事人肯干，什么事不肯干了。"

没错，你不能像对待非洲人那样对待一个爱尔兰人，不管他是不是白皮的黑鬼。一方面，买奴隶、养奴隶要花钱；另一方面，给白种工人支付微薄但可以糊口的薪水也要花钱。奴隶用暴力反抗稳定，这是个长期的现实。欧洲人一直都是农民，他们可以再做一回农民。一旦移民履行了合同（偿还旅费、工具和食宿的开销），并在美国社会上找到自己的一席之地，他们必将成为曾经养育了他们的南方体制的拥护者。到了选举日，轮到他们投票时，他们将全体投票，而不是五分之三。[1] 财务清算不可避免，但围绕种族问题的冲突即将出现。北卡罗来纳将在所有蓄奴州里占据最有利的位置。

他们实际上废除了奴隶制。正相反，奥内·加里森这样回答，我们废除了黑鬼。

---

[1] 1787 年制宪会议达成折中方案，将没有投票权的奴隶人数以五分之三计入人口，作为众议员名额和直接税税额的分配依据。

"那么多女人和小孩，那么多男人，他们都去哪儿了？"科拉问。有人在公园里喊叫，阁楼上的两个人安静了片刻。

"你看到了。"马丁说。

北卡罗来纳政府——半个政府那天晚上都在加里森的餐厅里了——用可观的价钱从农民手里购买了现有的奴隶，就像几十年前英国废除奴隶制时所做的那样。棉花帝国的其他州吸收了这些存货；佛罗里达和路易斯安那发展迅速，尤其渴求有色人工，特别是经验丰富的品种。到波旁街[1]走上一遭，任何观察者都不难看出将来会是怎样的后果：一个令人厌恶的杂种州，由于混合了黑人的血，让白人的种族受到玷污，弄得不清不白，一塌糊涂。让他们用埃及的黑，去污染他们欧洲的血统吧，让他们造一条杂种的河，里面满是黑白的混血种、四分之一的杂交种，还有五花八门的肮脏的黄皮种——他们锻造的这些刀片，必将用来切开他们自己的喉咙。

新的种族法禁止有色人踏上北卡罗来纳的土地。拒绝离开家园的自由民要么受到驱逐，要么惨遭屠戮。对印第安人作战的老兵凭着自己的专长当上了雇佣兵，挣到了丰厚的饷银。一俟士兵们结束战斗，从前的巡逻队员便披上黑夜骑士的外衣，四处围捕走散的黑鬼：想跑赢新秩序的奴隶，流离失所、无力北上的自由民，不幸的有色男和有色女，因为各种各样的原因失去了土地。

科拉在第一个星期六的早晨醒来时，并没有马上透过窥视孔往

---

[1] 波旁街位于路易斯安那州的新奥尔良。

外看。等她终于鼓足勇气，却发现他们已经取下了路易莎的尸体。孩子们在吊死她的树下蹦蹦跳跳。"那条路，"科拉说，"你说过的那条自由小道。它有多长？"

死尸有多少，道路就有多长，马丁说。腐烂的尸体，被食腐的鸟兽吃得差不多的尸体，总是要换掉的，但道路一直在向前延伸。但凡有点儿规模的村镇，每一个都举办自己的星期五晚会，都以同样残忍的终曲闭幕。有些地方会把俘虏暂存在牢房，留待淡季、黑夜骑士空手而归的那一周再加以利用。

根据新法律，对受罚的白人一律施以绞刑，不做公开展示。不过有一个案子例外，马丁说，有个白人农夫收留了一伙有色人难民。他们在房子的灰烬里仔细搜检，却无法从他庇护过的那些人里挑出他的尸首，大火消除了他们肤色上的差别，让他们平等了。五具尸体全都挂到了路边，没有人对这样做实际上违反了法律而太过在意。

既然说起了白人遭受的迫害，他们便谈到了科拉关在阁楼密室的时限。"你明白我们的处境。"马丁说。

这里的废奴分子一直都在遭到驱逐，他说。弗吉尼亚或特拉华也许会容忍他们的煽动，但植棉州不会。拥有那种书报足以让你在监狱里蹲上一段时间，获释以后，你在城里也就活不长了。根据州宪法修正案，拥有煽动性作品，或帮助、教唆有色人的，应该受到什么样的惩罚，地方当局可以自由裁量。但在实际操作中，判决就是死刑。揪着被告的头发，把他们从家里拖出去。有些奴隶主，不管出于感情原因，还是某种涉及财产权的特殊观念，反正拒绝听命，他们被吊死了，那些好心的市民，把黑鬼藏进自家的阁楼、地窖和煤仓，他们的下场也一样。

逮捕白人的风头过去之后，有些城镇提高了举报白奸的赏金。人们检举商业上的竞争对手，陈年的世仇，还有邻居，详述昔日的交谈，回忆叛徒们如何表露过犯禁的同情。孩子们告发自己的父母，将女教师讲授的煽动性言论的种种特点对号入座。马丁讲了个故事，城里有个男人，多年来一直想摆脱妻子，但始终没有成功。在严密的监视下，她的犯罪细节虽然没有得到证实，可还是付出了生命的代价。那位绅士在三个月后便另娶了新人。

"他幸福吗？"科拉问。

"什么？"

科拉摆摆手。马丁讲的这些事情实在难以消受，竟然在她身上激起了一种古怪的幽默。

以前，巡逻队员随意进入有色人的房屋，搜寻奴隶，不管他们是自由的，还是受着奴役。现在他们的权力扩大了，可以敲开任何人的家门，寻找罪名，也会以公共安全的名义，做一番没有目标的抽查。执法者任何时候都可能登门，以同样的方式，拜访穷苦的猎户和富有的治安官。运货的大车和载人的马车在检查站被截停。云母矿只有几英里远，可就算马丁有胆子带上科拉一起逃跑，他们也不可能不受检查地迈出县界。

科拉认为白人不愿意放弃自由，即便是以安全的名义。根本没有什么不满和积怨，马丁告诉他，巡逻队的勤奋是各县人民的骄傲所在。爱国者夸耀自己多么频繁地遭到搜查，还能一直保持清白之身。容貌姣好的年轻女人受了黑夜骑士的拜访，已经促成了不止一桩美满的婚事。

在科拉出现之前，他们已经两次搜查了马丁和埃塞尔的房子。骑士们非常讨人喜欢，对埃塞尔的姜饼大加恭维。他们不曾带着怀疑的目光打量阁楼的天窗，但很难讲下一次他们还会遵循同样的路数。第二次来访让马丁退出了铁道的工作。科拉的下一段旅程尚无计划，同事们还没带话过来。他们得等待信号。

马丁再次为妻子的行为道歉："你知道她吓得要死。我们听天由命。"

"你感觉像奴隶？"科拉问。

埃塞尔没有选择这样的生活，马丁说。

"你生来就是那样吗，像个奴隶？"

这句话给他们当晚的交谈画上了句号。科拉爬进密室，带着新鲜的口粮和一个干净的便壶。

她很快养成了每天的例行行动。考虑到种种局限，别的也没什么可干的。脑袋十几次撞到屋顶之后，身体便记住了行动的限度。科拉睡觉，蜷缩在椽子和椽子之间，仿佛这是一间狭窄的船舱。她远眺公园。她努力读书，眯起眼睛，借着窥视孔透进来的微光，尽量利用在南卡罗来纳中断的教育。她不知道为什么只有两种境况：早晨的艰辛，夜晚的苦难。

每个星期五，市民都要举办晚会，科拉便退到密室的紧里头。

大多数的日子，闷热难以忍受。在最要命的时候，她贪婪地吸着洞眼，活像水桶里的一条鱼。有时，她忘了留心水的定量，上午喝得太多，接下来的一整天便只能带着苦涩，呆望着水罐。那条该死的狗在水花里嬉戏寻欢。她快要热晕时，便拿脑袋蹭着椽子，颈子感觉就像厨娘艾丽斯准备晚饭时拧断的鸡脖子一样。她在南卡罗来纳往骨头上增加的肉量已不翼而飞。房东用女儿穿剩下的一条裙子替换了科拉的脏衣裳。简是个小细腰，科拉现在穿她的衣服都嫌大了。

时近午夜，面向公园的房屋里，所有的灯火都已熄灭，菲奥娜也早就回家去了，马丁会在此时送来吃的。科拉爬下来，进入真正的阁楼，伸展一下四肢，呼吸一下不同的空气。他们说说话，过上一段时间，马丁会表情严肃地起身，科拉便爬回密室。每隔几天，埃塞尔允许马丁叫科拉用一小会儿洗手间。科拉总在马丁来过之后才睡，有时先哭一阵，有时一下子就睡过去了，好像一支蜡烛叫人吹灭。她返回了狂暴的梦乡。

她追踪着每天穿过公园的常客，附上注释和推测，仿佛在编纂自己的历书。马丁在密室里藏了废奴主义的报纸和小册子。它们是危险品，埃塞尔想把它们清理掉，可这是马丁的父亲留下来的，早在他们住进这幢房子之前就已存在，所以马丁认为，他们可以声称这不是自己的东西。这些发黄的小册子科拉看得差不多了，便开始看旧历书，里面有对潮汐和星座的各种预测和总结，加上少许晦涩的评论。马丁给她拿来一本《圣经》。有一次短暂下到阁楼时，她看见一本《最后的莫希干人》，让水泡鼓了，还卷了边。为了讨一点儿看书的光，她挤到窥视孔下，到了晚上，便蜷缩在蜡烛旁边。

马丁上来时，科拉总是用同样的问题开场："有消息吗？"

过了几个月，她不再问了。

地下铁道完全陷入了沉寂。报纸上刊登了多篇报道，描述破获车站，将站长们就地正法的行动，但这都是蓄奴州司空见惯的故事。以前常有陌生人敲开马丁家的大门，通报线路信息，还有一次，谈到了一位已经得到确证的旅客。从来没有同一个人两次登门。很久没人来了，马丁说。在他看来，他什么也做不了。

"你不会让我走的。"科拉说。

他哼哧了一声，表示反对。"情况是明摆着的。"这是个毋庸置疑的陷阱，他说，对所有人都是。"你逃不掉，他们一定会抓住你，然后你会供出我们是谁。"

"在兰德尔家，他们要是想把你关起来，就会把你关起来。"

"你要把大家都害死。"马丁说，"你自己，我，埃塞尔，还有这一路上帮助过你的所有人。"

她知道自己并不通情达理，但不是特别在乎，感觉像头犟驴。马丁给了她一份当天的报纸，然后关上了天窗。

只要菲奥娜有点儿动静，她就会一动不动。她只能去想象那爱尔兰女孩长什么样子。菲奥娜间或把没用的家什拖上阁楼。最轻微的一点儿压力，都会让楼梯大声诉苦，这是个非常有效的警报。一旦女佣人离开，科拉便回到自己小小的活动空间。女佣的粗俗让科拉想起了种植园，每当主人的眼睛不再盯着工人，他们嘴里的污言秽语便滔滔不绝。仆人的小小反抗无处不在。她猜菲奥娜往汤里吐痰。

女佣回家的路线并不横穿公园。科拉从来没看见过她的脸，哪怕她对女佣的叹息已经了然于心。科拉在心里描画出她的形象：好斗而果敢，熬过了饥荒和艰苦的迁徙。马丁说，她是跟母亲和弟弟一起，坐着一条卡罗来纳的包船来到美国的。母亲染了肺病，上岸前一天就死了。弟弟太小，没法工作，体质又弱，大部分时间由爱尔兰老婆婆们轮流照看。爱尔兰区跟南卡罗来纳的有色人街道一个模样吗？只要跨过一条马路，就能改变人们的谈吐，决定住房的面积、居住的条件，以及梦想的维度和特性。

再过几个月就到收获的季节了。在城外，在田野，棉桃将要成熟，再一路打成棉包，这一次要由白种的工人来采收了。爱尔兰人和德意志人干起了黑鬼的工作，他们会为此恼怒，还是会让每周可靠的工钱，冲洗掉因此而受的耻辱？一文不名的白人从一文不名的黑人手中接管了田垄，只不过等到一个星期结束，白人将不再一文不名。跟那些黑皮的兄弟不同，他们可以用工钱结清合同，开始新的生活。

乔基在谈到兰德尔种植园时，曾经说奴隶贩子需要越来越深地进入非洲腹地，才能找到下一批奴隶，绑架一个又一个部落，来满足棉花的需求，让种植园变成各种语言、各种宗族的大杂烩。科拉推测，新一拨移民将取代爱尔兰人，他们逃离的那些国家各不相同，但悲惨程度不相上下，同样的进程正在重新开始。发动机喘息着，呻吟着，不停地做着运动。他们只是更换了推动活塞的燃料。

在她病态的探究之下，这间牢房的斜顶成了一张画布，尤其是在日落以后，马丁深夜来访之前。当初西泽来找她时，她设想了两种结果，一种是在北方的某座城市，过上心满意足、来之不易的生活，另一种就是死亡。特伦斯决不会满足于限制她的逃跑，他要让她的生活变成一座光怪陆离的人间地狱，一直玩到他厌倦为止，最后来一场血淋淋的展览，结束她的性命。

在阁楼上最初的几个星期，她对北方的幻想只是一幅草图。一间明亮的厨房，孩子们一闪而过，总是一个男孩和一个女孩，还有个丈夫，待在相邻的房间，不见其人，却满怀着忠诚。随着日子一天天过去，不止厨房，别的房间也慢慢地露了面。一间客厅，陈设简单，但很有品位，摆放着她在南卡罗来纳的白人商店里见过的家什。接着是一张床，铺着雪白的被单，在阳光下格外耀眼，两个孩子跟她一起在床上打滚，隐约可见丈夫身体的轮廓。在另一个场景，多年以后，在她生活的城市，科拉走过人流熙攘的街道，无意中遇见了自己的母亲。一个糟老婆子，穷困潦倒，浑身是病，沿街乞讨，腰背佝偻，真是恶有恶报。梅布尔抬起头，却没认出自己的女儿。科拉踢了踢她的讨钱罐，三两枚铜板，丁零咣啷一阵乱转。她扬长而去，下午的事还没忙完呢，她要去买面粉，给儿子做生日蛋糕。

在这个未来的场所，西泽会偶尔过来吃顿晚饭，说起兰德尔种植园，逃亡路上的艰辛，还有这份终于享有的自由，他们又是哭，又是笑。西泽举起一根指头，滑过眉毛上方的疤痕，给孩子们讲它的来历，他在南卡罗来纳叫一个猎奴者抓住了，但还是获得了自由。

科拉很少想到她杀死的那个男孩。她不需要为那天夜里在树林中的行为辩护；谁也无权要她为自己的行为做出解释。特伦斯·兰德尔提供了一个范本，这种人的思想足以孕育北卡罗来纳的新制度，但她的头脑仍然无法适应眼前暴力的规模。恐惧驱动着这些人，恐惧的力量甚至大过了棉花的利润。害怕黑人的手将把所受的返还回来。有天夜里，这种事不就在她身上应验了吗？他们害怕那些复仇的怪物，她偏巧成了其中的一员。她已经杀死了一个白人少年。她接下来还可能再杀他们一个。因为恐惧，他们在几百年前夯筑的残酷的基础上，建起了用于压迫的新的框架。那是奴隶主为田垄订购的海岛棉，可是散落在棉种中间的却是暴力和死亡的种子，而这后一种庄稼长得飞快。白人害怕是对的。总有一天，这个制度要在血流成河的状态下轰然坍塌。

一个人的造反。她微笑片刻，而后，这最新的一间牢房便重新宣告了自己的存在。她像一只老鼠那样挠着墙。无论是在棉田，在地下，还是在阁楼上的一间斗室，美国始终是她的监牢。

离夏至还有一个星期。马丁拿了条旧被子，塞进没有坐板的椅子洞，来访期间，他一点一点地深陷其中。像以前一样，科拉向他请教不认识的字。这一次是《圣经》里的字眼：驳，噬，晞，[1]她读得磕磕绊绊，倒也有了些进展。马丁承认自己不知道"噬"和"晞"的意思。接着，似乎是为了迎接新的季节，他回顾了一连串的坏兆头。

头一档子事就发生在上个星期。科拉打翻了便壶。她已经在密室里关了四个月，以前也弄出过响动，脑袋碰到屋顶，膝盖撞上椽子什么的。菲奥娜从来没有反应。可是这一回，科拉把便壶踢到墙上时，女佣人正在厨房里闲荡。要是她上了楼，肯定会注意到屎尿横流，透过木板的缝隙，滴落到阁楼里的声响，还有那股子味道。

正午的汽笛刚刚响过。埃塞尔不在家。幸运的是，午饭过后，另一个爱尔兰区的女孩过来串门，她俩在客厅里说了老半天的闲

---

[1] 原字可见于 KJV《路加福音》第 21 章 15 节，《马太福音》第 7 章 15 节和《出埃及记》第 16 章 14 节。译文对照了文理本，也在同句、同章内另择难字。

话，结果菲奥娜不得不加快速度，忙活家务。她既没察觉气味有什么不对，也没假装什么都没闻到。不管什么啮齿类动物在楼上做了窝，反正自那以后，她干脆逃避了做清洁的责任。马丁当晚来访，他们一道把那儿收拾干净，他告诉科拉，这一次死里逃生，他最好什么都别跟埃塞尔讲。天气越来越潮湿了，这个时候她的神经格外脆弱。

告不告诉埃塞尔是马丁的事。自从来到他们家的那天晚上，科拉就再没见过那女人。就她所知，女房东从来没说起过她，哪怕菲奥娜不在屋里。只有极少数的几次，她提到了"那个东西"。马丁上楼看她之前，卧室常常传来摔门的声响。科拉认定，埃塞尔之所以还没告发她，只有一个原因：她自己也是共犯。

"埃塞尔是个简单的女人。"在椅子里越陷越深的马丁说，"当初我要她帮忙时，她看不到后来的这些麻烦。"

科拉知道，马丁就要开始回忆他是怎样意外地加入这项事业了，而这意味着她能在密室外面多待一段时间。她伸了个懒腰，逗他开腔："你那会儿怎么能看到呀，马丁？"

"唉，我怎么能啊。"马丁说。

他是废奴运动中最不可能出现的一卒。在马丁的回忆中，他父亲唐纳德从来没对这种特殊的制度表达过看法，虽然他们家因为不蓄奴，而在自己的圈子里显得凤毛麟角。马丁小时候，饲料店里看仓库的伙计是个枯瘦的驼背男人，名叫杰里科，很多年以前就获得了解放。让他母亲窝火的是，每年的感恩节，杰里科都会带着一罐芜菁泥登门来访。看到报纸上关于奴隶出事的新闻，唐纳德总会不赞成地咕哝几声，或是连连摇头，但是不清楚他这个样子针对的究竟是主人下手毒辣，还是奴隶不肯低头。

十八岁那年，马丁离开了北卡罗来纳，经过一个时期寂寞的漂泊，他在诺福克的一家航运公司找到一份职员的差使。安静的工作和海滨的空气很适合他。他渐渐爱上了牡蛎，体格也在总体上有了长进。埃塞尔的面孔某一天在人群中出现，明亮耀眼。德拉尼家在本地区久有渊源，家族的大树后来修修剪剪，变得北盛南衰。北方人丁兴旺，姑表满堂，南方稀疏零落，无声无息。马丁难得看望父亲。唐纳德修房顶摔下来时，马丁已经五年不曾回家了。

两代男人之间的交流向来不易。马丁的母亲去世之前，多由她来翻译父亲跟儿子谈话时众多的省略和含糊的低语。唐纳德弥留之际，无人充作译员。他要马丁保证完成他未竟的工作，儿子以为老爷子说的是接手饲料店。这是头一个误解。第二个误解是，他把在父亲文件里找到的地图当成了藏宝图。唐纳德这辈子少言寡语，依外人所见，他要么是脑子不大灵光，要么心里装着很多秘密。马丁想，这倒蛮像他父亲的，表面装穷，背地里暗藏了一大笔财富。

可想而知，这个宝贝正是地下铁道。也许有人会说，自由是最宝贵的财富，但它完全出乎马丁的意料。唐纳德的日记摆放在车站月台的一个大木桶上，周围环绕着彩石，仿佛某种神龛，里面记载了这个国家对黑人种族的恶待，他父亲一直对此深恶痛绝。奴隶制是对上帝的公然冒犯，而奴隶主好比撒旦的化身。终其一生，唐纳德都在为奴隶提供救助，不管什么时候，只要有出手的可能，也不管什么方式，只要方便。他还是小孩子时，就碰到过一些赏金猎手的纠缠，跟他打听逃奴的下落，而他故意指错了方向，从那时开始，他就一直在这样做了。

他在马丁小时候多次出差，其实都是为了废奴运动的任务。午夜的会议，河堤上的声东击西，路口的金蝉脱壳。考虑到他交流上的困难，这些行动更加匪夷所思。唐纳德起着人肉电报的作用，沿海岸上下传递情报。"土也金失"（他在日记里就是这么写的）原来在北卡罗来纳既没有支线，也没有车站，直到唐纳德把它当成自己的使命。大伙都说，在南方腹地做这种工作，简直就是自寻死路。话虽如此，他还是在阁楼上加盖了密室，如果假屋顶不是一点儿接缝都看不出来，他断然不会失足。一片松动的木瓦要了他的老命，到这个时候，唐纳德已经把十几个奴隶送到了自由州。

马丁帮助过的人没那么多。他和科拉都认为，他性格中容易受惊的一面无助于己，尤其是前晚那种千钧一发的情形，那是另一个坏兆头：执法者敲响了马丁家的大门。

昨晚天刚黑，公园里到处都是害怕回家的人。科拉不知道他们怕什么，是什么让他们如此坚定地徘徊不去，一个星期又一个星期，都是同一拨人。走路很快的男人，坐在喷泉边上，用手拢着一绺绺的头发。外表邋遢的大屁股妇人，总是戴着一顶黑色无边女帽，自言自语。他们来这儿不是为了畅饮夜晚的空气，也不是为了偷偷摸摸地亲个嘴儿。这些人陷于心烦意乱，来回兜圈，左右为难，就是不肯直视前方。好像要躲避一切鬼魂的目光，那是一切死去的人，建造了这座城市的人。有色劳工盖起了公园周围的座座房屋，修砌了喷泉的石头，铺设了人行步道。搭建了黑夜骑士举行怪诞演出的舞台，还有那一架把在劫难逃的男男女女送进半空的轮式平台。只有一件东西不是有色人亲手建造的，就是那棵树。上帝造了它，好让这座城市结出邪恶的果实。

怪不得白人要在暮色渐浓的公园里游荡，科拉心想。她的脑门顶着木头。他们自己就是鬼魂，陷在两个世界之间，一个是他们罪行累累的现世，另一个是他们否认这些罪行的来世。

科拉通过公园里轻微的骚动，察觉到黑夜骑士正在展开新一轮的搜查。群众在夜色里呆望着对面的一户人家。一个梳辫子的小女孩把三个执法队员迎进家门。科拉记得这女孩的爸爸在自家门廊的台阶上跌了一跤。她有好几个星期没见过他了。女孩紧攥住罩袍的领口，在他们身后关上了大门。两个黑夜骑士，高个子，身材颇为匀称，悠闲地待在门廊上抽着烟斗，透出一股子自鸣得意的懒散劲头。

半个小时过后，门开了，那一队人马拥挤在人行道上，就着一盏提灯的光，查询花名册。他们穿过公园，最后走出了窥视孔的视野。他们敲门的响声让科拉倍感震惊，她不由得闭上了双眼。他们就站在楼下啊。

随后的一分钟是在骇人的缓慢中度过的。科拉挤进角落，在最后一根椽子后蜷缩成一团。声音传递出楼下活动的细节：埃塞尔热情地问候黑夜骑士；任何了解她的人都敢说这女人心里有鬼。马丁飞快地跑到阁楼上看了一眼，确保万无一失，然后才下楼跟大家见面。

马丁和埃塞尔带着这帮人到处察看，敏捷地回答他们的问题。只有他们老两口。女儿住在别的地方。（黑夜骑士搜查厨房和门廊。）女佣菲奥娜有钥匙，此外就没谁能进这房子了。（上楼。）没有陌生人来拜访过他们，没听到过奇怪的动静，没察觉到有什么不对劲的地方。（他们搜查两间睡房。）没丢过什么东西。没地窖——他们肯定知道，到目前为止，公园周围的房子都没地窖。阁楼？马丁当天下午还去过一趟呢，什么不正常的地方都没发现。

"我们上去看看行吗？"这嗓音粗哑而低沉。科拉在心里认为，说话的是矮个子的黑夜骑士，那个留胡子的。

足音隆隆，踏响通往阁楼的楼梯。他们在废旧的杂物周围走动。其中一人开口说话，吓坏了科拉——他的脑袋就在她身下，只隔了几寸的距离。她屏住呼吸。这些男人宛如一群鲨鱼，在小船下方晃动着鼻吻，寻找着近在咫尺的食物。隔开捕猎者与猎物的，只是一层薄薄的木板。

"自从浣熊在这儿做了窝，我们就不怎么上来了。"马丁说。

"能闻到它们的尿味。"另一个黑夜骑士说。

执法者们走了。马丁害怕掉进一个精心布设的圈套，因此放弃了午夜的阁楼巡视。科拉待在静谧的黑暗里，轻轻拍着结实的墙壁：它保护了她的安全。

他们逃过了便壶之劫和黑夜骑士。马丁的最后一个坏兆头出现在当天早晨：一伙暴民吊死了一对夫妻。在自家的谷仓里，他们藏匿了两个有色男孩。因为对父母的关爱心生妒意，女儿告发了他们。两个有色男孩虽然年幼，还是去了自由小道，加入了令人毛骨悚然的画廊。在市场里，埃塞尔的一个邻居跟她谈到此事，她马上就昏死过去了，跌倒在一排果酱之上。

上门搜查越来越频繁。"他们搞围捕一向都很成功，现在他们得努力工作，才能完成抓人的指标了。"马丁说。

科拉提出，这幢房子已经搜过，也许是件好事，他们得过些日子再来了。铁道有了更多时间恢复运营，或是等待另一个机会自然出现。

每当科拉要采取主动，马丁便显得坐立不安。他两手捧着自己童年的玩具，一只木头鸭子。最近这几个月，他把鸭子身上的油漆都抠掉了。"这样说来，通过这些道路的难度增加了一倍。"他说，"那帮小子个个像饿狼一样。"他忽然眼中一亮，"噬——我觉得它的意思是饿急了眼，所以狼吞虎咽。"

科拉一整天都觉得不舒服。她道了晚安，爬进密室。三番五次，死里逃生，可她还是待在几个月里所待的同一个地方，风平浪静。在出发和抵达之间，在旅程的中途，从逃跑的第一天起，她一直像个旅客。一旦起风，她将再度出发，但现在只有空虚的海洋，无边无际。

这是个怎样的世界啊，科拉心想，把一座活生生的监狱变成你唯一的避难所。怎样形容逃犯的状态：她是摆脱了奴役，还是仍然受着它的束缚？自由是个你一看它、它就变化的东西，就像一座森林，近看只是一棵棵繁密的树，但是从远处，从一座空旷的牧场眺望，你就能看到它真正的界限。人是不是自由的与锁链无关，与你拥有多大的空间无关。在种植园，她不自由，但她可以在它的地界上不受限制地走动，品尝空气，追踪夏夜的星光。那个地方表面很大，实际很小。在这儿，她是自由的，远离了主人，可是身处斗室，还要偷偷摸摸。这里如此狭小，她站都站不起来。

几个月来，科拉从未离开这幢房子的顶楼，但她想得多，想得远。北卡罗来纳有一座公平山，她也有自己的公平山。她俯瞰公园里的芸芸众生，眼见着市民们飘向自己要去的地方，或在石头长椅上沐浴阳光，或在绞刑树的树荫下享受凉爽。但他们也是囚徒，像她一样，戴着恐惧的桎梏。马丁和埃塞尔害怕每一扇黑洞洞的窗户后面有警惕的眼睛。每个星期五的夜晚，市民挤在一起，希望借着人多势众，吓退黑暗里的那些东西：正在崛起的黑色种族；捏造罪名的敌人；一个孩子，为了区区一次责骂，便开始从事盛大的复仇，要捣毁全家。还是躲在阁楼上好了，省得去面对邻居、朋友和家人，面对他们那些面孔背后隐藏的东西。

公园支撑着他们，当城市一个街区又一个街区，一幢房屋又一幢房屋地向外扩张时，他们保留下了这绿色的避难所。科拉想起她在兰德尔家的菜园，她珍爱的小地块。如今她把它当成一个笑话了——那么一小块泥土，竟然让她打心眼里相信自己拥有了某种东西。它要是她的，她播过种、除过草并曾亲手采收的棉花也就是她的了。她的小地块只是一个影子，映现着某种远在别处、看不见摸不着的东西。就像可怜的迈克尔背诵的《独立宣言》，只是他乡的一个回声。如今科拉跑出来了，见识了这个国家的一角，可她吃不准那份宣言到底有没有反映实情。美国像她一样，是个黑暗里的幽灵。

那天夜里她害了病。腹部的痉挛把她疼醒了。在眩晕中，密室倾斜，摇晃。她在这狭小的空间里流失了胃里的东西，失去了对肠子的掌控。闷热围困斗室，烘烤着空气，穿透她的皮肤。她奋力撑到晨光初现，眼前的迷雾暂时消散。公园还在；昨天夜里她曾梦到自己在海上，被锁在底舱。挨着她的是另一个俘虏，然后是另一个，几百个俘虏在恐惧中哭号。船突然攀上波峰，又急坠而下，重重地锤击着水的砧板。她听到楼梯上的足音，又听到天窗滑动的声响。她闭上了眼睛。

科拉在洁白的房间里醒来，柔软的床垫托着她的身体。窗子透进了比吝啬的针孔更多的阳光。公园里的喧闹声是她的时钟：现在快到傍晚了。

埃塞尔坐在丈夫童年睡房的一角，毛线活儿堆放在腿上，她凝视着科拉。她抚摸病人的额头。"好些了。"埃塞尔说。她倒了一杯水，又端来一碗牛肉汤。

科拉昏迷期间，埃塞尔软了心肠。逃奴夜里的呻吟一直不断。他们把科拉从阁楼的密室弄下来时，她已经病得奄奄一息，他们不得不让菲奥娜歇几天工。他们告诉爱尔兰女佣，马丁得了委内瑞拉痘，让一袋被污染的饲料给传染了，在病好之前，医生不准任何人踏进这幢房子。他在杂志上读到过类似的隔离措施，这就成了他想到的第一个借口。他们给女佣开了整个星期的工钱。菲奥娜把钱塞进钱包，什么问题都没问。

现在轮到马丁告退了，埃塞尔承担起招待客人的责任，科拉发烧，抽搐，整整两天，都是她在照看。两口子来到北卡罗来纳以后就没交过什么朋友，这让他们更容易避开市民的生活。科拉在昏迷中扭动着身体，埃塞尔为她朗读圣经，加速她的康复。女房东的声音进入了她的梦境。科拉从矿井出来的那天夜里，这声音曾是那么生硬，现在竟然带了些温情。她梦到这女人亲吻她的额头，动作宛如慈母。科拉听她讲故事，随波逐流。方舟正逢其时，把他们带往大灾难的彼岸。旷野延续了四十年，而后别人发现了应许之地。

下午的影子像太妃糖一样渐渐拉长，晚饭临近，公园进入了人流低落的时段。埃塞尔坐在摇椅上，微微一笑，又翻阅起《圣经》，寻找合适的段落。

科拉既然已经苏醒，可以表达心意，便告诉她不用再读经文了。

埃塞尔的嘴巴抿成了一条线。她合上书，一根纤细的手指夹在书页当中。"我们都需要救世主的恩典。"埃塞尔说，"如果我让一个异教徒进我的家门，却不与她分享上帝的圣言，那我就不太配得上基督徒的名号了。"

"已经分享过了。"科拉说道。

马丁给科拉的《圣经》，让她的指头弄脏的那一本，正是埃塞尔童年时用过的。埃塞尔对科拉半信半疑，不知道他们的客人能读多少，又能理解多少，因此提了些问题，存心考考她。的确，科拉并不是与生俱来的信徒，教育结束得也早于她的希望。在阁楼上，她不断碰到生字，硬着头皮往下读，遇到困难的句子就多看几遍。矛盾之处让她格外恼火，甚至那些似懂非懂的地方。

"这儿说的我没明白，拐带人口，或是把人卖了，或是留在他手下，必要把他治死。"科拉说，"可是后面又说，奴隶要顺服自己的主人——还要凡事讨他的喜欢。"把另一个人当作财产，这要么是罪行，要么是得了上帝的恩惠。可是怎么还要凡事讨他的喜欢？肯定是哪个奴隶主溜进了印刷所，加上了这一句。

"它就是这个意思。"埃塞尔说，"它意思是说，一个希伯来人不能让另一个希伯来人做奴隶。但是含的子孙不属于那个家族了。他们受了诅咒，长了黑皮和尾巴。《圣经》里确实谴责了人对人的奴役，可是压根儿也没说到对黑人的奴役呀。"

"我的皮是黑色的，可我没长尾巴。我觉得我没长——我从来没觉得要看一眼。"科拉说，"受人奴役是个诅咒，这话倒不错。"白人受到奴役，奴役就成了罪行，可是轮到非洲人就不一样了。所有人生而平等，除非我们认定你不是人。

在佐治亚的日头下，康奈利一边鞭打违规的农工，一边背诵着经文:"你们做黑鬼的,要听从你们肉身的主人,不要只在眼前侍奉,像是讨人喜欢的,而要用诚实的心,好像听从基督一般。"九尾鞭猛烈地抽打,强调着每一个音节,与之唱和的是那受刑者的哀号。科拉记得《圣经》里还有别的段落讲到奴役,于是说给女房东听了。埃塞尔说她早晨醒过来,可没想过要参加神学辩论。

科拉很喜欢这女人的陪伴,埃塞尔走的时候,她皱起了眉头。对科拉来说,她觉得要怪就怪那些写下这些话的人。人们总是把事情弄错,有时成心,有时无意。第二天早晨,科拉要求看历书。

这都是些老黄历,去年的气象,但科拉很喜欢旧历书,里面装着整个世界。不需要别人来说它们有什么含义。图表和事实无法加以歪曲。月历和气象报告之间的短文和笑话——描写坏脾气的老寡妇和头脑不灵光的黑鬼——像《圣经》里的道德训诫一样让她困惑。这两样东西所讲的,都是她认知范围以外的人类行为。不管是花哨的婚礼习俗,还是赶着一群羔羊穿过沙漠,她从中了解了什么,或是需要了解什么?早晚有一天,她也可以用到历书上介绍的方法吧。什么《大气颂》呀,什么《南海群岛可可树颂》呀。她以前既没听说过颂歌,也没听说过大气,可是随着她一页页地看下去,这些东西渐渐地在她脑子里落了地,生了根。她应不应该有双靴子?她现在知道上油、打蜡、延长靴子寿命的窍门了。如果有一天,她的鸡苗得了鼻塞,那么拿阿魏胶拌上黄油,抹到鸡鼻孔上,就能让它们呼吸通畅。

马丁的父亲需要历书,好为满月做计划——这些书就像对逃犯的祝福。月亮盈而复亏，还有冬夏两至，春雨和初霜。这一切自行运转，全无人类的干预。她努力想象潮汐是什么样子，起起落落，像条小狗，追咬着沙滩，不理会人和人的阴谋诡计。她的气力回来了。

仅凭一己之力，她认不下来所有的字。科拉问埃塞尔："你能给我念几段吗？"

埃塞尔抱怨几句，但还是翻开了一本历书，书脊已经断裂，为了跟自己妥协，她用了读《圣经》时一样的腔调。"'常绿树木之移植。常绿树木移植的时间似乎不是特别重要，无论是四月，五月，还是六月……'"

星期五到了，科拉已大为好转。菲奥娜预定在下个星期一回来上工。他们商量好，科拉应该在当天早晨返回阁楼上的密室。马丁和埃塞尔要邀请一两位邻居过来吃点心，以驱散任何流言或猜测。马丁装出一副病恹恹的模样。保不齐还要招待某个看星期五晚会的人呢。他们的门廊有着绝佳的视野。

那天晚上，埃塞尔让科拉待在空余的睡房，只要她保持房间里的黑暗，远离窗口。科拉无意观看每周一次的盛大演出，但是对最后一次在床上舒展身体充满期待。到了最后，马丁和埃塞尔改了主意，不打算请人到家里来了，于是仅有的客人就成了那些没有受到邀请的人——黑鬼秀一开场，他们就走出了人群。

执法者们想搜查他们的家。

演出中断了，市民们闹哄哄地看着公园对面的骚动。埃塞尔想阻拦黑夜骑士。他们把她和马丁推到一边。科拉开始上楼，可是楼梯在毫不含糊地抱怨，过去这几个月来，她已经听到了太多同样的警报，所以她知道自己是没办法躲到楼上去的。她爬到马丁的旧床底下，就是在那儿，他们发现了她，然后像脚镣一样紧抓着她的脚脖子把她拖出去了。他们把她丢下楼梯。她在底下的扶手上撞伤了一只肩膀。她耳朵里嗡嗡作响。

她第一次看到了马丁和埃塞尔的门廊。这儿就是她落网的舞台，一个为市民提供娱乐节目的二号音乐台，四个执法者，身穿白衣黑裤的制服，她躺在他们脚下的木板上。另外四个人控制着马丁和埃塞尔。还有个男人站在门廊，身穿方格子毛呢马甲，一条灰色的裤子。科拉从未见过像他这么高的人，一副结实的大身板，目光逼人。他审视着眼前的这一幕，对私底下的俏皮话报以微笑。

市民们把人行道和大马路挤了个水泄不通，推啊，撞啊，就想好好瞧一瞧这台全新的节目。一个年纪轻轻的红发姑娘挤到前面，"委内瑞拉痘，呸！我早跟你们说了，他们家上面藏着人呢！"

看来这一位就是菲奥娜了。科拉撑起身体，瞅一眼这女孩，她对她那么熟悉，却从来没见过她的模样。

"少不了你的赏钱。"留大胡子的黑夜骑士说。上一次搜查这房子，他也在。

"你说，你这傻大个儿。"菲奥娜说，"你说你上一次检查过阁楼了，可你没有，对不对？"她转向市民，要大伙给她的权利做个见证。"你们都看到了，这是我的赏钱。那么多吃的，咋说没就没呢？"她抬起脚，轻踢了一下科拉，"她要是做一大块烤肉呀，那第二天准没影。谁吃得下这么多东西？一个劲儿往天花板上瞅，他们瞅什么呢？"

她是那样的年轻，科拉心想。她的脸蛋还是圆圆的，长着雀斑，像一颗苹果，可她的目光里满是冷酷。很难相信这几个月来她听到的那些抱怨和诅咒，竟然是从这张小嘴儿里吐出来的，但她的目光足以证明。

"我们待你不薄。"马丁说。

"就你那假模假式的样子，恶心。你们俩一个德行。"菲奥娜说，"不管什么下场，你们都活该。"

伸张正义的事，市民们见过的已经难以计数，但当场定罪的大戏还是一次新的体验。这让他们觉得紧张不安。他们现在不仅是旁听的，还成了陪审员吗？他们面面相觑，寻找答案。一位老先生把手卷成喇叭筒放到嘴巴上，大声叫嚷着废话。一颗吃剩下一半的苹果砸中了科拉的肚子。音乐台上，演员们站在那儿，手里提着乱七八糟的帽子，一副泄气的模样。

贾米森出现了，用一块红色的手帕擦着脑门。自从第一个夜晚以后，科拉就再没见过他的脸，可她听到了星期五晚会结束前的每一次演讲，每一个笑话和宏大的宣言，对种族问题和本州地位的呼吁，还有宰杀祭品的命令。晚会进程的中断让他有些慌乱。贾米森的声音里没有了往日雄壮的咆哮，显得尖厉刺耳。"这事儿闹的。"他说，"你不是唐纳德的儿子吗？"

　　马丁点点头，他软绵绵的身体在无声的哭泣中颤抖。

　　"我想你爸爸一定觉得很丢脸。"贾米森说。

　　"我不知道他做什么。"埃塞尔说。她往前挣扎着，可是黑夜骑士们死死地抓着她。"他自己干的！我什么都不知道！"

　　马丁把头扭开了。不看门廊上的人，也不看这些市民。他扭过脸，望着北方弗吉尼亚的方向，曾经有一段时间，他在那儿生活，摆脱了家乡。

　　贾米森做了个手势，黑夜骑士们拉着马丁和埃塞尔走向公园。种植园主把科拉仔细端详一番。"这下有的瞧了。"贾米森说。他们事先安排的受死者正在侧台候场。"我们要不要把两个黑鬼都做掉？"

　　高个子男人开了口："这一个是我的。我已经讲得很清楚了。"

　　贾米森的表情一下子凝固了。他很不习惯别人无视他的地位。他请陌生人报上家门。

　　"在下里奇韦。"那男人说道，"猎奴者，走南闯北。这一个我已经追了很长时间。你们的法官了解我的一切。"

　　"你不能跑到这儿来逞强撒野。"贾米森意识到，他那些老观众正在屋外晃悠，怀着叵测的期望注视着他。听到他嗓音里一波新的颤抖，两个黑夜骑士，都是年轻的伙计，上前围住了里奇韦。

　　里奇韦对这种场面表现得不以为然。"你们这些地方都有自己的风俗——我明白。玩得开心点儿。"他这个玩字，好像是从一个懂得节制的牧师嘴里说出来的。"但它不属于你们。逃奴法案规定，我有权将这份财产送还它的主人。我的目的就是这个。"

科拉抽抽搭搭地哭着，觉得脑袋好重。她头晕眼花，特伦斯打过她以后，她就是这个样子。这男人要把她交还给他了。

把科拉丢下楼梯的黑夜骑士清了清嗓子。他对贾米森解释说，正是猎奴者把他们带到这户人家的。此人当天下午已经拜会了坦尼森法官，提出了正式的要求，不过法官大人当时正在按照惯例，享用星期五的威士忌，很可能把这件事忘得一干二净。没人愿意在晚会期间抄家，但里奇韦执意如此。

里奇韦往人行道上啐了一口烟草汁，正落在几个看热闹的人脚下。"赏钱归你了。"他告诉菲奥娜。他略一欠身，抓住科拉的胳膊，拽她起身，"你用不着害怕，科拉。你要回家了。"

一个有色人小男孩，十来岁的样子，赶着一辆四轮马车，吆喝着两匹马，穿过人群拥挤的街道跑过来。换了任何一个场合，看见他身穿一套定做的黑色礼服，头戴一顶高筒大礼帽，都会满头雾水。在戏剧性地抓获同情者和逃犯之后，他的出现将这个夜晚推进了奇异的境界。不止一个人以为，刚刚发生的这一切实为星期五娱乐节目的新花样，一出刻意编排的大戏，用来打破每周短剧和私刑杀戮的千篇一律，平心而论，杀人这事已经越来越不容易出彩了。

在门廊下面，菲奥娜正在对一群爱尔兰区的姑娘滔滔不绝。"在这个国家，一个女孩子要想有出息，就得照顾好自己的利益。"她煞有介事地说。

里奇韦骑上马，跟他在一起的除了那个男孩，还有一个高个子白人，留着棕色长发，脖子上挂着一条人耳穿成的项链。他的同伴给科拉上了脚镣，接着把链子穿过马车地板上的铁环。她在长凳上找了个位置坐下，随着每一下心跳，她脑袋里也在一跳一跳地往死里疼着。他们启程时，她看见了马丁和埃塞尔。他们已经让人绑到绞刑树上了。他们哭泣着，吊起来了。疯狂的群众里三层外三层地围着，市长贴着他们的脚边钻到里面。一个金发女孩捡起一块石头，朝埃塞尔掷过去，正好砸在她脸上。埃塞尔尖声惨叫，一堆市民哈哈大笑。又有两个孩子捡起石头，砸向这老两口。市长叫啊，跳啊，更多的群众弯下了腰。他们扬起了手臂。市民们蜂拥向前，后来科拉就看不见他们了。

THE
UNDERGROUND
RAILROAD

Ethel

埃塞尔

自从看到一幅丛林土著簇拥着一位传教士的木刻，埃塞尔便认为到黑非洲侍奉上帝，引领野蛮人走向光明，一定能带来精神上的圆满。她梦到自己将要搭乘一条船，一条雄伟的双桅纵帆船，船舷像天使的翅膀，径直穿过狂暴的海洋。危机四伏的旅程，深入内陆，沿河而上，翻越山口，逃离重重的危险：狮子，大蛇，杀人植物，心怀鬼胎的向导。然后是村庄，土著人把她当作上帝的特使，文明的使节。为了表达感激之情，黑鬼们合力把她举到空中，唱颂她的芳名：埃塞尔！埃塞尔！

　　那年她八岁。她父亲看的报纸上，有些故事描写了探险家、未知的陆地和俾格米人。要想抵达报纸描述的那些画面，最近的途径是和贾丝明玩传教士与土著人的游戏。贾丝明与她形同姐妹。游戏从来不会持续很长时间，很快就变成了丈夫和妻子过家家，躲在埃塞尔家的地窖里玩亲嘴儿，玩吵架。考虑到肤色的差别，在这两种游戏里，她们各自扮演的角色根本不会有什么疑问。但即便如此，埃塞尔还是要往自己脸上抹煤烟。她的脸黑了。她在镜子前做出惊讶和诧异的表情，这样等她遇到异教徒，就知道那是怎样的情形了。

贾丝明和母亲费利斯一起住在楼上的房间。德拉尼家拥有费利斯的母亲，所以小埃德加·德拉尼过十岁生日那天，收到了费利斯做礼物。等埃德加长成男人，才明白费利斯实为人间奇迹，她照料起家务，就像为此而生的。作为固定上演的保留节目，他津津乐道于她的黑鬼智慧，只要费利斯一进厨房，他便和宾客们分享她关于人类本性的种种寓言，等她再回来时，大伙的脸上无不洋溢着爱慕与艳羡。每到新年，他都批准费利斯去帕克种植园探亲，她姐姐在那儿做洗衣妇。有一次探亲归来九个月后，贾丝明出生了，这样一来，德拉尼家就有了两个奴隶。

埃塞尔认为，奴隶是住在你家、像家人一样，但又不是家人的人。为了纠正她这个很有色彩的想法，父亲向她解释了黑种人的起源。有人声称黑种人的祖先是巨人一族，在远古时代统治着地球，但埃德加·德拉尼知道，他们是受了诅咒的、黑色的含的后代，大洪水期间，含抱住非洲的山峰才幸免于难。埃塞尔心想，他们要是受了诅咒，就更加需要基督徒的指引了。

八岁生日那天，埃塞尔的父亲不准她再跟贾丝明一起玩了，免得让种族关系的天然状态发生变异。即使在那个时候，埃塞尔也不容易交到朋友。她又哭又闹了好几天；贾丝明倒更能适应。费利斯的心脏害了病，成了哑巴，瘫痪在床，此后，贾丝明便顶替母亲的岗位，接管了家里家外的简单工作。费利斯的病拖了好几个月，嘴巴张着，红彤彤的，眼睛里一片迷蒙，后来埃塞尔的父亲把她弄走了。他们把贾丝明的母亲搬到两轮运货马车上时，埃塞尔没有在昔日玩伴的脸上看到什么反应。此时除了家务事，她们已经不再讲话。

家里的房子建于五十年前，楼梯老旧不堪，响声剧烈。在一个房间里低语，再往下两个房间都能听见。大部分夜晚，吃罢晚饭，做完祷告，埃塞尔都能听到父亲用摇曳的烛火照着，走上歪斜的楼梯。有时，她从卧室里溜到门后偷看，刚好瞥见父亲白色的铺盖在转角消失不见。

"你要去哪儿呀，爸爸？"她有天晚上问道。费利斯离开已经两年了，贾丝明年方十四。

"上楼。"他说。他的夜访就此有了一个专门的称呼，父女双双体会到了一种莫名的宽慰。他要上楼——这楼梯还能通到哪儿呢？关于同室操戈、种族分离的原因，父亲已经讲过一番道理了。他的夤夜访问，正是身体力行的种族复合。白人住楼下，黑人住楼上，现在让黑白分离重新连通，无异于愈合圣经时代的创口。

她母亲对丈夫的上楼行为评价不高，但并非没有对策。他们家把贾丝明卖给了镇子另一头的铜匠，埃塞尔知道这是母亲干的好事。新奴隶住进来以后，上楼便不再发生。南希已经做了外婆，步履迟缓，眼睛半瞎。如今刺透墙壁的，是她粗重的喘息，而不再是足音和尖叫了。自从费利斯走了以后，家里从来没这么干净、整洁；贾丝明做事麻利，但老是心不在焉。贾丝明的新家在有色人区的马路对面。人人都在议论，说那孩子的眼睛跟她父亲一模一样。

有一天午饭时间，埃塞尔宣布自己已经长大成人，她打算向非洲的原始人传布基督的圣言。父母对此百般讥笑。这可不是年轻的弗吉尼亚良家女子该干的事。她父亲说，如果你想帮助野蛮人，那就教书吧。他指出，比起最老的丛林黑鬼，五岁小孩的大脑可以说未经开化，难以驾驭。她的课程安排下来了。正式的老师身体不舒服时，埃塞尔便给她代课。白人小儿以自己的方式表现出原始的本性，喊喊喳喳，有欠开发，可这不是一码事。她对丛林和一圈黑色崇拜者的向往，仍然固守于心底的禁地。

怨恨是她性格的关键。她那个圈子里的年轻女人都带着一种生冷的态度，难以辨识。她过去不怎么需要男孩，后来也觉得男人用处不大。马丁出现了，她有个表亲在航运公司上班，做了介绍人，此时她已经厌倦了流言蜚语，早已放弃了对幸福的奢望。一头气喘吁吁的獾，马丁弄得她疲惫不堪。夫妻之间的游戏比她预想的还没意思。虽然怀孕形同又一场羞辱，但最起码，简是个意料之外的天赐，是她怀里一束曼妙的新花。多年以来，在果园街的生活中，乏味终于凝结成了安慰。和贾丝明在街上擦身而过时，她假装没有看到昔日的玩伴，尤其是贾丝明带着儿子的时候。他的脸是一面黑色的镜子。

后来马丁被召到了北卡罗来纳。那年最热的一天，他操办了唐纳德的葬礼，人家只当她因为悲痛而晕倒，却不知道那是由于野蛮的湿气。他向她保证，一旦找到人，盘下饲料店，他们就完事大吉。这个地方很落后。就算不提炎热，还有苍蝇；就算不提老鼠，还有这里的人。在弗吉尼亚，实施私刑的暴民至少还维护着一种自发的托辞。他们基本上不会在你家门前的草坪上把人活活吊死，而且是每个星期的同一时间，就像上教堂做礼拜一样。北卡罗来纳将成为一个短暂的插曲，反正她是这样想的，直到她在厨房遇见黑鬼。

乔治是为了找吃的，才从阁楼上溜下来的。这是那个女孩来之前马丁帮助过的唯一一个奴隶。再过一个星期，种族法案就将生效，作为预演，针对有色人群体的暴力事件正在增加。马丁告诉她，根据留在门阶上的一张便条，他去了一趟云母矿。乔治在等他，又饿又恼。这位烟草采摘工在阁楼上咚咚咚地转悠了一个星期，铁道上才来人接他，把他装进一个板条箱，使劲推出大门，送他踏上下一段旅程。埃塞尔非常生气，而后陷入绝望——乔治起到了唐纳德遗嘱执行人的作用，照亮了马丁的秘密遗产。他在割甘蔗时，一只手失去了三根手指。

奴隶制是个埃塞尔从来不感兴趣的道德问题。如果上帝无意让非洲人受奴役，他们必然不会戴上锁链。不过有一件事，她的确秉持着坚定的信念：不能为了别人高尚的思想惹来杀身之祸。她和马丁为地下铁道的事争吵，他们已经很久没有吵过架了，此时，杀气腾腾的种族法案已经借着含糊不清的文字，露出了狰狞的面目。通过科拉——那只阁楼上的白蚁——坟墓里的唐纳德在惩罚她，为的是她多年以前开过的一句玩笑。当初两家人头一回见面，埃塞尔对唐纳德土里土气的乡下衣服发表了一句评论。她只想让大伙注意一下，对衣着是否得体，两家人有着不同的观念，以此转移话题，好让大伙能够享用她花了那么多时间筹备的饭食。但是，她告诉马丁，唐纳德从来没原谅她，她对此深信不疑，现在他们就要让人挂到家门口的那棵树上，在树枝子下来回摆荡了。

马丁上楼去帮那女孩，跟他父亲当年上楼并不是一回事，但这两个男人下来时都焕然一新。他们都为了自私的目的，跨过了圣经时代的裂隙。

如果他们能，她为什么不能？

在埃塞尔整个的人生中，本来一切都遭到了否定。传道，帮扶。以她心仪的方式付出爱。女孩生病时，埃塞尔等待了如此之久的那个时刻终于来到了。最终，她没有去非洲。非洲找她来了。埃塞尔上了楼，像她父亲做过的那样，去面对像家人一样住在她家里的陌生人。女孩躺在床单上，蜿蜒曲折，像一条原始的河。她擦净女孩的身体，洗去她身上的秽物。趁着女孩不安地昏睡，她亲吻她的额头和脖子，这些吻里面混合着两种情感。她给她传布了圣言。

终于，她有了一个自己的野蛮人。

THE
UNDERGROUND
RAILROAD

Tennessee

田纳西

赏格二十五美元

二月六日脱逃之黑种少女，名叫佩姬，属具名人所有。十六岁，浅肤穆拉托，身高普通，直发，五官端正，姿容尚可——颈上有一锯齿状伤疤，系灼烧所得。该女必定企图充作自由民过关，且极有可能已获解放证书。她讲话时低眉垂首，智力亦无过人之处。言谈疾速，尖厉刺耳。

约翰·达克
五月十七日于查塔姆县

"我主耶稣，带我回家，家在那片热土……"

贾斯珀死也不会停止歌唱。里奇韦从他们这支小小的车马队最前方吼叫，要他闭嘴，有时他们还要停下，让博斯曼爬进马车，照着逃奴的脑袋一顿暴揍。贾斯珀嘬着指头上的伤疤，消停一小会儿，接着又唱。一开始不怎么出声，只有科拉能听见。但是很快，他又要唱出来了，唱给他的家人，唱给他的神灵，唱给他们路上经过的一切人等。他会再受一番管教。

有些赞歌科拉以前听过。她怀疑不少是他自己编的；韵脚驴唇不对马嘴。要是贾斯珀有副好嗓子，她也不会介意，可是耶稣没在这方面赐福给他。也没眷顾他的外貌——他长了一张歪斜的脸，两条小细胳膊，配在下地干活的农工身上，殊嫌怪异——更别提他的运气了。最缺的就是运气。

在这一点上，他和科拉颇为一致。

离开北卡罗来纳三天后，他们带上了贾斯珀。他需要押送。贾斯珀从佛罗里达的甘蔗地逃出来，一直跑到田纳西，他在一个补锅匠的食品柜里偷吃的，被当场抓获。几个星期之后，看守长才找到他主人的下落，但补锅匠无力承运。里奇韦和博斯曼正在监狱附近的小饭馆喝酒，而小霍默和科拉守着马车等候，镇里的书记员找到这位大名鼎鼎的猎奴者，代立协议，于是里奇韦的马车上就多锁了一头黑鬼。他可没料到这小子是只百灵鸟。

雨水敲击顶篷。科拉享受着轻风，旋即为自己还在享受而感到羞耻。雨停以后，他们停下来吃饭。博斯曼先抽了贾斯珀一个耳光，又咯咯一笑，解开马车地板上的锁链，松脱两位逃奴。他在科拉身前跪下，一边乱嗅，一边像往常一样，说着下流的许诺。贾斯珀和科拉的手腕、脚踝仍然戴着镣铐。这是她上镣子时间最长的一次了。

科拉拖着脚走开。极目远眺，整个世界都烧焦了，受了蹂躏，海一样的灰烬，茫茫的黑炭，从平缓的田野一直向上，铺满丘陵和群山。黑色的树歪斜着，伸出细弱的黑枝，仿佛指向远方一个大火不曾触摸的地方。他们经过的这一路，看到无数的房屋和谷仓只剩下焦黑的骨架，烟囱竖立，像坟墓的标记，毁掉的磨坊和粮仓空留了裸露的石墙。烧焦的篱笆标示出牧养牲口的地方；动物们是不可能活下来的。

两天的路程走下来，他们身上落满了黑色的粉尘。里奇韦说这让他有了回家的感觉，他是铁匠的儿子。

这就是科拉看见的：无处藏身。在那些光秃秃的黑色树干之间，就算她没戴着镣铐，就算她有机会，也找不到躲避的地方。

一个身穿灰色外套的白人老头，骑着一匹暗褐色的马小跑而过。像他们在这条黑色道路上碰见的其他旅人一样，他也带着好奇放慢了速度。两个成年奴隶倒是司空见惯，可那个身穿黑色礼服、赶马车的有色少年，还有他脸上怪异的微笑，总是让陌生人感到不安。那年轻的白人头戴红色的圆顶硬呢帽，挂着一块块干巴皮革穿成的项链。等他们认出那是人的耳朵，他便龇出一排豁牙，牙早让烟草染成了棕黄。发号施令的是个年纪大一些的白人，用阴森森的目光阻止了一切交谈。那旅人继续向前，拐过了弯角，道路从两座光秃秃的山头中间穿过，正好在这儿绕了个弯。

霍默打开一床破被子，让他俩坐到上面，再把他们的伙食分别盛进两个马口铁盘子。猎奴者允许他的囚徒得到均等的一份食物，这是他刚入行时养成的习惯。这样做减少了抱怨，他让客户出钱就是了。在焦黑的田野边缘，他们吃着咸猪肉和博斯曼准备的豆子，一波波的干蝇发出刺耳的声音。

雨水放大了火的味道，让空气变得格外辛辣。每咬一口食物，每喝一口水，烟都在上面加了佐料。贾斯珀唱道："往上跳，救世主说了！往上跳，往上跳呀，如果你想看到上帝的脸膛！"

"哈利路亚！"博斯曼吼道，"肥嘟嘟的耶稣小宝宝！"他的声音回荡着，他跳起舞来了，黑水四溅。

"他没吃东西。"科拉说。前几顿饭贾斯珀就没吃，他嘴巴紧闭，抱着双臂。

"不吃就不吃吧。"里奇韦说。他等着她讲些什么，因为他已经习惯了科拉对他的话喊喊喳喳地说上一番。他们了解对方想要的东西。她保持了沉默，以打破这种默契。

霍默飞快地跑过来，狼吞虎咽，把贾斯珀的那一份饭吃掉了。他感到科拉在盯着他，咧嘴一笑，但没抬头。

车倌是个怪里怪气的小屁孩，十岁，和切斯特差不多大，但浑身上下浸透了老家奴特有的感伤，举手投足显出一副老练的做派。他对自己漂亮的黑色礼服和高筒礼帽十分用心，揪出织物上的一个线头，恶狠狠地盯它一阵子，好像那是个毒蜘蛛，然后才把它轻轻弹掉。除了喝令他那几匹马，霍默是不怎么讲话的。至于种族上的亲近或同情，他一概没什么表示。大部分时间，他只当科拉和贾斯珀是看不见的，比线头还小。

霍默负责赶车，杂七杂八的维修保养，还有里奇韦所说的"记账"。霍默维护着生意往来的账目，并把里奇韦的故事记在一个小本子上，平时揣在外衣口袋里。猎奴者说的哪些东西值得记到上面，科拉分不清。男孩还拿出同等的热情，记录市井闲话，外加一五一十的天气观测。

有天晚上，由于科拉的撺掇，里奇韦宣称自己这辈子从来不曾拥有奴隶，只有霍默做过他名下十四个小时的财产。为什么不要？她问。"为什么要？"他反问。当时里奇韦经过亚特兰大的城郊——他大老远地从纽约过来，刚刚将一对夫妻送交主人——遇到一个想还赌债的屠夫。屠夫老婆的娘家把这男孩的母亲作为嫁妆送给了两口子。上一回手气不好，他卖掉了孩子他妈，现在轮到孩子了。他胡乱弄了一张告示，写明价钱，挂到男孩脖子上示众。

男孩那种奇怪的伤感，让里奇韦动了恻隐之心。霍默圆滚滚、胖乎乎的脸上有一双明亮的眼睛，同时流露出不羁和宁静。这是个骨子里和他一样的小人儿。他掏出五美元，买下男孩，第二天就写了解放证书。别看里奇韦半心半意地轰他走，霍默还是留在了他的身边。屠夫对有色人教育没什么成见，因此允许男孩和一部分自由民家的小孩一起学习。里奇韦出于无聊，也教他识字。只要火候到了，霍默便假装自己是意大利人出身，把问问题的人弄得五迷三道。偏离常轨的盛装花了很长时间才逐渐成形；他的性情仍然没变。

"如果他是自由的，那他为什么不走？"

"走？往哪儿走？"里奇韦反问，"他见得够多了，他知道黑孩子没有未来，不管有没有解放证书。在这个国家，他是没有未来的。肯定有些下流胚会抓住他，一转眼便把他卖掉。跟着我，他还能了解世界。他能找到目标。"

每天晚上，霍默都会一丝不苟，打开自己的小书包，取出一套小手铐。他把自己锁到车馆的座位上，钥匙揣进口袋，这才合眼。

里奇韦发现科拉在看。"他说只有这样，他才能睡着。"

每天夜里，霍默打着呼噜，睡得像个有钱的老头。

再说博斯曼。他跟里奇韦东奔西走已经三年。他本来是个南卡罗来纳出来的游民，投身猎奴事业之前，干过一连串的苦力：码头上扛活的，讨债的，挖坟的。博斯曼算不上脑子最好使的伙计，却有察言观色的本事，知道里奇韦想要什么，这份才华可以说不可或缺，却也同样阴森怪诞。博斯曼入伙时，里奇韦的团队一共五人，可是渐渐地，手下人一个接一个地离开了。个中缘由，科拉一时也没弄明白。

人耳项链从前的主人，是个名叫史壮的印第安人。史壮自诩为追踪者，可是他能八九不离十地嗅出踪迹的只有威士忌。博斯曼通过一场摔跤比赛赢来了这件首饰，可史壮对比赛条款不服，博斯曼便抄起铁锹，暴打了红鬼。史壮丧失了听力，从此逃离团队，远走加拿大，到一座硝皮厂打工去了，反正传闻如此。耳朵虽然已经干巴了，皱缩了，可是天气一热，还是挺爱招苍蝇。但这也挡不住博斯曼喜欢自己的纪念品，新客户脸色突变的样子更让他无比受用。里奇韦有时提醒他，印第安人戴这项链的时候，苍蝇从来没烦过他。

博斯曼吃吃停停，呆望着远山，一副不常见的深思的模样。他走到一边去撒尿，回来时说道："我觉得我爸打这儿走过。他说那会儿这是一片大树林子。等他再回来，这里就全让拓居者砍光了。"

"现在是光上加光。"里奇韦应声说道，"你说得没错。可这路只是条马道来着。下一次你要修路，博斯曼，千万记住弄一万个切罗基人，给你把它踏平。省事儿。"

"那些人去哪儿了？"科拉问。有了跟马丁多次夜谈的经验，白人什么时候要讲故事，她都能有所察觉。这让她有时间考虑自己该怎么做。

里奇韦是热心的报纸读者。缉拿逃奴的通告让报纸成了这一行的必备物品——霍默做了一丝不苟的收集——时事新闻通常可以印证他对社会和人类的诸多高见。由于工作当中遇到的个体类型，他已经习惯了讲解最基本的历史常识。他不能指望一个奴隶少女了解周边地区的意义。

他们现在就坐在切罗基人从前的土地上，他说，那些红鬼父辈的土地，后来总统另做决定，下令他们迁出。拓居者需要这片土地，如果到了那时，印第安人还不了解白人的条约只是一纸空文，里奇韦说，那就活该他们倒霉了。他有些朋友当时就在军队。他们把营地里的印第安人围起来，妇女呀，小孩呀，还有能背走的不管什么东西，逼他们急行军，徒步前往密西西比河以西。泪水和死亡之路，有个切罗基的贤人后来给了它这个名字，这可真不是瞎说，也得亏那印第安人善于辞令，才说得这么好听。因为疾病和营养不良，更别提那年冬天了，那叫一个冷，里奇韦自己都记得，想起来就怕，好几千人送了命。等他们走到俄克拉何马，仍然有更多的白人守在那儿，死赖在印第安人应得的土地上，那是上一份毫无价值的条约里承诺过的。经一事，不长一智。但是今天从这儿开始，他们就算踏上了这条路。再往密苏里走，要比此前的行程舒服多了，路早让红鬼的脚丫子踩得结结实实。

"进步。"里奇韦说，"我表弟很走运，抽奖抽到了一块印第安人的地，在田纳西北部。种了玉米。"

科拉翘起脑袋，看着这一片废墟。"走运。"她说。

在来这儿的路上，里奇韦告诉他们，这场大火肯定是闪电引起的。浓烟弥漫天空，绵延几百英里，给落日染上了猩红和紫色，宛如绚丽的瘀伤。这是田纳西登场亮相，又如一头头神奇的野兽在火山内部纠缠。这是她第一次没有通过地下铁道穿州过省。隧道保护了她。伦布利站长说过，每个州都有每个州的可能，有自己的风俗。红色的天空让她对这片新土地上的规则生出了恐惧。他们迎着浓烟向前，落日让贾斯珀来了兴致，唱出一连串的圣歌，主题是上帝的怒火和恶人即将承受的耻辱。博斯曼没少为此光顾马车。

在火线边缘的城镇，逃难者让这里人满为患。"这么多逃出来的。"科拉说，霍默靠过来，挤了挤眼睛。离主街不远的一个营地挤满了白人，一家子又一家子，悲痛欲绝，凄惨无助，脚下堆放着奋力抢救出来的零星财产。一个个人形动物摇摇晃晃地在街道上行进，脸上带着错乱的表情，狂怒的目光，他们的衣服被火燎过，破布条子裹住了烧伤的地方。科拉对有色婴儿的尖叫已习以为常，他们尖叫是因为受苦，饥饿，疼痛，因为对负责保护他们的那些人表现出的狂躁感到困惑。现在听到这么多白人小孩的尖叫实在新鲜。她的同情留给了有色婴儿。

在杂货店，迎接里奇韦和博斯曼的是空荡荡的货架。店老板告诉里奇韦，分到土地的定居移民本想清除矮树，却引发了火灾。火势失去控制，带着无底的胃口在这片土地上肆虐，最后下了雨，才有所收束。一千八百万亩啊，店主说。政府答应提供救济，但没人知道救济什么时候能到。在任何人的记忆里，这都是最大的一场灾难。

里奇韦转述了店老板的话，科拉心想，原先的居民经历的野火、洪水和龙卷风想必更大。可他们已经不在这儿了，无法贡献出自己的经验。她不知道哪个部族把这片疆土称为家乡，只知道它曾经是印第安人的土地。哪块地不是他们的呢？她从不曾好好地学习过历史，但有时一个人的眼睛足以成为老师。

"他们肯定做了什么让上帝发怒的事。"博斯曼说。

"只要一颗火星跑掉，那就够了。"里奇韦说。

吃过午饭，他们在路边徘徊，白人们在马匹周围抽着烟斗，回忆旧时一次胆大妄为的经历。里奇韦老说他追科拉追了有多久，可是在把她送交特伦斯·兰德尔这件事上，他表现得并不迫切。这当然不是说她急着要和主人团聚。科拉脚步蹒跚，走进大火烧过的农田。她已经学会了戴着镣铐走路。真不敢相信竟然用了这么长的时间。科拉过去总是可怜那些奴隶，绑在一起，穿成悲惨的一列，经过兰德尔家的地界。现在看看她吧。惩罚还不清楚。一方面，她曾多年没有受过伤害；从另一方面再看，不幸只是在等待时机：该来的怎么也躲不掉。脚镣下面的皮肤磨出了茧子。她走向黑树，白人没有理会。

此前她已经逃过好几次了。他们停下来补充给养，附近一支出殡的队伍让博斯曼分了心，她没跑出几米，就让一个男孩绊倒。他们给她加装了项圈，用两条铁链子连着手铐，像苔藓一样。这使她保持着乞丐或螳螂的姿势。男人们停下，到路边撒尿时，她又逃了，只比上次远了几步而已。她在黄昏时也逃过，在小河边，河水让她看到了行动的希望，却因为滑溜溜的石头而跌进水中，里奇韦狠狠抽了她一顿。她不逃了。

离开北卡罗来纳的最初几天，他们很少讲话。她以为与暴民的冲突让他们筋疲力尽，就像她也筋疲力尽一样，但沉默是他们的规矩——直到贾斯珀加入其中。博斯曼小声说着下流的暗示，霍默不知道什么时候便从车夫的座位上转过身，冲她咧开嘴，露出一个让她心神不宁的笑，但猎奴者走在队伍前头，和她保持着距离。他偶尔吹吹口哨。

科拉知道他们在往西走，而不是南下。认识西泽以前，她从来没有看太阳的习惯。他告诉过她，这也许有助于他们逃跑。有天上午，他们在一个镇子停下，在一家面包店外，科拉下定决心，问里奇韦到底有什么打算。

他睁大眼睛，好像一直在等她主动开口。第一次交谈过后，里奇韦便把她纳入了制订计划的过程，好像她也有权投票似的。"你是个意外之喜。"他说，"不过别担心，我们很快就送你回家。"

他说科拉猜对了。他们是在往西走。佐治亚有个种植园主，名叫欣顿，委托里奇韦解运他的一个奴隶。黑鬼纳尔逊是个狡诈奸猾的角色，善于随机应变，在密苏里的一个有色人拓居地里有亲戚；可靠的情报证实，纳尔逊现在以下套捕兽为业，光天化日之下招摇过市，全然不担心遭到惩罚。欣顿是位德高望重的乡绅，有一座令人艳羡的农场，还是州长的表亲。可惜，他已经有个监工跟奴隶妞儿传出了流言蜚语，现在纳尔逊的所作所为，又让主人在自己的地盘上成了众人嘲笑的对象。欣顿本来一直在培养这男孩，想让他将来做工头。他向里奇韦许下丰厚的赏金，甚至办了一个堂而皇之的仪式，摆出一纸合约。一个老黑鬼一边拿手捂着嘴，不停地咳嗽，一边做了他们的见证人。

由于欣顿的急切，最切实可行的路线，就是往密苏里跑一趟。"我们一弄到要找的人，"里奇韦说，"你就能跟你的主人团圆了。根据我看到的，他一定有大礼相迎。"

里奇韦并不掩饰对特伦斯·兰德尔的鄙视；说到对黑鬼的惩戒，此人有一种里奇韦称之为"花里胡哨"的想象力。从他们一伙人拐上通往大屋的道路、看见三具绞刑架的时候起，这一点就不言自明了。其中一具绞架上有个小女孩，一根大铁钩子从她肋下穿过，把她吊在空中。她的血染黑了身下的泥土。另外两具绞架仍然虚位以待。

"如果我没在州北边让人扣下，"里奇韦说，"那不等你们喘过气来，我肯定把你们三个统统逮往。小可爱——她是叫这个吧？"

科拉捂住嘴，不让自己发出尖叫。她没成功。里奇韦等了十分钟，她才平静下来。镇上的人眼见这有色姑娘瘫倒在地，干脆从她身上跨过，再进面包店。小吃的味道飘满整条街道，甜兮兮的，沁人心脾。

　　里奇韦说，他跟园主谈话，博斯曼和霍默在车道上等候。老园主活着时，这房子一向明快而迷人——是的，他以前来过，一次是领命搜寻科拉的母亲，另一次是空手而归。只跟特伦斯待了一分钟，造成那种可怕氛围的原因便显露无遗。这做儿子的为人卑鄙，正是这种卑鄙传染了周遭的一切。日光透过积雨云散射而出，灰蒙蒙的，了无生趣，宅子里的黑鬼也行动迟缓，死气沉沉。

　　报纸喜欢渲染种植园幸福生活的幻象，描写奴隶心满意足，成天唱歌，跳舞，爱戴明主。人们喜欢这种东西，考虑到与北方各州和废奴运动的较量，它在政治上也大有用途。里奇韦知道这种印象是虚假的——说到奴隶制，他用不着隐藏什么——但要说兰德尔种植园有多么危险，那也不是事实。这地方就像被鬼给缠上了。如果外面的钩子上缠绕着人的尸首，那谁还能为了这些奴隶满脸的苦相而怪罪他们呢？

　　特伦斯把里奇韦迎进客厅。他喝多了，衣服也懒得换，只裹了一件红睡袍，斜躺在沙发上。真惨啊，里奇韦说，眼睁睁地看着只用了一代人的时间，就败落成这个样子，但有时候金钱是可以败家的。金钱带来了不洁之物。特伦斯记得里奇韦早先来过，当时梅布尔逃进了沼泽，从此消失不见，就像最近这三个一样。他告诉里奇韦，他亲自登门，为无能而道歉，这让他父亲颇为感动。

　　"兰德尔家那小子，我扇他两个大耳光都不会丢掉合同。"里奇韦说，"可我已经到了成熟的年纪，我决定再等等，把你和另外一个弄到手再说。有正经事要办呢。"从特伦斯的热切和赏金的数目来看，他理所当然地认为科拉是主人的情妇。

科拉摇摇头。她已经不再哭了，现在她站起来了，她控制住了颤抖，双手攥成拳头。

里奇韦停顿了一下。"后来还有件事。不管怎么说，你对他的影响都蛮大的。"他继续讲他拜访兰德尔种植园的经历。特伦斯简单介绍了抓获小可爱以来的事态。就在当天早晨，他手下的康奈利得到情报，知道西泽经常光顾当地一位店主的铺子，据信此人代售黑鬼小子的木头活儿。也许猎奴者可以拜访一下这位弗莱彻先生，看看情况再说。对那仍然在逃的女孩，特伦斯想要生擒，另一个则不论死活，弄回来就成。里奇韦知不知道那小子的老家在弗吉尼亚？

里奇韦不知道。这就像一场针对他老家的较量。窗户关着，但一股令人厌恶的气味还是钻进了房间。

"他就是在那儿学坏的。"特伦斯说，"他们那地方的人手软。你一定要让他明白我们佐治亚人怎么做事。"他不想让法律掺和进来。因为谋杀一个白人男孩，他们两人遭到了通缉，一旦暴民听到消息，他们就回不来了。他可以相机行事，赏金照拿。

猎奴者起身告辞。马车空空如也，车轴如泣如诉，每当车上没有重量让它安静，它就会发出悲声。里奇韦暗下决心，他回来时一定不再是空车。一定不再向另一个兰德尔道歉，尤其不能向现在管家的这个狗崽子道歉。他听到一个声音，便朝大屋转身。出声的是那女孩，那个叫小可爱的。她一条胳膊像翅膀一样扑打着。她还没死。"我听说后来多活了半天。"

弗莱彻的谎言当场瓦解——又一个心怀信仰却意志脆弱的样本——他供出了铁道那边联系人的名字，一个叫伦布利的男人。此人已无迹可寻。把科拉和西泽送出州界之后，伦布利再没回来。"去了南卡罗来纳，对不对？"里奇韦问，"也是他把你妈运到北边去的吗？"

科拉没吭声。弗莱彻的命运不难想象，也许他把妻子也搭进去了。至少伦布利逃出来了。他们还没发现谷仓地下的隧道。总有一天，另一个不顾一切的苦命人会用上这条线路。靠着命运的眷顾，得到一个更好的结局。

里奇韦点点头。"无所谓。咱们有大把的时间，把没聊的都补上。去密苏里的路还长着呢。"他说，弗吉尼亚南部有个站长早前落入法网，供出了马丁的父亲。唐纳德已经死了，但里奇韦想要尽力参透此人如何行事，以理解更大的阴谋怎样实施。他没想到会找到科拉，但为此欣喜若狂。

博斯曼把她锁到马车上。现在她记住了锁的声响。它先滑行一下，再咔嚓一声落位。第二天他们收下了贾斯珀。他的身体不停地颤抖，活像一条被人打傻了的狗。科拉想分散一下他的注意力，就问他打哪儿逃出来的，在甘蔗地干活累不累，他是怎么跑掉的。贾斯珀用圣歌和祷告作答。

那是四天以前的事了。此时她站在黑色的田野，置身于厄运加身的田纳西，脚下是烧过的木头，踩上去发出嘎吱嘎吱的声响。

风刮起来了，然后是雨。他们不再逗留。霍默收拾起饭后的家什。里奇韦和博斯曼把烟斗磕净，给头儿做兄弟的吹响口哨，唤她回来。在科拉的四周，田纳西的丘陵和群山向上升起，仿佛黑色大碗的内壁。火龙必定极其恐怖，极其凶残，才造就了这样满目的废地。我们就在一只盛着灰烬的大碗里爬行。一切有价值的都灰飞烟灭了，只剩下黑色的粉末，任由狂风摆布。

博斯曼拿着她的镣子，穿过地板上的铁环，然后锁牢。一共十个铁环，分成两排，每排五个，用螺栓铆在马车的地板上，足以应付临时增加的大宗货物。足够拴住现在这两个。贾斯珀占去了长凳上心仪的位置，柔声哼唱，带着满腔的活力，好像刚刚狼吞虎咽，吃完了一顿圣诞大餐。"救世主把你召唤，你将卸下重担，卸下重担。"

"博斯曼。"里奇韦轻声说道。

"他将看透你的灵魂，看到你一切的过犯，罪人啊，他将看透你的灵魂，看到你一切的过犯。"

博斯曼说："噢。"

猎奴者钻进马车，这是他抓到科拉以后的头一次。他手里拿着博斯曼的枪，对正贾斯珀的面门开了火。血和骨头渣子涂满顶篷，在科拉肮脏的衣裙上溅得到处都是。

里奇韦抹了抹脸，解释了一下这样做的缘由。押解贾斯珀的酬劳是五十美元，其中十五美元给了那个把逃犯送进监狱的补锅匠。先到密苏里，再回头往东，到佐治亚，等把他交还主人，要花上好几个星期。把这三十五美元掰开，就按三星期算吧，再减去博斯曼的那一份，那么对于沉默，对于宁静的思绪来说，这笔失物招领的赏金就实在少得可怜了。

霍默打开笔记本，核对老板报出的数字。"他说的没错。"霍默说。

田纳西在连片的死亡盛景中渐次展开。沿着铺满余烬的道路前行，接下来的两座城镇已被大火吞噬殆尽。清晨，一座小拓居地的废墟从小山脚下浮现，成片烧焦的木材和黑色的石料。首先看见的是残垣断壁，里面原本装满了拓荒者的梦想，然后是小镇中心，坍塌的建筑连成一排。再往下走，是一座更大的城市，但它的竞争对手已遭夷平。中心地带有一处宽阔的交叉路口，已经毁灭的条条大街曾经带着开拓精神在此汇聚，现在已经不复存在。一座烤炉伫立在面包店的废墟当中，仿佛狰狞的图腾。监狱牢房的钢筋背后，蜷曲着一具具人体的残骸。

科拉不清楚这片土地究竟有什么特色，让定居的移民横下一条心，在此种植他们的未来。沃土，水源，还是景观？一切都被抹掉了。幸存者如果回来，想必会下定决心，到别的地方重新开始，要么赶快回到东部，要么向着从未涉足的西部进发。这里是不会复苏的。

后来他们走出了大火灾的范围。桦树和野草摇曳颤抖。他们有了焦土上的经历，再看眼前的草木，都带着不真实的颜色，格外鲜艳，仿佛来自东方的乐园。博斯曼开着玩笑，模仿贾斯珀唱歌，足见心情大变；黑色环境对他们影响之大，远超这些人自身所知。田野里的玉米饱满健壮，已经高达六十厘米，大丰收近在眼前。火灾地区却以同等的力度，宣告了破产清算即将到来。

午后不久，里奇韦下令止步。猎奴者板着脸，大声念出张贴在十字路口的告示。他说，前面的城镇暴发了黄热病，警告一切旅人自行回避，往西南方向走，有另一条路可以绕行，窄一些，而且路面不平。

里奇韦注意到，告示是新张贴的。疫病很有可能还没有蔓延开来。

"我有两个兄弟就是得黄热病死的。"博斯曼说。他在密西西比河畔长大，那里天气转暖，往往热病滋生。两个弟弟的皮肤出现黄疸，变得蜡黄，鲜血从眼睛和屁股里往外流，抽搐发作，剧烈地撼动着他们小小的身子。有人推着吱吱乱叫的独轮车，运走了他们的尸首。"死得好惨。"他说。他又一次变得不苟言笑。

里奇韦去过这座小城。市长是个腐败的庄稼汉，食物也让你蹿稀，但他保留下了美好的回忆。绕行势必让他们的旅程增加可观的时间。"黄热病是搭船来的。"里奇韦说。它的源头在黑非洲，经西印度群岛，紧随着贸易传入。"这是进步过程中缴的人命税。"

"那下来收税的税官又是谁呢？"博斯曼说，"我可从来没见过他。"恐惧让他变得任性而难以驾驭。他不想继续逗留，就连这个十字路口离瘟神的怀抱也过于接近了。霍默没等里奇韦下令——也没遵从只有猎奴者和小鬼秘书掌握的信号——便驱动马车，远离了厄运缠身的城镇。

向西南行进的路上，还有两处告示牌写着同样的警告。通往疫区城镇的道路没有显示出危险就在前方的迹象。那样长时间地穿越火场的旅行，让一种看不见的威胁变得更为恐怖。他们走了很长时间，直到天黑才再度停下。这段时间足够科拉仔细审视她逃离兰德尔家之后的旅程，并将自身的种种不幸编织成一幅厚重的画卷。

奴隶制的总账里塞满了一份又一份的名单。这些名字首先汇集于非洲海岸，那是数以万计的载货单。人货。死者的名字和生者的名字同等重要，因为每一个由于疾病和自杀——以及出于会计核算需要而标注的其他事故——产生的损失，都需要向雇主做出合理的解释。在拍卖台上，他们清点每一场拍卖所购买的奴隶；在种植园，监工用一行行紧密排列的草书保存下工人的名录。每个名字都是财产，是能呼吸的资本，是血肉创造的利润。

这种特殊的制度把科拉也变成了一个拉清单的人。在她的损失明细上，人没有降格为一个个相加的数字，而是乘以了仁慈。她爱过的人，帮助过她的人。伶仃屋的女人们，小可爱，马丁和埃塞尔，弗莱彻。那些下落不明的人：西泽、萨姆和伦布利。贾斯珀不归她管，但凭着他留在马车和科拉衣服上的血污，他也可以算作她自己的死者。

田纳西受了诅咒。起初，她把田纳西所遭的毁坏——火灾和疫病——归因于正义的伸张。白人得到了应得的。因为奴役她的人民，因为屠杀另一个种族，因为窃取脚下这片土地。让他们受着火焰和热病的灼烧吧，让毁坏从这里开始，一亩一亩地游荡吧，直到死者的冤也伸了，仇也报了。但是，如果人们收到的都是自己那一份合理的不幸，那么她又做过什么惹祸上身的事呢？在另一份名单上，科拉标出了哪些选择把她送上了这辆马车，羁于这些铁环。其中有男孩切斯特，有她为他挺身而出。鞭打只是对不服从的标准惩罚。逃亡却是极其严重的犯罪，因此而来的惩罚之烈、之广，将她在投奔自由的短暂旅途上遇到的所有好心人都囊括其中。

她一边随着马车的车簧上下弹跳，一边闻到了潮湿的泥土，感觉到起伏的树木。为什么这一片土地逃过一劫，而五英里外的另一片却在大火中遭殃？种植园的惩戒卑劣而恒久，世界却是不分青红皂白的。走进这世界，你看到坏人逃脱了应得的惩罚，好人却代他们站到笞刑树下。田纳西的灾难是大自然一视同仁的结果，无关定居移民的罪恶，无关切罗基人过去怎样生活。

只要一颗火星跑掉。

没有锁链把科拉遭逢的种种不幸拴死在她的性格或行为上。她的皮肤是黑色的，世界就是这样对待黑皮肤的人。不多，也不少。伦布利说，每个州都不一样。如果田纳西有一种脾性，它就该像这世界阴暗的性格，偏爱任意的惩罚。无人可以例外，无论他们梦想的外形，也不看他们皮肤的颜色。

一个头戴草帽的年轻人，帽檐下露出棕色的鬈发和一对卵石般的黑眼珠，赶着一队驮马从西边过来。他的脸颊晒成了让人头皮发麻的红色。他截住里奇韦这伙人，说前面就有一处大型的拓居地，以民风彪悍而闻名，当天早晨还没受到黄热病的袭扰。里奇韦也告诉此人，他再往下走会遇到怎样的情况，并向他道谢。

眨眼之间，路上的交通流量就恢复了正常，连动物和昆虫也出来凑热闹了。文明世界的景色、声音和气味重新包围了这四位旅人。行至城郊，一户户人家迎来了夜色，点点灯火在农舍和窝棚里闪亮。城市出现在眼前，自从离开北卡罗来纳，科拉见过的城镇里，就数这一座最大，但未必那么早就已落成。长长的主街，沿路有两家银行，很多喧闹的酒馆，足以把她带回寄居于宿舍的时光。城里没有入夜后就会安静的迹象，商店还在营业，市民们在木板铺就的人行道上游荡。

博斯曼坚决不在这里过夜。如果热病如此之近，那么它接下来很可能会传到这儿，也许它已经在市民的体内不安分地躁动起来了。里奇韦对正经的床榻充满渴望，因此有些不悦，但还是做出了让步。补充给养之后，他们便在路边扎营。

男人们忙前忙后，科拉仍然锁在马车上。透过帆布篷敞开的口子，闲荡的人一瞥见她的面孔，便赶紧移开目光。这些人面皮粗糙，穿着低劣的土布衣服，远不如东部城镇那些白人的打扮。拓居者的衣衫，不是定居者的服装。

霍默吹着一首格外单调的贾斯珀的小曲，爬进马车。死奴隶仍然躺在他们中间。男孩手里抓着一个牛皮纸裹起来的包袱。"给你的。"他说。

这是条深蓝色的裙子，上面有白色的纽扣，柔软的棉布散发出一股药味。她举起裙子，用它挡住帆布篷上的血渍，外面的街灯一照，帆布上的血格外突出。

"把它穿上，科拉。"霍默说。

科拉抬起两手，锁链哗哗作响。

霍默给她解开脚镣和手铐。和每次一样，科拉估算了一下逃跑的机会。她发现绝无可能。她在心里合计，像这样的一座城市，粗俗而野蛮，暴民必定人多势众。佐治亚那个男孩的消息有没有传到这儿？她根本不去想那起意外，也没把它收入她的罪过清单。那男孩属于他自己的名单——但是安个什么名目才好呢？

她换衣服的时候，霍默看着她，像一个从她在摇篮里就一直伺候她的贴身男仆。

"我是被抓来的。"科拉说，"你主动和他在一起。"

霍默一脸茫然。他掏出小本本，翻到最后一页，刷刷地写了起来。男孩写完，又把她的镣铐重新扣上。他给了她一双不合脚的木鞋。他正要把科拉锁到马车上，里奇韦发了话，吩咐把她带出去。

博斯曼还在外面理发洗澡。猎奴者把他从看守长那儿敛来的报纸和追逃通告交给霍默。"我带科拉去吃个饭。"里奇韦说完，便带她走进市井的喧闹。霍默把她换下来的脏衣服丢进阴沟，已经凝结的暗红色的血渗入了泥浆。

木鞋挤脚。里奇韦没有将就科拉难以迈开的脚步，依旧大步流星，走在前头，根本不担心她会跑掉。她的镣铐犹如拴在母牛身上的铃铛。田纳西的白人没有注意她的。一个年轻的黑人倚靠着马厩的墙，成了仅有的一个把她看在眼里的人。瞧他的样子，是个自由民，穿着灰色的条纹裤和牛皮马甲。他望着科拉移动，就像科拉当初注视着绑在一起的奴隶艰难地走过兰德尔种植园。看到别人披枷戴锁，为自己不受桎梏而庆幸——简直是有色人走了大运，难道他们不是随时都会大祸临头吗？如果你们的目光有了接触，双方都会赶紧把头转向别处。可这个人没有。他点了点头，便让来往的行人挡在了身后。

在南卡罗来纳时，科拉曾经往萨姆的酒馆里瞟过几眼，但从未跨过门槛。现在呢，如果她成了顾客中间奇异的一景，那么里奇韦一抬眼，就会让这些人各忙各的，哪里还敢管别人的闲事。照看柜台的胖子卷着纸烟，死盯着里奇韦的背影。

里奇韦让她坐到后墙处一张歪斜的桌边。积年的啤酒味道渗透进地板、墙壁和天花板，此时却统统让炖肉味盖住了。女招待梳着马尾辫，膀大腰圆，乍一看像扛棉包的。里奇韦点了两人的饭菜。

"我一开始没打算选这双鞋。"他告诉科拉，"但裙子很适合你。"

"它干净。"科拉说。

"现在嘛，我们的科拉可就不像屠宰场的地板喽。"

他有心激起科拉的反应。她拒绝回应。酒馆隔壁忽然传来钢琴的声音。听上去就像有只浣熊在琴键上来回奔跑，乱踩乱跳。

"你一直都没问你那同伙。"里奇韦说，"西泽。它上没上过北卡罗来纳的报纸？"

看这架势是要表演了，就像公园里星期五晚会上的一个节目。

里奇韦把她打扮一番，就为了晚上带她上戏园子。她等着。

"去南卡罗来纳很奇怪，"里奇韦说，"因为他们搞了新体制。过去有很多犯罪活动。说是过去，其实也没过去多远。就冲他们整天谈论什么提高黑人的水平啦，让野蛮人走向文明啦，那儿就是个同样嗜血如命的地方，一直都是。"

女招待端来了干面包皮和两大碗土豆炖牛肉。里奇韦看着科拉，对女招待窃窃低语。科拉听不见他说了什么。那姑娘哈哈大笑。科拉这才意识到他已经醉了。

里奇韦响亮地进食。"我们在工厂把它逮住了，正赶上要交班。"他说，"一帮五大三粗的有色牲口围在它身边，又一次发现了过去的恐惧，本来以为自己都忘掉了。一开始没出什么大乱子。又一个逃犯落网而已。后来消息传开，说西泽之所以遭到通缉，是因为杀害了一个小男孩……"

"不小了。"科拉说。

里奇韦耸耸肩。"他们闯进了监狱。说老实话，是警长给开的门，可那么说不够惊心动魄。反正他们闯进监狱，把它剁成了肉酱。这些高尚的南卡罗来纳的公民啊，他们不是又办学校又搞星期五赊欠吗！"

小可爱的消息已经让她在里奇韦面前垮掉了一次。这一次不会了。她有了准备——在做出残忍的举动之前，他会两眼放光。西泽死了，她其实已经知道了很长时间。用不着追问他的命运。有天夜里，在阁楼上，西泽闪现在她眼前，像一颗火星，一个微小而清晰的真相：西泽没逃出来。他没有北上，没有新衣、新鞋、新的欢笑。科拉坐在黑暗里，倚靠在橡子之间，她明白自己又一次是孤单的了。他们抓住了他。里奇韦敲响马丁的家门之前，科拉已经结束了哀悼。

里奇韦从嘴里扯出一条软骨，"我这次抓捕，不管怎么说，钞票还是赚了一点，顺道再把另一个小子送回去，交给他的主人。里外一算，终归有的赚。"

"你像个老黑鬼，到处刮油水，就为了兰德尔那几个钱。"科拉说。

里奇韦把两只大手放到高低不平的桌子上，压得桌面朝他那边倾斜过去。肉汤漫过了碗的边沿。"他们应该修修这玩意。"他说。

肉汤疙疙瘩瘩的，里面有不少起着增稠作用的淀粉。科拉用舌头碾碎疙瘩，当初艾丽斯的一个帮工，而不是老厨娘本人做饭时，科拉也这样吃过东西。墙那边的钢琴师弹起稍显欢快的曲子。隔壁一对醉醺醺的夫妇开始跳舞。

"贾斯珀可不是暴民杀死的。"科拉说。

"总有意想不到的损失。"里奇韦说，"我白喂了它那么多饭，没人给我补偿。"

"你没完没了地找理由。"科拉说，"动不动就换一种说法，好像名称变了，它们就不是那么回事似的。可是名字容易改，真相你改不了。你杀人不眨眼，你杀死了贾斯珀。"

"那是私事好不好，"里奇韦嘴软了，"我不会在这儿谈的。你和你朋友杀了个男孩。你也有你的理由。"

"我那时要逃跑。"

"我说的就是这个：生存。你现在感觉糟透了吧？"

逃跑的过程中出现了一连串的复杂情况，男孩的死是其中之一，就像那天夜里没赶上满月，或是小可爱一出木屋就叫人发现，从而让他们失去先发优势一样。但是她心里有一扇窗子推开了，她看到那男孩儿在病床上发抖，他母亲在他坟前哭泣。一直以来，科拉也在哀悼着他，只是她自己不知道。在这个束缚着奴隶也束缚着主人的制度下，又一个人成了牺牲品。她在心里把那男孩从孤零零一个人的名单上挪开，放到了马丁和埃塞尔下面，哪怕她不知道他的名字。×，就像她识字以前自己的签名一样。

即便如此。她告诉里奇韦："不。"

"当然不——这不算什么。还不如为那些烧尽的玉米地哭，为我们汤里漂着的这头菜牛哭。为了生存，你得做你必须做的。"他抹抹嘴巴，"不过你是对的，你埋怨我埋怨得有理。我们总是弄出各种花言巧语来掩盖真相。如今的报纸就这么干，多少聪明的家伙在谈论'上帝所命'[1]啊。好像这是个新观念。你不知道我在说什么，对不对？"里奇韦问。

科拉往后一靠，"继续圆谎。"

"意思是拿你那一份，你的财产，不管你认为那是什么。人人

---

[1] 据《不列颠百科全书》，"上帝所命"是十九世纪的美国一种认为国家疆界必将向西持续扩张到太平洋乃至太平洋彼岸的臆想，往往被用于为美国兼并得克萨斯、俄勒冈、新墨西哥和加利福尼亚，以及后来干涉古巴、阿拉斯加、夏威夷和菲律宾辩护。

都在拿自己分得的地方，那你也可以去拿。无论是红鬼还是非洲货，他们放弃了自己，交出了自己，所以我们能够拥有我们合法拥有的。法国人收回了领土要求。英国人和西班牙人溜之大吉。"

"我父亲喜欢他那个印第安人谈论大神明。"里奇韦说，"这么多年过去以后，我更喜欢咱美国的神明了，是他把我们从旧大陆召唤到新大陆，让我们征服，建造，推行文明。毁灭需要毁灭的。教化少数种族。教化不了，就镇压。镇压不了，就根除。我们的命运是本着天意来的——天降大任于美国。"

"我得去趟茅房。"科拉说。

他的嘴角耷拉下来了。他做了个手势，让她走在前头。通往后巷的台阶上有一摊呕吐物，滑溜溜的，他抓住她一只胳膊肘，帮她扶扶稳。她关上茅房的门，把他挡在外头，很长一段时间以来，这要算一大顶级乐事了。

里奇韦并不气馁，继续发表讲话。"拿你妈来说吧。"猎奴者说道，"梅布尔。误入歧途的白人和有色人策划了罪恶的阴谋，把她从主人家里偷走。我眼睛眨都不敢眨，把波士顿和纽约翻了个底朝天，所有的有色人营居地。锡拉丘兹，北安普顿。她北上加拿大去了，现在正笑话兰德尔家的，笑话我呢。我把这事当成了私仇。所以我才给你买这条裙子。好让我看看她被裹起来当成送给她主人的礼物时，是个什么样子。"

他恨她母亲，一点儿也不亚于她对母亲的恨。这种恨，再加上两个人脑袋上都长着眼睛这一事实，意味着他们有两件事是共通的了。

里奇韦稍作停顿——有个醉汉想上厕所。他把人家轰走了。"你潜逃了十个月。"他说,"十足的侮辱。你和你妈一路货色,就该把你们统统灭绝。跟我一个星期了,上着镣子,还和我顶嘴,没完没了你,我在送你回家呀,你腥风血雨的家。废奴分子的游说团最喜欢显摆你这样的了,给白人演讲,那些白人,对世界怎样运转一无所知。"

猎奴者错了。如果到了北方,她一定会消失,过一种他们看不见、摸不着的生活。像她母亲一样。好歹有这一点,是她从那女人身上继承来的。

"我们都尽自己的本分。"里奇韦说,"奴隶和猎奴者。主人和有色人工头。涌入港口的新来者,政治家,警长,报馆记者,还有抚养强壮儿子的母亲们。像你和你妈这样的,要算你们种族里的人尖儿。你们部落里的弱者已经被淘汰了,他们死在了运奴船上,死于我们欧洲人带去的传染病,死在了农田,给我们种棉花和靛蓝来着。你必须强壮,才能在劳动中生存,才能让我们更伟大。我们把猪养得肥肥的,不是因为猪让我们高兴,而是因为我们需要猪才能生存。但我们不能让你太聪明。我们不能让你们把我们超过。"

她解完手,从一摞报纸当中挑出一张追逃公告,揩了屁股。然后她等着。磨蹭一点儿是一点儿,虽然少得可怜,可这是她的时间。

"你还是小黑崽子时,就听过了我的名字。"他说,"这名字代表了惩罚，对逃奴迈出的每一步和每个逃跑的念头紧追不舍。我每带回家一个奴隶，都能让额外二十个奴隶放弃满月时的计划。我是秩序的化身。那消失的奴隶也是化身。希望的化身。抵消了我的业绩，传到下一座种植园，就会让奴隶动心思，人家跑得，它也跑得。如果允许这种事情发生，我们就得承认美国的天命出现了裂缝。那我可不答应。"

隔壁的音乐现在慢下来了。成双成对的人儿走到一处，相挨相拥，摇摆，扭动。和另一个人轻歌曼舞，那才是真正的交谈，而不是说这些个废话。她知道这一点，虽然她从未像那样和别人跳过舞，西泽请她跳过，她没答应。只有西泽曾向她伸出手，对她说：过来一点儿。也许猎奴者说的一切都是真的，科拉想，他摆出的一切理由都是真的，含的儿子受了诅咒，奴隶主不过是在履行上帝的意志。也许他只是和茅房的破门说说话，等着里面的人擦净屁股。

科拉和里奇韦走回马车，只见霍默两只小手捏着缰绳，拇指一下下在上面搓弄，博斯曼喝着瓶子里的烧酒。"城里害病了。"博斯曼说，"我能闻出来。"这年轻人走在前头，上了出城的路。他说出了让他扫兴的事。刮脸和洗澡都挺好；脸面焕然一新，让他看上去简直天真无邪。可他在妓院不能人事。"鸨母哗哗流汗，像头母猪，我知道她们害了热病，她，还有她那些婊子。"走多远再扎营，里奇韦让他决定。

她睡了不长时间，博斯曼爬进来，捂住了她的嘴。她早有准备。

博斯曼把指头放到自己嘴前。科拉在他的控制下尽量点着头：她不会喊叫的。她现在大可以吵闹一番，叫醒里奇韦；博斯曼会找些借口，事情也就到此为止了。可这一刻她想了好几天，就等着博斯曼让肉欲冲昏头脑。离开北卡罗来纳以来，这是他喝得最多的一次。当晚他们扎营过夜，博斯曼恭维了她的裙子。她横下了一条心。如果能说动博斯曼解开镣铐，这样的黑夜足以掩护她的逃跑。

霍默响亮地打着呼噜。博斯曼从马车的铁环上松脱她的锁链，轻拿轻放，唯恐环环相碰，弄出动静。他卸掉科拉的脚镣，抓牢她手腕上的铁索，不让它发出声响。他先下去，再扶科拉下车。她只能看见两三米外的道路。够黑了。

里奇韦一声暴喝，将他打翻在地，接着又踢他。博斯曼开始抵挡，里奇韦踢他的嘴。她差一点儿就跑了。就差那么一点儿。可这暴力来得太快，刀锋般的暴力，让她一下子蒙了。里奇韦吓住了她。霍默拿着提灯跑到马车后面，照亮了里奇韦的脸，猎奴者瞪着科拉，怒火在脸上熊熊燃烧。她有过机会，却错失了，现在看到他的脸，反倒释然。

"你这是做什么呀，里奇韦？"博斯曼哭着说。他倚靠着马车的轮子，这才不至于倒下。他看着自己两只手上的血。项链已经断了，耳朵掉了一地，好像泥土正在倾听。"里奇韦大疯子，想干啥就干啥。最后我也走。我走了以后，就剩下霍默接着让你揍。"他说，"反正他喜欢。"

霍默咯咯笑了两声。他从马车上取来科拉的脚镣。里奇韦搓着拳头，发出粗重的喘息。

"裙子真好看。"博斯曼说。他扯下了一颗牙。

"你们几位要是敢动，就得满地找牙。"一个声音说道。只见三个男人走进了亮处。

讲话的是城里那个年轻的黑人，那个冲她点过头的。他现在没在看她，而是监视着里奇韦。他的金丝眼镜映出提灯的光亮，好像灯里的那团火在他体内燃烧。他的手枪在两个白人之间来回摆动，仿佛寻水术士拿着占卜棒。

第二个男人端着一杆来复枪。他又高又壮，穿着厚厚的工作服，让科拉想到了戏装。他长了一张四方大脸，棕红色的长发向上梳成扇形，犹如雄狮的鬃毛。此人的姿态表明，他不喜欢听人吩咐，他眼睛里那份傲慢也不是奴隶的傲慢，不是那种外强中干的姿态，而是无可动摇的事实。第三个男人挥舞着一把鲍伊猎刀，身体因为紧张而瑟瑟发抖，两位同伴讲话的间隙，他急促的喘息在暗夜里清晰可闻。科拉认得出他的神态，那是逃奴的神态，吃不准逃亡过程中节外生枝的变化。她在西泽身上看到过，在宿舍新来的人身上看到过，她知道自己也曾多次表现出这样的手足无措。他伸出刀，哆哆嗦嗦地指着霍默。

她从没见过有色人拿枪。此情此景让她大为震惊，这样的一种新概念实在太大了，她脑子里一时容纳不下。

"你们这帮小子误入歧途。"里奇韦说。他现在没有武器。

"误入歧途？是的。都怪我们不太喜欢田纳西，我们想回家。"

为首的人说，"你迷失了自我。"

博斯曼咳嗽两声，跟里奇韦对视了一下。他坐起来，绷紧了身体。两支枪对准了他。

为首的人说："我们要上路了，可我们想问一下这位小姐，想不想跟我们一起走。我们是更好的旅伴。"

"你们这帮小子打哪儿来的？"里奇韦问。科拉一听他说话的口气，就知道他在考虑对策。

"哪儿都有。"此人说。他声音里有北佬的腔调，北方的口音，像西泽一样。"后来碰上了，现在我们一起工作。你老实待着，里奇韦先生。"他微微转了转头，"我听见他叫你科拉。这是你的名字吗？"

她点点头。

"她叫科拉。"里奇韦说，"你知道我了。那位是博斯曼，那一个，叫霍默。"

一听到自己的名字，霍默便把提灯掷向了拿刀的人。灯从他的胸口弹开，砸到地上，这时候玻璃才碎。火溅开了。为首者朝里奇韦开了枪，没打中。猎奴者扑到他身上，两人双双倒地。红发枪手更有准头。博斯曼向后飞出，一朵黑色的花儿，猝然怒放在他的腹部。

霍默跑去拿枪，枪手在身后追他。男孩的大礼帽滚到火里去了。里奇韦和对手在地上厮打，闷哼，喊叫。他们滚到了燃烧的灯油边上。科拉片刻之前的恐惧又回来了——里奇韦已经把她训练得精于此道。猎奴者占得了上风，将对手按到地上。

她可以跑了。她现在只有手腕上的锁链。

科拉跳到里奇韦背上，拿锁链勒住他的脖子，用力绞进他的肉里。她的尖叫发自内心深处，像火车呼啸的汽笛在隧道里回响。她使劲拉啊，扯啊。猎奴者的身体腾空而起，将她撞到地上。他甩开科拉的当儿，城里那个人也重新举起了枪。

逃奴模样的扶着科拉站起来。"那小孩是谁？"他问。

霍默和枪手还没回来。为首者一边用枪指着里奇韦，一边要拿刀的那个去看看。

猎奴者用粗大的手指揉着受伤的脖子。他没看科拉，这让她再度生出了恐惧。

博斯曼呜呜地哭了。他声音颤抖："他将看透你的灵魂，看到你一切的过犯，罪人啊……"灯油还在燃烧，光亮忽大忽小，但终归能够照见一摊血水洼，越来越大。

"他要流血流到死了。"里奇韦说。

"这是个自由的国家。"城里人说。

"这不是你的财产。"里奇韦说。

"那是法律说的。白人的法律。还有别的法律。"他转向科拉，语气也温和了。"如果你愿意，小姐，我可以为你崩了他。"他平心静气地说。

对里奇韦和博斯曼，她想要一切的厄运统统落到他们头上。霍默呢？她不知道，不知道自己心里想怎样处置那个奇怪的黑孩子，他像是另一个国家派来的密使。

不等她开口，城里人便说："还是把他们铐起来吧。"科拉从地上拾起他的眼镜，用袖子擦擦干净。他们三个等待着。他的同伴两手空空地回来了。

他们把里奇韦的两个手腕铐到马车轮子上，他露出微笑。

"要我看，"为首的人说，"那小孩十分狡猾。咱们得走了。"他看了看科拉，"你要不要跟我们一起走？"

科拉抬起穿着新木鞋的脚，往里奇韦的脸上狠狠踢了三下。她想，如果老天不开眼，不惩罚这个恶人，那么她来。谁也没阻止她。后来她说，那三脚是为了三条人命，她谈起小可爱、西泽和贾斯珀，让他们在她的话语里短暂地复活。可这不是真心话。那三脚都是为了她自己。

THE
UNDERGROUND
RAILROAD

Caesar

西泽

乔基生日宴会上欢快的气氛让西泽得以抽身，前往他在兰德尔种植园唯一的避难所。荒废的校舍紧挨着马厩，基本是空的。入夜后，屡有情侣潜入，但他从未在晚上去过那儿——他需要光，他不会冒险点亮蜡烛。他去校舍是为了看书，看弗莱彻经不住他再三央告才给他的那本书；他去那儿是因为情绪低落，要哭一哭身上的重负；他要去那儿远望别的奴隶在种植园里走来走去。从窗口往外看，他好像不是这不幸群体中的一员，而只是在旁观他们的生活，就像一个人注视着陌生人从家门前经过。他人在校舍，魂儿却好像离开了种植园。

　　受着奴役。心怀恐惧。判了死刑。

　　如果计划付诸实施，这将是他最后一次庆祝乔基的生日。天可怜见。他知道，老头儿往往会在下个月宣布另一个生日的日期。为了这点微小的快乐，整个营区欢欣不已，一起动手，把兰德尔种植园打扫一番。一个无中生有的生日，结束了辛苦的工作，迎着收获的满月，办一场舞会。在弗吉尼亚，庆祝堪称壮观。西泽一家子赶着寡妇的四轮马车，前往自由民的农庄，逢圣诞和新年，他们还能走亲戚。猪肉和鹿肉排，姜饼和玉米面糕。游戏从早到晚，西泽和同伴一直玩到上气不接下气。弗吉尼亚的主人们刻意远离那些节庆。可是在兰德尔家，有无声的威吓守在场边，虎视眈眈，奴隶又怎能真心享受快乐？他们不知道自己的生日，所以必须编造。一半人不知道自己的父亲是谁，母亲是谁。

我生在八月十四日。我母亲叫莉莉·简。我父亲叫杰罗姆。我不知道他们的下落。

通过校舍的窗户，穿过两座老木屋中间的空地——墙上的白色灰浆脏兮兮地成了灰色，屋子像睡在里面的人一样疲惫不堪——可以看到，科拉和她疼爱的小男孩挤在起跑线上。那是切斯特，常常带着令人羡慕的快活劲儿在营区东游西荡。一看就知道没挨过打。

科拉说了句什么，弄得男孩腼腆地扭过头。她笑了一下，就一下。她冲切斯特笑，还有小可爱，还有她木屋里的女人们，笑容短促，一闪而过。好像你在地面看到鸟儿的影子，抬起头，却什么也没瞧见。她靠着定量供应的伙食生存，靠一切活命。西泽从未和她讲过话，但已经推算出她是怎样的人。你可以感觉得到，只要她认准属于自己的东西，不管多么微小，她都懂得它的珍贵：她的快乐，她的菜地，她的槭木块，女孩盘踞其上，犹如一只秃鹰。

有天晚上，他和马丁一起在谷仓的阁楼上喝玉米烧酒——马丁到底也没说他从哪儿弄来的酒壶——两个人谈起了兰德尔种植园的女人。谁最有可能把你的脸塞进自己的奶子中间，谁会大呼小叫，弄得整个营区无人不晓，又有谁会一声不吭。西泽打听起了科拉。

"伶仃屋的女人，黑鬼可别招惹。"马丁说，"她们割掉你的家伙，用它熬汤。"他讲起那个老故事：科拉，菜园，布莱克的狗屋。西泽暗想，听起来倒很对路子。马丁接着说她溜到外面和大牲口通奸，西泽又想，这个摘棉花的比他所想的还要笨呢。

兰德尔种植园的男人没那么聪明。这个地方把他们毁了。他们有说有笑，工头的目光一落到他们身上，便快采快摘，格外卖力，可是到了晚上，他们待在木屋，午夜之后常常暗自哭泣，又因噩梦和悲惨的记忆而发出尖叫。西泽所在的木屋如此，另一头的木屋如此，远远近近的每一座奴隶村落无不如此。当工作结束，当白天的惩罚告一段落，黑夜便像一座竞技场，等待着他们真正的孤独和绝望。

欢呼，叫喊——又一场比赛结束。科拉两手叉腰，歪着脑袋，好像在噪声里搜寻隐藏的曲调。怎样捕捉木材中的形象，保留她的优雅和力量呢——他感觉自己会刻得乱七八糟。摘棉花已经毁掉了他的双手，再难完成精细的木工。女人脸颊的倾斜角度，两片私语中的唇。白天结束，他双臂颤抖，肌肉抽痛。

那个白种老婊子可真能撒谎啊！他本该和爸爸妈妈一起生活在自家的小屋，帮箍桶匠干活，或者再去城里另一个手艺人那儿当学徒。的确，他的发展前景受限于种族，但西泽已经长大，相信他可以自由地选择自己的命运。"你想怎么做都行。"他父亲说。

"去里士满也行？"看了那么多报道，里士满好像远在天边，美不胜收。

"去里士满也行，你想去就能去。"

可老寡妇撒了谎，如今他的人生选择只剩下一个目标：在佐治亚慢慢死掉。他本人如此，家人也是如此。母亲单薄，瘦小，不适合下地干活，人也太和善，熬不过种植园里种种残酷行为的连续击打。父亲能撑得久一些，他是头犟驴，但也撑不了太久。老寡妇毁了他全家，毁得如此彻底，不可能是意外。那不是因为她侄子贪婪，而是老寡妇始终在欺骗。每次她把西泽抱到腿上，教他识字，都是在收紧绳结。

西泽想象父亲在佛罗里达的地狱里砍着甘蔗，伏身大锅，蒸着肉身的躯壳，锅里装满融化的糖浆。母亲背着麻袋，跟不上进度，九尾鞭正在撕烂她脊背上的皮肉。倔强到底，不肯低头，就会粉身碎骨，而他的家人和北方友善的白人相处的时间太长了。在那样的一种友善里，他们认为很快把你杀掉并不合适。南方的一大特点，就是杀起黑人来没有耐心。

在种植园残疾的老头和老太太身上，他看到了父亲和母亲将要落到怎样的下场。到那时，他又会怎样？在黑夜里，他相信他们已死；在阳光下，又感觉他们只是残废了，半死不活。无论哪一种情况，他在这世上都已是孤身一人。

赛跑结束后，西泽找科拉谈了。不出所料，她没答应。她不认识他。这可能是个恶作剧，或是兰德尔两兄弟出于一时无聊而设下的圈套。逃跑的念头实在太大——你得把它晾一阵子，反复合计。西泽花了好几个月，才开始让它在心里生根，还得借着弗莱彻的鼓励，它才真正地发芽。你需要别人的帮助。就算科拉不知道自己会同意，他知道。他告诉科拉，之所以拉她入伙，是为了好运气——她母亲是唯一一个成功逃掉的。对科拉这样的人来说，这番话如果不是冒犯，也与胡说无异。她可不是你在旅途中戴在身上的兔子脚，她是火车头。没有她，这件事他做不到。

跳舞时发生的可怕变故证明了这一点。有个内宅奴隶告诉他，兄弟俩在大屋喝酒。西泽认为这是个坏兆头。等到小男仆提着灯笼，给主人带路，直奔营区时，暴力就是笃定的了。切斯特从来没挨过打。现在他挨了，第二天还要接受第一次鞭刑。他不再有儿童的游戏了，赛跑和捉迷藏都已成为过去，迎接他的将是男奴要受的残酷考验。村里别的人没一个站出来帮那男孩——他们怎么帮得了呢？他们以前见过一百遍了，要么作为遭罪的，要么作为旁观的，他们死前还将见证另外的一百遍。只有科拉站出来。用自己的身体做了男孩的肉盾，代他承受主人的重击。她彻头彻尾是个没人要的孩子，到目前为止游离于外，仿佛很早以前便逃离了此地。

殴打过后，西泽第一次在夜里去了校舍。只是为了把那本书拿在手中。为了证实它还在，那是一件纪念品，代表着他拥有自己想要的书，也曾拥有读书的时间。

小艇上的同伴，以及那些脱险在礁石上或留在大船上的人们后来怎样了，我说不上来，但是可以断定他们全完了。[1] 这本书

---

[1] 此处引张健译文。下文书名从林纾、魏易译本。

会让他送命，弗莱彻警告过他。西泽把《海外轩渠录》用两块粗麻布裹好，到校舍那儿拿土盖住。再等几天，等我们为你的逃跑做好准备，店主说，到那时你要什么书都没问题。可是如果不看书，他就是奴隶。拿到这本书之前，他只有稻米口袋上的字可读。他们锁链的商号刻在金属上，像一个痛苦的承诺。

此时，在午后金色的阳光下，随便翻到一页，便可以让他重新振作。有勇有谋，有谋有勇。书里这个名叫格列佛的白人，总是才出虎口，又入狼窝，每到一个新的岛国，都有一个新的困境要去摆脱，然后才能返回家乡。他总是忘记自己有什么。他真正的问题就在于此，而不是他遭遇的种种野蛮而神秘的文化。天下白人都是同一副德行：建造了校舍，却任其腐烂；建造了家园，却四处漂泊。如果西泽找到回家的路，他将永远不再旅行。否则他难免在一个又一个孤岛上陷入困境，辨不清自己身在何处，眼睁睁地看着世界消失。除非有她同行。和科拉在一起，他一定找得到回家的路。

THE
UNDERGROUND
RAILROAD

Indiana

印第安纳

赏格五十美元

　　属本人所有之黑种女子**苏姬**，二十六日星期五晚间十时离开本人住宅（毫无缘由）。二十八岁，浅肤色，高颧骨，身形瘦长，外表颇为整洁，离家时身穿条纹工装布罩衫。苏姬不久前属于L. B.皮尔斯先生，再之前属于已故的威廉·M.赫里蒂奇。该女目前（从表面上看）系本地循道宗教会的虔信成员，无疑与多数教友相熟。

詹姆斯·艾克罗伊德

十月四日

那时她成了班里的落后生，周围是一群没有耐心的孩子。在南卡罗来纳，在阁楼上，科拉曾经为自己在阅读方面取得的进展而自豪。每个生词都磕磕绊绊，一个未知的领域，一个字一个字地艰难行进。每浏览一遍唐纳德的历书，她都当作胜利，然后回到第一页，再读一遍。

　　乔治娜的课堂暴露出她的成就何其渺小。她到礼拜堂跟大伙一起上课那天，连《独立宣言》都没听出来。孩子们的发音既清脆又老练，与当初兰德尔种植园里迈克尔僵硬的背诵相去甚远。字句里现在有了音乐，每个小朋友在轮到自己时，自然而然地就飘出了旋律，声音里透着大胆和自信。一个个男孩子和女孩子从座位上起身，把他们抄录下那些句子的纸扣过去，唱出国父们的诺言。

　　算上科拉，全班一共二十五个人。最小的只有六七岁大，可以不用背诵。他们坐在带靠背的长凳子上，交头接耳，焦躁不安，直到乔治娜让他们保持安静。科拉是班上的新生，农场的新人，也不必跟他们一样做事。她感觉自己很惹眼。她比所有人都大，还落后了这么多。科拉想到汉德勒小姐的课堂，一下子明白了老霍华德为什么哭鼻子。一个闯入者，像个啮齿类动物，穿墙而入。

厨师摇响了铃铛，课程随即结束。吃完饭，年纪小的学生要回来上课，大一些的要去干杂活。大伙走出礼拜堂的当儿，科拉拦住了乔治娜："你教教这些小黑崽子怎么好好说话，我跟你说真格的。"

老师赶紧看看周围，确保自己的学生没人听到科拉的话。她说："我们这儿管他们叫孩子。"

科拉的脸腾地一下子红了。她很快又说，她一直没能理解其中的含义。那么多大词儿，他们知道什么意思吗？

乔治娜来自特拉华，带着特拉华女人特有的让人着急的劲头，乐于猜谜游戏。科拉在瓦伦丁农场见过其中几位，她没怎么在意地区特性，不过她们的确知道怎么烤出好吃的馅饼。乔治娜说，孩子们能理解多少是多少，今天理解不了的，也许明天就能理解。"《独立宣言》就像一张地图。你相信它是正确的，但你只有走出去，亲身做一番检验，才能知道它到底对不对。"

"你相信那个吗？"科拉问。她从老师的脸上看不出个所以然来。

自从上过第一堂课，四个月过去了。收获已经结束。陆续有人到达瓦伦丁农场，科拉不再是笨手笨脚的新人了。两个和她年龄相仿的男生来到礼拜堂上课，一对充满渴望的逃奴，比她还要无知。他们拿指头在书上划拉着，好像它们被人施了咒语，充满了魔力。科拉现在轻车熟路。她知道自己弄吃的，因为今天的厨师笃定会做一锅坏汤，她也知道要带一条披巾，因为印第安纳的夜晚冷得让人发抖，她从前可不晓得会有这么冷。因为她要去僻静背阴的地方一个人待着。

科拉如今坐在教室前排，乔治娜纠正她的书法、算术或谈吐时，她已经不再觉得受伤。她们是朋友。乔治娜特别爱说闲话，上课反倒给了她一个喘息的机会，让她暂缓播报农场里的大事小情。那个弗吉尼亚来的大壮男，长了个小淘气的脸，你不觉得吗？我们一转身，帕特里西娅就啃光了所有的猪蹄儿。对了，还有一件事，特拉华女人顶喜欢嚼舌头。

这个特别的下午，铃铛一响，科拉便和莫莉走出了教室。她跟这女孩，以及女孩的母亲合住一幢木屋。莫莉十岁，一双杏眼，行事拘谨，不苟言笑。她有很多朋友，但宁愿置身圈外。小姑娘有个绿色的罐子，放在自己房间，里面装着她的宝贝：弹子、箭头、一个没有盖子的纪念盒吊坠。比起到外面玩耍，把这些东西在木屋地板上铺开，感受蓝色石英贴在脖子上那种凉凉的感觉，给她带来了更大的快乐。

科拉为她们近来养成的习惯而高兴。清晨，由于小姑娘的母亲早早出门干活，科拉已经开始给她编辫子了，最近几天放学后，莫莉也主动来牵她的手。她们之间产生了一种新的感觉。莫莉一路上拉着她，紧紧地抓着她，科拉很享受这种被人牵着的感觉。自从切斯特以后，还从来没有小朋友选中过她呢。

当天没有午饭，因为晚上有星期六大餐，学生们循着味道拥向烤肉坑。从午夜开始，烤肉师傅们就在烧猪了，农场上下仿佛中了魔咒。不止一个村民梦到自己在豪华的大餐上如饿虎啖食，醒来后失魂落魄。还要再等几个小时。科拉和莫莉走到饥饿的围观者中间。

青烟缭绕的木炭上方，两头猪架在长棍子上。掌坑的大师傅名叫吉米。他父亲在牙买加长大，传下一套孤岛逃奴的烧火秘籍。吉米伸出手指，捅捅烤肉，再推推木炭，围着火坑踱步，好像在打量摔跤的对手。他在农场足以跻身最瘦者之列，来自北卡罗来纳，不久前才逃出接连不断的大屠杀。他偏爱把肉烤得嫩嫩的，入口即化。他只有两颗牙。

他的一个徒弟摇晃着装醋和胡椒的罐子。他跟火坑边一个小女孩说了句什么，然后抓着她的手，把罐子里混好的调料刷到猪的内腔。调料滴进壕沟，落到炭火上，不断爆裂。白色的烟云吓得群众直往后躲，小女孩连声尖叫。这肯定是顿美餐。

科拉和莫莉要回家做事。走路很近。像农场的大部分工作建筑一样，旧木屋集中在东侧的边缘地带，仓促建成以后，才知道社区要扩展到多大的规模。哪儿来的人都有，不同的种植园对营区安排的偏好也不相同，所以木屋形态各异。因为采收玉米而在最近加盖的新房子，则采用了完全一致的风格，房间更宽敞，在农场的分布也考虑得更为周到。

自从哈丽雅特结了婚，搬出去住，科拉、莫莉和西比尔就成了这幢木屋里仅有的住户，她们分睡两个房间，当中用做客厅。一般来说，每幢房子要住三户人家。不时有新人和访客与科拉合住一个房间，但大部分时间，另外两张床都空着。

她自己的房间。住过那么多的囚牢，这是瓦伦丁农场给她的又一个意想不到的礼物。

西比尔和女儿很为自己的房子骄傲。她们用生石灰粉刷外墙，以淡粉着色。前厅刷了黄色的油漆，配上白色的门窗贴脸，在阳光下显出一派生机。每当季节转暖，房间里便有野花装饰，到秋天，则用红黄两色的树叶编成花环，让屋里仍然保持着怡人的感觉。粉色的窗帘收拢在窗边。隔三差五，两个住在农场的木匠便拖些家具过来——他们很喜欢西比尔，手脚忙个不停，就为了让她拿正眼瞧瞧他们。西比尔染了些粗麻袋，做成一块地毯，科拉头疼发作时，常常躺在上面。前厅微风习习，可以减轻她的痛苦。

她们走近门廊，莫莉叫了妈妈。西比尔正在煮墨西哥菝葜做汤力水，味道压过了烧烤的肉香。科拉径直走向摇椅，从第一天起，她便将这椅子据为己有。莫莉和西比尔并不介意。它出自西比尔手艺不精的求爱者之手，吱吱嘎嘎叫起来没个完。西比尔心里觉得，此人故意让椅子弄出这么大动静，好让她时刻想起他的忠心耿耿。

西比尔从里屋出来，在围裙上绞着两手。"吉米在那边干得好卖力。"她边说边摇头，显然饿了。

"我不能等。"莫莉说。小姑娘打开壁炉旁边的松木柜，取出她们的拼布被子。她下定决心，晚饭前要把这最新的一件针线活儿做完。

她们开始动手。自从梅布尔离开，除了简单的缝补，科拉就没摸过针。伶仃屋有些女人想教她，但白费力气。如同在课堂上那样，科拉的学习方法就是观察同伴，照葫芦画瓢。她剪了一只鸟，一只红雀；结果剪出来的东西好像让狗啃过似的。西比尔和莫莉鼓励她——当初是她们缠着她，非要她加入她们的消遣的——可是被子缝得乱七八糟。她一口咬定棉絮里有跳蚤。针脚起了皱，边角没对齐。被子暴露了她的歪心思：干脆把它升到旗杆上，做她野蛮国度的大旗好了。她想把它丢到一边，但西比尔不准。"你先把这个弄完再干别的。"西比尔说，"这个还没完呢。"

科拉不需要持之以恒、有始有终的教诲。但她还是拿起破被子，放到腿上，从上次没弄完的地方下手。

西比尔比她大十二岁。衣服显出她苗条的身段，但科拉知道，那只是离开种植园后的这段时间养人而已。西比尔的新生活需要一种不同的力量。她非常注重自己的仪态，一杆行走的投枪，仿佛本来特为弯腰而生，现在却再也不肯屈身了。西比尔告诉科拉，她的主人实为种烟人里的恶霸，每年都要为最高产量的名头，与相邻的种植园主展开竞争。疲弱的表现让他受了刺激，变得愈加恶毒。"他不拿我们当人。"她这样说着，思绪一下子飘回旧日的苦难。这时莫莉不管在哪儿，都会走过来，坐到她腿上，脸贴脸，紧紧地抱住她。

她们三个默默地做活儿，过了一会儿，烤肉坑那边传来一阵欢呼，每次给猪翻面时都会如此。科拉心不在焉，没法改正被子上缝坏的地方。西比尔和莫莉的爱犹如无声的戏剧，总是让她深受触动。孩子默默地请求帮助，母亲指一指，点个头，用手势帮孩子摆脱困境。科拉不习惯木屋的安静——在兰德尔种植园，总是有尖叫、哭喊或叹息，打破片刻的宁静——当然更不习惯这种母爱的演示。

西比尔是在莫莉两岁那年跟她一起遭到拐卖的，她一路上拖带着自己的孩子。大屋传出流言，说主人有意转让部分家奴，以偿付庄稼歉收带来的债务。西比尔面临着公开拍卖。那天夜里她不辞而别——满月开了眼，指引她穿过森林。"莫莉一点儿声都没出。"西比尔说，"她知道我们在干什么。"跨越宾夕法尼亚州界三英里后，她们冒险走到一户有色人农夫的木屋。此人给她们饭吃，为小姑娘削玩具，再通过一系列的中间人，和铁道上取得了联系。在伍斯特的一家女帽厂工作了一段时间之后，西比尔和莫莉来到了印第安纳。这座农场已经小有名气。

许多逃奴通过瓦伦丁农场中转——说不清谁在这儿待过。科拉有天晚上问西比尔，有没有碰巧见过一位佐治亚来的女人？当时科拉已经和她们相处了几个星期，有过一两次一觉睡到天亮的经历，在阁楼上掉的肉也补回了一些。干蝇偃旗息鼓，为夜晚的提问留出间隙。一个女人，佐治亚来的，也许叫梅布尔，也许不叫？

西比尔摇了摇头。

她当然没见过。一个丢下女儿不管的女人会变成另一个人，借以隐藏由此而生的耻辱。但科拉迟早会问遍农场里的每一个人。农场本身就像一座车站，吸引着离开了一个地方、又不知道下一个地方在哪儿的人。她问那些在瓦伦丁农场停留数年的人，她问所有新来的人，纠缠访客，那些人来到农场，是想看看他们听到的事情是不是真的。有色的男女自由民，留下来的逃奴和继续前行的逃奴。她在玉米地里，在劳动号子的间隙，在进城的路上，在隆隆作响的马车后厢里问他们：灰眼睛，右手的手背上有一条烫出来的长长的伤疤，也许叫梅布尔，也许不叫？

"没准儿她在加拿大。"琳赛在科拉问到她时这样回答。琳赛是个苗条的、蜂鸟般的女人，刚从田纳西跑出来，保持着一种科拉无法理解的疯狂的愉悦。依科拉所见，田纳西就是大火、疫病和暴力。即使罗亚尔他们就是在那儿救的她。"好多人，他们现在喜欢加拿大。"梅甘说，"就是冷得要死。"

冷酷的夜，正好配冷酷的心。

科拉卷起被子，回到自己的房间。她蜷缩着，心烦意乱，满脑子都是母亲啊，女儿啊。又为了罗亚尔提心吊胆，已经过去三天了，他迟迟未归。头痛袭来，像一片雷雨云。她转过脸，对着墙，一动不动。

晚餐在礼拜堂外举行。这是农场最大的建筑。传说它是一天之内盖起来的，那是建场之初，有一次临到要开大会，才发现瓦伦丁的农舍已经容纳不下会众了。大部分时间里它用做校舍。到了主日，就做教堂。每逢星期六晚上，农场里的人聚到一块，一起吃饭，一起娱乐。在本州南部县政府干活的泥瓦匠饿着肚子回来了，给当地的白种妇人打零工的女裁缝也回来了，还穿上了她们漂亮的裙子。禁酒是农场的规矩，但星期六晚上除外，喜欢喝几口小酒的人推杯换盏，第二天上午听牧师布道时，他们就有了可以思考的事情。

吃猪肉是第一项活动。把烤好的猪在松木长桌上切开，刷上迪普尼酱。炝甘蓝、芜菁、甘薯派，还有伙房做的其他配菜，统统装在瓦伦丁家漂亮的盘子里。居民们平日里都挺矜持的，但吉米的烤肉一上桌，他们就不管不顾了——淑女们纷纷用上了胳膊肘。面对不绝于耳的恭维，火坑师傅低下了头，暗自思量着下次烤肉如何改进。科拉动作敏捷，扯下一只酥脆的耳朵，这是莫莉的最爱。她把耳朵递给了小姑娘。

瓦伦丁已经不再点算他的土地上生活着多少户人家。一百口是个稳固的数字，不论用什么标准衡量，这个数量都难以置信，其中还没包括那些购买了毗连的土地、自立门户的有色农民。儿童大约五十个，多数不满五岁。"自由使人丰产。"乔治娜说。除了自由，科拉心想，还因为他们知道自己不会被人卖掉。在南卡罗来纳的有色人宿舍，女人们相信自己了解了自由，但手术刀切开她们的身体，提供了相反的证明。

猪被吃得一干二净，乔治娜便和一些年轻的女人带上孩子们，到谷仓做游戏、开歌咏会去了。大人们开会讨论，小孩子是坐不住的。他们的缺席解除了讨论会的压力；说千道万，他们计划来，计划去，还不都是为了下一代？就算成年人摆脱了紧缚身体的枷锁，奴役还是窃取了太多的时光。只有孩子能充分利用自己的梦想。如果白人允许的话。

礼拜堂坐满了人。科拉挨着西比尔坐到一条靠背长凳上。今晚活动的规格有所降低。剥玉米大赛之后再过一个月，农场将举办最为重要的大会，就近期一系列关于搬迁问题的辩论做出决定。瓦伦丁一家事先减少了星期六之夜的娱乐节目。舒适的天气，加上关于即将入冬的种种警告——印第安纳的冬天让那些从来没见过雪的人心生畏惧——已经让大家忙得不可开交。进城转转成了消磨时间的观光之旅。作为大移民的排头兵，在此扎根的有色人拓居者已如此之众，因此到了晚上，社交性的拜访仍然连绵不绝。

农场的许多领导人出差在外。瓦伦丁本人在芝加哥拜会银行家，两个儿子随行，他们已经到了能帮农场管账的年纪。蓝德与纽约众多新兴废奴主义组织中的一个结伴旅行，在新英格兰地区巡回演讲；他们弄得他马不停蹄。最近这一趟深入农村了解到的情况，无疑会对他的大会发言大有助益。

科拉打量着周围的听众。她本来抱着希望，以为吉米的猪能勾引罗亚尔及时赶回，但他和战友们仍然忙于地下铁道的任务，无法分身。没听到他们队伍上的消息。反倒有些可怕的新闻传到了农场，民防团在前一天晚上吊死了一些寻衅滋事的有色人。此事发生在本州南部，三十英里之外，据说遇难者为铁道工作，但除此之外并无异常。一个满脸雀斑的女人，科拉不认识她——这段时间陌生的面孔源源不断——正在用很大的声音，喋喋不休地讲着私刑处死的事。西比尔转过身，要她闭嘴，接着轻轻抱了一下科拉，此时格洛丽亚·瓦伦丁走上了讲台。

约翰·瓦伦丁初遇格洛丽亚，是在一座靛蓝种植园，她在那里的洗衣房干活。"我这双眼睛见过的最美味的秀色。"瓦伦丁常常这样告诉农场的新人，还特意把"美味"二字拉长，好像舀出了一勺热焦糖。那个时候瓦伦丁并没有拜访奴隶主的习惯，但他和格洛丽亚的主人合伙买卖饲料。那个星期结束时，瓦伦丁赎得了她的自由。又过了一个星期，他们结了婚。

她依然秀色可餐，而且优雅，沉着，好像上过专为白人小姐开办的淑女学堂。她声称不喜欢给丈夫临时补缺，可她在听众面前表现出的这份从容，却与她的说法正好相反。格洛丽亚下了很大的功夫，来清除自己的种植园腔调——每到谈话变得没有拘束，科拉便能听到她的乡音脱口而出——但不管她说话像有色人还是白人，都能很自然地给人留下深刻的印象。瓦伦丁讲话时语调生硬，实干精神盖过了慷慨的性情，格洛丽亚介入其中，可以起到缓和的作用。

"大家今天过得愉快吗？"格洛丽亚等屋里安静下来后问道，"我一整天都待在下面的根菜窖，后来一上来就看到上帝今天给我们的礼物。天空。还有猪……"

她为丈夫缺席而道歉。约翰·瓦伦丁想利用这次大丰收，就贷款重新展开谈判。"上帝知道，眼前要做的事情太多了，精神上能有片刻的平静，真好。"她冲明戈低头致意。明戈坐在第一排，挨着通常为瓦伦丁保留的空位。此人中等个头，身形粗壮，当晚穿了一件红色方格子西装，西印度群岛人的面皮因此平添了几分活力。他表示赞同，接着转身，对礼拜堂里的盟友们连连点头。

西比尔用胳膊肘碰了碰科拉，眼前的这一幕等同于对农场政治辩论的认可，一种将明戈的立场合法化的认可。关于西迁，现在议论纷纷，在西部，在阿肯色河的对岸，有色人的城镇正在迅速发展。那些地方既不与蓄奴州接壤，也从未赞同奴隶制的恶行。明戈主张留在印第安纳，但要大力削减他们的庇护对象：逃犯，堕落的人。像科拉这样的人。前来参观的名流络绎不绝，将农场的美名传播在外，这里因此成了有色人进步的象征——也成了众矢之的。别忘了，有色人叛乱的幽灵，一张张环伺左右的愤怒的黑色面孔，已经开始让白人拓居者离开南方。他们来到印第安纳，紧挨着正在崛起的黑色国度。这种局面历来以暴力告终。

西比尔瞧不起明戈，鄙视他油滑的性格和一贯的骗术；他表面上和群众打成一片，心里却潜伏着专横的天性。是的，此人有着值得称颂的传奇：当年每逢周末，他都要跟主人请假，外出打工；他为妻子，为几个孩子，最后为自己赎得了自由。对这一惊人的功业，西比尔并不当回事——他只是侥幸摊上这样一个主人而已。明戈不过是个投机分子，用自己对有色人进步的观点扰乱农场。他将和蓝德一起，在下个月的大会上发表演讲，决定他们的未来。

科拉不肯附和朋友的嘲弄。因为逃犯给农场带来的关注，明戈对她颇为冷淡，而当他听说科拉因为谋杀而遭到缉拿时，索性对她视而不见了。虽然如此，这男人救了全家，很可能没完成任务就累死了——这很了不起。她在学校上学的第一天，明戈的两个女儿，阿曼达和玛丽，就泰然自若地背出了《独立宣言》，她们都是出色的女孩。可是，科拉不喜欢他的漂亮话。他的笑容里有些东西让她想到布莱克，昔日那个自吹自擂的大黑鬼。明戈不需要地方来安放他的狗屋，但他肯定在寻找机会，以求扩大自己的领地。

音乐马上就来，格洛丽亚再次向他们保证。今天晚上他们中间没有瓦伦丁所说的"贵客"——身穿高档衣装，满嘴北佬口音——不过县里来的嘉宾已经到了。格洛丽亚请他们起身亮相，接受欢迎。接下来便是娱乐时间。"你们消化那顿大餐的同时，可以听一听我们准备的甜美的声音。"她说，"你们大概认得出他的长相，因为他早前来过瓦伦丁农场，在艺术领域最杰出的一位年轻人。"

上个星期六是一位怀孕的歌剧演员，来自蒙特利尔。上上个星期六，是一位康涅狄格的小提琴手，他让一半的女观众陷入悲情，难以自拔，泪水涟涟。今夜属于诗人。拉姆齐·布鲁克斯端庄，修长，身穿黑西服，打黑领结。他像个游历四方的传道士。

三个月前，拉姆齐随同俄亥俄州的一个代表团来过这儿。瓦伦丁农场是否徒有其名？一个献身于黑人进步的白人老太太组织了这次远征。她是波士顿某位大律师的寡妇，募集资金，多方投入，特别致力于有色人书报的出版和传播。听过蓝德的一次演讲之后，她便安排发行他的自传；接受委托的印刷商以前推出过一系列的莎士比亚悲剧。此书首版装帧精美，印有伊莱贾·蓝德的烫金大名，几天之内便销售一空。格洛丽亚说，拉姆齐的书稿也将在下个月付梓。

诗人吻了女主人的手，询问能否和大家分享一首他的诗作。科拉必须承认，他并不是没有魅力。据乔治娜所说，拉姆齐曾向牛奶房的一位姑娘大献殷勤，但说了太多谄媚的话，结果明显地暴露出他只是一个不知天高地厚的年轻人。"谁知道怎样的命运等待着我们？"他在第一次来访时向科拉发问，"什么样的人我们一定乐于结识？"罗亚尔突然出现在她身边，拉上她，远离了诗人的甜言蜜语。

她早该看出罗亚尔的意图。如果她知道他的消失让她多么难受，她一定会拒绝他。

得到格洛丽亚的允准之后，诗人清了清嗓子。"我在昔日见过一个斑驳的奇迹，"他背诵道，声音忽高忽低，仿佛在逆风中奋力前行，"栖息在田野的尽头，借着天使的翅膀翱翔，挥舞一只盾牌，光芒万丈……"

礼拜堂里响起一片赞赏与叹息之声。拉姆齐努力不以笑容面对大伙的反应，这正是他表演的效果。科拉无法很好地领悟他的诗作：一个壮观之物的巡察，一个求索的人等待神示。一颗橡籽、一棵小树和一棵威风凛凛的大橡树之间的交谈。还歌颂了本杰明·富兰克林，赞扬了他的心灵手巧。吟诗作赋让她觉得厌烦。诗歌意在唤起可悲的激情，在这一点上与祈祷词高度相仿。本该由你做主，却等待上帝的拯救。诗歌和祈祷词都在扰乱人的心智，让他们失察于世界残忍的固有机理，在心里植入错误的观念，最终导致人为刀姐，我为鱼肉。

乐队准备在诵诗之后登台，演奏者刚来农场不久。诗人为舞会做了很好的铺垫，让听众沉醉于逃走和解脱的幻象。如果这能让大家开心，科拉怎么能瞧不起他们呢？他们把自己的点点滴滴放进他笔下的人物，把自己的脸嫁接到他诗里的角色身上。他们究竟是在本杰明·富兰克林本人的形象中，还是在他发明的东西里看到了自己？奴隶是工具，所以也许是后者，但这里没有人是奴隶。也许被远方的某个人视为财产，但不是在这里。

整个农场超出了她的想象。瓦伦丁夫妇创造了奇迹。她就坐在这奇迹的证据中间；不止如此，她也是这奇迹的一部分。她曾过于轻易地相信南卡罗来纳的虚伪承诺。如今她心里有一个苦涩的部分，拒绝接受瓦伦丁农场的厚礼，虽然每天都有某个美好的部分绽放出新花。比如一个小姑娘牵她的手。比如她对一个男人动了心，百般牵挂。

拉姆齐最后呼吁培养人民的艺术气质，无论老少："快快进入一切凡人心中，拨旺阿波罗神的余烬。"一位农场的新人用力把讲台推到舞台一端。这是乐队即将登台的信号，也是给科拉的信号。西比尔如今知道朋友的好恶，于是和她吻别。走廊憋闷；外面又冷又黑。大长凳在地上剐擦着，好腾出跳舞的空间，科拉将这些声音撇在身后。路上有人对她说："你走错方向了，姑娘！"

她到家时，罗亚尔正倚靠着门廊的柱子。那是他的轮廓，在黑暗当中也一望即知。"我以为班卓琴响了你才到。"他说。

科拉点了灯，看到他乌黑的眼眶，青紫的肿块。"噢。"她说着就把罗亚尔抱住了，脸贴着他的脖子。

"打了一架，不要紧。"他说，"我们跑掉了。"科拉浑身颤抖，他轻声说道，"我知道你担心。今天晚上我不想跟大伙掺和，我想我还是来这儿等着的好。"

前廊上有两把椅子，那是害了相思病的木匠们打造的，他们坐下。他挪过来，他们的肩膀挨在了一起。

她告诉罗亚尔，有些东西他没赶上：诗人和烤猪。

"还会有的。"他说，"我有东西给你。"他在皮口袋里翻弄，"这是今年的版本，虽说现在都十月份了，可我觉得你会喜欢。等我再去别处，他们要是有明年的，我再买就是了。"

她抓住罗亚尔的手。历书带着一种陌生的、肥皂般的味道，在她一页一页地翻开时，发出一种爆裂的声响，像火一样。她从来不曾是第一个打开一本书的人。

来到农场一个月后，罗亚尔带她去了幽灵地道。

科拉在抵达的第二天就开始上工，她心里老想着瓦伦丁的座右铭："留下来，出把力。"这既是要求，也是药方。她先在洗衣房出力。洗衣房主事的名叫阿梅莉亚，在弗吉尼亚便认识了瓦伦丁夫妇，两年后追随而至。她温和地警告科拉不要"虐待服装"。科拉很快进入了兰德尔种植园的劳动节奏。体力工作激起了昔日那种出于惧怕的勤快。她和阿梅莉亚都看出来了，她可能更喜欢别的工作。她到牛奶房上了一个星期的班，还跟阿姨做过一段时间，替上工的父母照看小孩。此后，随着印第安玉米的叶子变黄，她又到庄稼地里施肥。科拉俯身于垄沟时，还在四下张望，寻找工头，心魔挥之不去。

"你好像累坏了。"罗亚尔对她说。那是八月的一个晚上，蓝德刚刚做完演讲。他的讲话类似布道，说的是摆脱奴隶制的枷锁、寻找人生目标时遇到的困境。解放带来的多种沮丧。像农场里的其他人一样，科拉对此人颇感敬畏。他是个外国王子，不食人间烟火，来自遥远的他乡，教他们学习人在高尚的地方怎样端正行事。可那些地方遥不可及，不会被任何地图收纳其中。

伊莱贾·蓝德的父亲是波士顿一个富有的白人律师，公然与有色人妻子共同生活。他们苦于本阶层的指摘，夜半时分的窃窃私语却把他们的后代描绘成非洲女神和白色凡人的结合。半神半人。在蓝德的演讲会上，白贵人们做冗长的开场白时就是这样说的，为了听到这些话，他从很小的时候就表现出过人的才智。一个病恹恹的孩子，把家庭藏书室当成自己的游戏场，要花一番力气，把书从书架上取下，专心致志地阅读。六岁那年，他弹起钢琴，已经俨然欧洲的大师。他在空荡荡的客厅上演音乐会，向无声的喝彩鞠躬致意。

家里有朋友从中斡旋，让他成了第一个入读白人名校的有色学生。"他们给了我一张奴隶通行证，"他这样形容说，"而我用它惹是生非。"蓝德住在杂物间；没人想和他做室友。四年以后，同学们选他做了学生代表，在毕业典礼上致告别辞。他从一个个障碍之间轻盈地侧身而过，仿佛一个原始的生物，凭着智慧，在现代世界里游刃有余。蓝德本来想做哪一行都不在话下。医生，法官。新英格兰地区的社会精英力主他到首都发展，在政治上出人头地。他已经跻身美国式成功小小的一角，他所属的种族在这里不会成为他的诅咒。在那样的一个空间里，有的人也许会快乐地生活，独自向上攀升。蓝德却想为其他人创造空间。独乐乐不如众乐乐。

最后，他选择以演讲为业。站在父母的客厅，对一群波士顿名流组成的听众发表讲话，随后前往这些名流的府邸，乃至新英格兰各地的有色人礼拜堂、循道宗的教堂和大讲堂。有时去到某座建筑物，除了那些建造它们的男人和清洁它们的女人，他是第一个踏入其中的有色人。

面红耳赤的警长们以寻衅滋事为由逮捕他。他因为煽动暴乱而入狱，尽管那不是暴乱，而是和平集会。马里兰州的法官埃德蒙·哈里森大人签发了针对他的逮捕令，指控他"散布穷凶极恶的、危害健康社会肌体的典型说教"。他朗读自己写的《美国黑人权利宣言》时，遭到一伙白人暴民的殴打，幸为听众所救。从佛罗里达到缅因，他写的小册子，后来还有他的自传，和他的画像一起被投入火堆，当众焚烧。"画像代我受过，总要好过本人的真身。"他说。

他平静的举止之下，暗地里受着怎样的煎熬，谁也说不上来。他保持着无动于衷，处事淡漠。"我就是植物学家所说的杂交种，"他在科拉第一次听到的报告会上说，"两个不同的大家庭的混合物。如果是鲜花，这样的杂交会让人赏心悦目。如果这样的融合表现为血和肉，有人便要大为光火。在座的诸位要认清它究竟是什么：一种新的美来到了这个世界，它在我们周围遍地开花。"

那个八月的夜晚，蓝德结束演讲之后，科拉和罗亚尔在礼拜堂的台阶上坐下。居民们从他们身边鱼贯而过。蓝德的一席话还让科拉陷在忧郁当中。"我不想让他们把我撵走。"她说。

罗亚尔翻过她的手掌，用大拇指摩挲她新生的茧子。用不着担心，他说。他提议出去转转，多看看印第安纳，一直在劳动，权当一次休息。

第二天他们就赶着马车出发，拉车的是两匹花斑马。她已经用工资买了一条新裙子，一顶无檐女帽。帽子遮住了太阳穴上的伤疤，大抵可以遮住。这道伤疤近来让她感觉紧张。对烙印的事，她以前从没考虑太多，奴隶主总喜欢在自家奴隶身上烫个 X 啊、T啊、三叶草什么的。西比尔的脖子上有个皱巴巴的马蹄铁形状，粉红色，很丑陋——她第一个主人是养驮马的。科拉还从未挨过这样的烫，她要为此感谢上帝。可我们一直都留着烙印，就算你看不见，它也烙在你心里，如果不是没有的话——兰德尔的手杖留下的创伤是完全相同的东西，标明她是他的。

科拉去过城里好多次了，甚至还曾爬上白色面包房的台阶，买过一个蛋糕。这一次罗亚尔赶着车走了相反的方向。天空像一块石板，但天气仍然很热，一个八月的下午，让你知道这样的日子正在一天天地流尽。他们停下马车，到一块草场的边上，坐在一棵野苹果树下野餐。他带了些面包、果酱和香肠。她让罗亚尔抬起脑袋，枕到她腿上。她还考虑把两只手伸到他耳朵后面，揉弄他软软的黑色鬈发，但旧日暴力的记忆涌上心头，于是她忍住了。

返程途中，罗亚尔赶着马车，拐上了一条杂草丛生的小路。科拉本来不可能看见这条路的。棉白杨吞没了路口。他说他想给科拉看样东西。她以为那也许是一口池塘，或是某个无人知晓的僻静去处。但他们拐了个弯，停在一幢荒废的、摇摇欲坠的小屋前，它灰中泛白，像一块被人嚼过的肉。百叶窗歪斜，野草在房顶上鞠躬致意。用饱经风霜来形容未免过于文雅——这房子就像一条没人要的癞皮狗。她在门口犹豫了一下。污垢和苔藓让她的孤独感油然而生，即使罗亚尔就在身旁。

大屋里也是野草丛生，破土而出，穿透了地板。她捂住鼻子，抵挡恶臭。"跟这儿一比，粪肥也是香的。"她说。罗亚尔哈哈大笑，说他一直觉得大粪香味扑鼻。他移开地上的遮盖物，露出通往地窖的活门，再点燃一根蜡烛。楼梯嘎吱嘎吱地叫着，小动物在地窖里狂奔，对遭到的入侵义愤填膺。他数了六步，开始挖地。第二道活门露出来，他停了手，于是他们下到了车站。他要科拉小心脚下，灰色的烂泥让台阶格外湿滑。

这是迄今为止最破烂、最凄惨的车站。铁道与地面齐平，一下台阶就是铁轨，一路深入黑暗的隧道。一辆小手摇车停在铁轨上，钢铁的泵机等待着人类的触碰，好让它焕发生机。像北卡罗来纳的云母矿一样，长长的木板和支柱支撑着墙壁和天花板。

"这不是为火车头建造的。"罗亚尔说，"隧道太小了，你看。和其他线路都不连着。"

这里很久无人光顾。科拉问它通到哪里。

罗亚尔咧嘴一笑。"它在我之前就有了。接管这段铁道时，我要顶替的列车员带我看过。我用那辆手摇车走了几英里，可是太不安全了。墙挨在一起，越来越窄。"科拉知道，最好别打听这是谁修的。铁道上的所有人，从伦布利到罗亚尔，都用差不多的话来搪

塞，"你以为谁修的？还能有谁修？"她打定主意，总有一天要让
他讲出来龙去脉。

这段幽灵般的隧道从来没有投入使用，罗亚尔说，反正没人知
道它有没有用过。没人知道它什么时候挖出来的，又有谁曾经住在
地上。有些司机告诉他，建房子的是昔日考察者中的一位，类似
刘易斯和克拉克，他们勘测美国荒野，绘制地图。"如果你走遍
全国，"罗亚尔说，"从大西洋到太平洋，从尼亚加拉瀑布到格
兰德河，那么你还会在这儿，在印第安纳的树林子里安家吗？"
有位老站长猜测，这是独立战争期间一位少将的家，此人目睹了
太多的杀戮，于是在完成建国大业之后，便从这个年轻的国家引
退了。

遁世者的故事更为合理，但罗亚尔认为军事部分言过其实了。
科拉有没有注意到，根本不存在有人在这儿住过的迹象，甚至没有
一根用过的牙签，墙上也一颗钉子都看不见？

一个想法如阴影般逼近科拉：这座车站并非线路的起点，而是
终点。工程并不是在这座房子下面开始的，而是在黑暗坑洞的另一
端。仿佛世界上再也无处可以逃奔，只有一个个要逃离的地方。

在上面的地窖里，食腐动物恢复了活动，挖呀挖。

这样一个潮湿的小洞。任何以此为起点的旅程都只能落得不幸
的下场。她上一次出发的车站灯火通明，在舒适性上毫不吝啬，送
她前往丰裕的瓦伦丁农场。那是在田纳西，他们等待乘车远离里奇
韦无法无天的危险行动。想起那天夜里的种种变故，她的心跳仍然

会加快速度。

　　一离开里奇韦和猎奴者的马车，救命恩人便自报家门。在城里发现她的人是罗亚尔；他的搭档名叫红头雷德，因为他长了一头铁锈色的鬈发；胆小的那个叫贾斯廷，是个像她一样的逃奴，还不习惯对着白人挥舞猎刀。

　　科拉同意跟他们走以后——从来没人如此礼貌有加地提出一个毫无选择余地的建议——三条好汉便赶紧清理战场，掩盖痕迹。霍默幽灵般的身影在黑暗里潜伏，无形中增强了紧迫感。红头雷德端着枪放哨，罗亚尔和贾斯廷把博斯曼和里奇韦一先一后锁到马车上。猎奴者没吭声，只是用血淋淋的嘴巴冲着科拉露出讥笑。

　　"那一个。"她指着铁环说，于是雷德把里奇韦锁到车上，用的是他过去锁贾斯珀的同一个铁环。

　　他们把猎奴者的马车赶到牧场的远端，藏在路上看不见的地方。雷德把里奇韦锁了五道，马车行李箱里的每一条锁链都用上了。他把钥匙扔进草丛。他们把马赶走。霍默没有动静；也许那孩子就暗藏在灯光照不到的地方。无论这些措施提供了怎样的先发优势，想必都够用了。他们动身时，博斯曼吐出了压抑已久的一口长气，科拉认为这是他赴死的哀鸣。

　　从里奇韦的营地沿路走上很短的一段，就到了救命恩人的马车。她和贾斯廷藏到车后一条厚毯子下面，他们立刻启程，考虑到黑暗和田纳西千篇一律的低劣路况，马车的速度之快，实在到了危险的程度。罗亚尔和雷德对那场搏斗仍然心有余悸，竟然忘了给车上的货物蒙上眼睛，驶出好几英里才想起来。罗亚尔很不好意思。"这是为了车站的安全，小姐。"

地下铁道的第三段旅程始于一座马厩的下方。到现在为止，车站总是意味着走下深不可测的台阶，又一座车站的特色便出现在眼前。罗亚尔解开他们眼睛上的破布条，告诉他们，地主出门在外，忙着打理生意，这是一种策略，用以掩盖他与此项事业的关系。科拉从不知道他的名字，也不知道他们从哪座城镇出发，只知道他是地下战线上的另一个人，而且喜爱进口的白色瓷砖，它们就贴在车站的墙上。

"每次我们下到这儿，总会有些新玩意。"罗亚尔说。他们四个坐在重量十足的椅子上等火车，椅子配有深红色的软垫，桌上铺着白色的桌布。一只花瓶里插着鲜花，墙上挂着描绘农田景色的油画。还有一只装满水的雕花玻璃罐，一篮子水果，一大条裸麦粉粗面包，供他们吃喝。

"这是个富贵人家。"贾斯廷说。

"他喜欢搞点儿格调。"罗亚尔回答。

雷德说他喜欢白瓷砖，比起以前的松木板有了不小的起色。"我就纳了闷了，他自己是怎么贴上去的？"他又说道。

罗亚尔说，他希望帮工的人能把嘴巴闭紧。

"你杀了那个人。"贾斯廷说。他有些迟钝。他们刚刚在碗柜里发现了一壶葡萄酒，逃奴畅饮了一通。

"问那姑娘，他是不是罪有应得。"雷德说。

罗亚尔抓住雷德的小臂，阻止他继续发抖。他朋友以前从来不曾取人性命。光是造成这次意外事故的前提，已足以让他们被人吊死，但谋杀的罪名确保了他们上绞刑架之前，必定还要遭受残忍的凌虐。科拉后来告诉罗亚尔，她在佐治亚因为谋杀而受到通缉时，罗亚尔大吃一惊。他定了定神，然后说道："这么说，从我看见你的那一刻，在那条肮脏的街道上，我们就走上了一条不归路。"

罗亚尔是科拉遇到的第一个生来自由的男黑人。南卡罗来纳有很多自由民，为了所谓的机遇易地而居，但他们毕竟是做过奴隶的。罗亚尔一出娘胎就有了解放的身份。

他在康涅狄格长大；他父亲是理发师，母亲是助产士。两口子来自纽约城，同样一出生就是自由民了。罗亚尔到了可以劳动的年龄，便奉父母之命，跟一个印刷商做学徒。他父母笃信诚信交易的尊严，设想家族代代相传，枝繁叶茂，每一代都比上一代更有出息。如果北方可以废除奴隶制，那么总有一天，这项可憎的制度在所有地方都将崩溃。黑人在这个国家的故事也许会以低人一等起步，但假以时日，他们终将得享成功与繁荣。

如果父母提前意识到他们的回忆在这孩子身上产生的影响，那么讲到自己在老家纽约的故事时，也许会多有保留。罗亚尔十八岁离家，前往曼哈顿，从渡轮的栏杆后看到这座宏伟都市的第一眼，他的命运便已注定。他在下曼哈顿的五点区找了一家有色人的供膳寄宿公寓，和另外三个男人合住一个房间，并以理发师的名头挂牌开业，直到他遇见大名鼎鼎的白人尤金·惠勒。在一次反奴隶制的会议上，惠勒主动和罗亚尔交谈，印象深刻，于是请他第二天到自己办公室去一趟。罗亚尔在报纸上读到过此人的事迹——律师、废奴主义的社会活动家、一切奴隶贩子和从事卑鄙勾当之人的眼中钉。罗亚尔前往市内的监狱，物色律师可以为之辩护的逃犯，在高深莫测的人物之间通风报信，将反奴隶制团体的资金分发给易地而居的逃奴。为地下铁道工作了一段时间之后，他正式获得了接纳。

"我给鞴鞴上油。"他常常这样说。罗亚尔在分类广告中植入密码信息，将出发地点通知逃犯和列车员。他贿赂船长和治安官，划着漏水的小船，把瑟瑟发抖的孕妇送到河对岸，又将法官的开释令递交满脸不悦的看守长。一般情况下，罗亚尔有一个白人助手做搭档，但他的机敏和傲气清楚地证明，他的肤色构不成障碍。"自由黑人走起路来和奴隶是不一样的。"他说，"白人一眼就能看出来，哪怕他们对此一无所知。走路不一样，说话不一样，举止也不一样。这是骨子里的东西。"治安官从来没拘留过他，绑架者也不曾对他下手。

他和雷德的关系始于此次派驻印第安纳。雷德是北卡罗来纳人，执法者吊死了他妻和孩子，他从此潜逃。他在自由小道上走了好几英里。寻找妻儿的尸首，想跟他们道别。他没找到——路上的尸骨似乎永无尽头，通往每一个方向。逃到北方以后，雷德开始与铁道发生关系，最终凭着一种狡诈的智慧投身于这一事业。听到科拉失手杀死了佐治亚男孩，他笑着说道："好。"

接运贾斯廷的任务从一开始就不同寻常。田纳西不属罗亚尔的工作范围，但野火一起，铁道在当地的代表便失去了联络。取消这趟火车必将损失惨重。无人可用时，罗亚尔的上级勉强派出两位有色人列车员，深入田纳西的穷山恶水。

带枪是雷德的主意。罗亚尔此前从来没摸过枪。

"拿在手里刚刚好。"罗亚尔说，"可它重得像一门加农炮。"

"你那时样子好吓人。"科拉说。

"我在发抖，不过是在心里。"他告诉科拉。

贾斯廷的主人经常把他租给别家做石工，一位富有同情心的雇主帮他和铁道做了安排。有一个条件：环绕此人庄园的石墙如果没有完工，贾斯廷得推迟逃跑。他们商定，如果贾斯廷留下详细的完工说明，那么少三块石头也成。

在约定的那一天，贾斯廷最后一次外出工作。直到夜幕降临，才有人注意到他不见了；雇主坚称贾斯廷当天早晨根本没有露面。十点钟的时候，他已经进了罗亚尔和雷德的马车后厢。他们在城里看见了科拉，于是计划发生了改变。

火车驶入田纳西站。这是迄今最华丽的机车，即使透过包覆的煤灰，闪亮的红色油漆仍然反射着灯光。司机性情开朗，嗓音浑厚。他礼数周全地打开旅客车厢的门。科拉怀疑铁路司机统统害上了一种隧道的疯病，无一例外。

一开始是摇摇晃晃的货车车厢，后来是把她运往北卡罗来纳的平板货车，如今迈进一节名副其实的旅客车厢——设施齐全，安静舒适，一如她在历书上所见——实在是一大乐事。里面有足够三十人使用的座位，宽大而柔软，烛光所及，黄铜的配件闪闪发亮。还有新鲜清漆的味道，让她感觉自己就像初登新船的乘客，要参加一次神奇的处女航。科拉一个人睡三个座儿，几个月来，这是她第一次没有困于阁楼的昏暗和锁链的束缚。

她醒来时，铁马依然在隧道里奋力奔驰。伦布利的话回荡在她耳畔：如果想看看这个国家到底是个什么样子，你们得坐火车。跑起来以后，你们往外看，就能看到美国的真面貌。这是句玩笑话，是的，从一开始就是。在她的旅途中，窗外只有黑暗，以后也将只有黑暗。

她前面的座位上，现在是贾斯廷在讲话。他说他哥哥，还有三个他从未见过面的侄女，现在都住在加拿大。他在农场待几天，然后就北上。

罗亚尔向逃奴保证，铁道可以为他效劳。科拉坐起身，罗亚尔又把对她的逃奴旅伴说过的话重复了一遍。她可以继续前往印第安纳的中转站，也可以留在瓦伦丁农场。

白人把约翰·瓦伦丁当作自己人，罗亚尔说。他的肤色非常浅。但任何一个有色人都能马上认出他的非洲血统。不管有没有那样的鼻子，那样的嘴唇，那样茂密的头发。他母亲是裁缝，父亲是白人商贩，每隔几个月路过一次。那男人临死时，把地产留给了儿子，这是他第一次承认自家墙外的这个男孩。

瓦伦丁想在土豆种植方面一试身手。他雇了六个自由民在他的地上干活。他从未声称自己是他不是的那种人，但并不纠正别人的臆断。瓦伦丁购入格洛丽亚时，没人多想。留住女人的一种方式是给她套上枷锁，尤其像瓦伦丁这样，在罗曼蒂克的情事上还是新手的话。只有约翰、格洛丽亚和本州另一头的一位法官知道她是自由的。他喜欢读书，教妻子识字。他们养了两个儿子。他给了他们自由，邻居认为此举心胸开阔，只是有些浪费。

大儿子五岁那年，瓦伦丁的一个车倌因为目光鲁莽被吊死了，继而遭到焚烧。乔的朋友们坚称他当天没有进城；一位与瓦伦丁关系不错的银行职员向他通报了传言，说那女人只想激起情人的妒意。瓦伦丁看到，随着时间的流逝，种族暴力在表现形式上只会变得更为残忍。它决不会减少或消失，近期不可能，在南方不可能。他和妻子认定弗吉尼亚不适合养育后代。他们卖掉了农场，另择他乡。印第安纳的土地便宜。那儿也有白人，但不会如此之近。

瓦伦丁了解了印第安玉米的脾性。三个幸运的季节接踵而至。他回到弗吉尼亚走亲戚，借机宣传新家园的种种好处。他雇请老友。在找到自己的落脚点之前，他们大可以住在他家；他的田亩已经扩展。

那些客人是应邀而来的。而科拉见到的这座农场源自一个冬夜，下过一场缓慢而厚重的大雪，天地模糊一片。一个形容凄惨的女人在门口出现，她已经冻得半死了。玛格丽特是从特拉华跑出来的逃奴。在前往瓦伦丁农场的旅途中，她饱受折磨，离开主人之后，一连串心肠冷酷的人带她走了一条曲折的路线。一个下套捕兽的人，一个借着巡回演出兜售万灵药的商贩。她跟一个江湖牙医走乡串镇，直到此人开始诉诸暴力。在两地之间，她遭遇了暴风雪的袭击。玛格丽特求告上帝，求他救她，并保证从此告别她在逃跑过程中表现出的罪孽和道德上的缺陷。瓦伦丁家的光在黑暗中浮现。

格洛丽亚尽力照料这位访客；医生骑着小马赶到。玛格丽特的风寒从未消退。几天后，她断了气。

此后，瓦伦丁又一次到东部出差，一张反奴隶制会议的大幅广告让他突然止步。雪地里的女人诚如使者，代表着一个被剥夺了一切的部族。他加入了他们的事业。

到那年秋天，他的农场成了地下铁道新开张的一个办事处，逃犯和列车员往来频繁。有些逃奴停留的时间久一些；如果他们出力，可以想待多久就待多久。他们种植玉米。在一块杂草丛生的土地上，一位从前的种植园砖匠为一位从前的种植园铁匠盖起了一座铁匠铺。铁匠铺以非凡的速度吐出钉子。男人们放倒树木，建起木屋。一位德高望重的废奴分子在前往芝加哥的路上，到这儿待了一天，后来又待了一个星期。各界的名流、演说家和艺术家纷至沓来，出席星期六之夜就黑人问题举办的讨论会。某位自由民在特拉华有个妹妹陷入困境，于是前往西部，寻找新的开始。瓦伦丁和农场的父母们出钱，要她给孩子们上课，这里的儿童一直在不断增多。

罗亚尔说，凭着一张白人的脸，瓦伦丁前往县政府所在地，为黑脸的朋友购买地皮，他们是西来的从前的农工，在他的农场找到避难所的逃犯。现在有了生活的目标。瓦伦丁到来时，印第安纳的这一带还没有人烟。一座座城镇随即涌现，因为不懈的美国式的渴望而快马加鞭，黑人农场坐落在那儿，犹如天然的风景，浑然于山水之间。半数的白人商店仰仗它带来的客源；瓦伦丁农场的居民填塞了广场和星期天的市集，叫卖自家的手工产品。"这是个疗伤的地方。"罗亚尔在北行的火车上告诉科拉，"你能拾掇拾掇自己，为下一段行程做好准备。"

前一天夜里，在田纳西，里奇韦把科拉和她母亲称做美国天命出现的一道裂缝。如果两个女人就是一道裂缝，一个村落又该是什么？

罗亚尔没有提及主导每周例会的那些哲学争论。对有色人同胞下一个阶段的前进方向，明戈有自己的计划，蓝德的主张精致但晦涩，是一份并不容易服用的药方。救出科拉的列车员也回避了一个非常实际的问题，那就是白人拓居者对边远的黑人村落日益增长的怨恨。意见分歧很快会让他们自己为外界所知。

他们在喧嚣的地下管道向前飞驰的同时，一条芝麻大的小船也在千万个不可能汇成的海洋上达成了自己的目标——罗亚尔这一番赞语果然奏效。啪地一下，科拉的手拍在头等车厢的软垫上，她说，农场正是她想要落脚的地方。

贾斯廷待了两天，填饱肚皮，就去找北方的亲戚了。他日后写来一封信，描述了他受到的欢迎，也写了他在一家建筑公司找到的新的岗位。他的几个侄女也用不同颜色的墨水签上了自己的名字，活泼与天真尽现其中。一旦瓦伦丁农场将诱人的富足呈现在科拉面前，她走还是留便无须赘言。她为农场的生活流汗出力。她熟悉这样的劳动，她懂得耕种与收获的基本节奏，明白四季变换的教训与规则。她眼中的城市生活却一片茫然——对纽约和波士顿这样的地方，她又知道什么呢？她就是双手沾满泥土长大的呀。

抵达农场一个月后，在幽灵般的隧道入口，科拉仍然对自己的决定深信不疑。她和罗亚尔正要返回农场，一股阴风从黑暗的隧道深处疾吹而出。仿佛有个怪物，又老又黑，正在朝着他们移动。她一把抓住罗亚尔的胳膊。

"你为什么带我来这儿？"科拉问。

"具体下来干什么，我们是不应该讲的。"罗亚尔说，"我们的乘客也不应该谈到铁道怎么运营——这会让很多好人陷入危险的境地。他们想说也能说，可他们不说。"

这是实话。她讲起逃亡的过程时，总是略过铁道，而只谈一个大致的轮廓。这是隐私，一个属于自己的秘密，你从来不会想到要与人分享。不是不好的秘密，而是纯属私人的事，它在你的身份当中占据了很大的一部分，大到无法分离的程度，不能告诉别人，否则就会见光死掉。

"我带你来，是因为你见过的铁道比大多数人都要多了。"罗亚尔接着说，"我想让你也看看这一段——看它怎样连在一起，或是怎样没连在一起。"

"我只是个乘客。"

　　"这就是原因所在。"他说。他用衬衣下摆搓着眼镜片。"地下铁道大过它的运营者——它也是你的全部。小的支线，大的干线。我们有最新的机车，也有老旧的引擎，我们还有手摇车，就像这一辆。它哪儿都去，去我们知道的地方，也去我们不知道的地方。我们有这条隧道，就在这儿，从我们脚下穿过，没人知道它通往什么地方。如果我们保持铁道的运转，那我们谁也不能发现真相，也许你能。"

　　她告诉罗亚尔，她不知道它为什么在这儿，也不知道它有什么含义。她只知道她再也不想逃亡了。

十一月的印第安纳，寒冷大大限制了人们的活力，但有两起事件让科拉忘记了天气。第一件是萨姆来到了农场。他敲开她木屋的门，她紧紧把他抱住，直到他求她松手。他们相拥而泣。恢复平静时，西比尔泡了草根茶。

　　他乱蓬蓬的胡子已经泛白，肚子也比从前大了一圈，可他还是那个多话的小伙子，和很多个月以前他收留科拉和西泽时没有什么两样。猎奴者进城的那个夜晚，让他与昔日的生活一刀两断。里奇韦在萨姆发出警告之前，便将西泽在工厂抓获。讲到他们的朋友怎样在监狱遭到毒打，萨姆的声音开始颤抖。他对同志们的事守口如瓶，但有一个人说，他看见那黑鬼曾与萨姆交谈，而且不止一次。而萨姆在酒馆上班的中途不辞而别——加上城里有些人从小就认识萨姆，很讨厌他那种自鸣得意的天性——便足以让他家的房子被大火夷为平地。

　　"我爷爷的房子。我的房子。曾经属于我的一切。"暴民们将西泽拉出牢房，往死里打他的时候，萨姆已经顺利地踏上了前往北方的路途。他付钱给一个商贩，搭了一段便车，第二天就登上了开往特拉华的轮船。

一个月后，在夜幕的掩护下，地下工作者根据铁道的规定，封死了通往他家隧道的入口。伦布利的车站已经按照同样的方式处理过了。"他们不想心存侥幸。"他说，战友们给他带回一个纪念品，一个被大火烧得变了形的铜杯子。他认不出这是自己的，但还是收下了它。

"我原来是站长。他们给我找了些别的差事。"萨姆负责向波士顿和纽约运送逃奴，埋首于最新的测绘结果，设计逃亡的路线，并经手最后关头的工作调度，务求拯救逃犯的生命。他甚至假扮猎奴者，托名"詹姆斯·奥尔尼"，打着把奴隶送还主人的幌子，到监狱里捞人。那些个愚蠢的治安官和看守长啊。种族偏见可以败坏人的智力，他说。他演示了一番猎奴者的声音和趾高气扬的架势，博科拉和西比尔一乐。

他刚刚把最新的一批货物送到瓦伦丁农场，一家三口，此前一直在新泽西躲藏。他们已经慢慢融入了当地的有色人社区，萨姆说，但一个猎奴者在周围打探，所以逃离的时候到了。这是他为地下铁道执行的最后一次任务。他要去西部。"我遇到的每一个拓荒者都喜欢威士忌。在加利福尼亚，他们肯定需要酒保。"

看到朋友既开心，又长了肉，科拉备受鼓舞。那么多帮助过她的人落得了悲惨的下场。她没让萨姆送命。

接下来，萨姆向她通报了她那座种植园的消息，这是第二件让印第安纳的寒冷变得容易忍受的事。

特伦斯·兰德尔死了。

汇总各方面的说法，随着时间流逝，这位奴隶主对科拉及其逃跑的专注不但没有减弱，反而日益增强。他对种植园的事务不闻不问。他在庄园日复一日，沉溺于在大屋举办污秽的派对，拿手下的奴隶做冷酷的消遣，强迫他们代替科拉，充当他的牺牲品。为了抓到她，特伦斯继续打广告，对她的特征和她所犯罪行的详细描述遍布边远各州报纸的分类广告。他不止一次提高了本已可观的赏金——萨姆本人就看到过那些公告，大感震惊——还款待一切路过当地的猎奴者，就罪大恶极的科拉提供更为精细的描述，同时羞辱一番无能的里奇韦，此人先失信于他父亲，后来又辜负了他。

特伦斯死于新奥尔良，死在一家克里奥尔妓院的睡房。他的心脏跳不动了，长期花天酒地的生活，造成了心脏的衰弱。

"就连心脏都厌倦了他的邪恶。"科拉说。等萨姆通报完消息，她问起了里奇韦。

萨姆带着鄙视摆了摆手。"他现在成了笑柄。他的职业生涯早就走到头了，甚至在——"说到这儿，他停顿了一下——"田纳西那件事之前。"

科拉点点头。他们没有谈到雷德的杀人行为。铁道上得知来龙去脉之后，便把他开除了。雷德不以为意。对如何打破奴隶制的枷锁，他有了一种新的观念，再也不肯放下手中的枪。"一旦他手扶着犁，"罗亚尔说，"就不会向后看了。"看到朋友打马而去，罗亚尔感到伤心，但这不会让他们采用同样的手段，在田纳西之后不会。科拉自己的杀人行为，他视为正当的自卫，但雷德赤裸裸的嗜杀之举另当别论。

里奇韦的暴力倾向和古怪的癖好，已经让他很难找到愿意和他搭档的人。他名声里的污点，加上博斯曼的死和他败给黑鬼歹徒的耻辱，把他变成了同行当中的贱民。当然了，田纳西的警长们仍然在寻找杀人犯，但里奇韦无缘参与。自从夏天以来，他便音讯全无。

"那男孩呢，霍默？"

萨姆确曾听说过那个古里古怪的小混蛋。正是他最后跑到森林里，找人救了猎奴者。霍默奇异的装扮对里奇韦的声誉毫无帮助——他俩的组合激起了很多不三不四的猜测。不管怎么说，两个人一块消失了，他们之间的纽带没有因为遇袭而断裂。"阴沟啊阴沟，"萨姆说，"最适合藏污纳垢。"

萨姆在农场待了三天，试图求得乔治娜的垂青，但白费了功夫。这三天足够他赶上剥玉米大赛了。

比赛在满月的头一个夜晚举行。孩子们用一整天的时间，把玉米堆成两座小山，各自用红叶围出边界。明戈做了一队的队长——西比尔带着厌恶注意到，这是他连续第二年当队长了。他无意表现农场社会的广泛程度，挑选的队员全是他的支持者。瓦伦丁的大儿子奥利弗召集的这一群，则包括了老工人和新来的，什么人都有。"当然还有我们的嘉宾。"最后，奥利弗一边说，一边朝萨姆招手。

随着一个小男孩一声哨响，剥玉米皮的比赛以疯狂的速度开始
了。今年的奖品是瓦伦丁从芝加哥弄来的一面大银镜。镜子上系着
蓝丝带，立在两座玉米堆中间，反射着空心南瓜灯里摇曳的火光。
两位队长对自己的队员喊着口令，观众则起哄，鼓掌。小提琴手演
奏着快速而滑稽的音乐，从旁助兴。小孩子围着玉米堆赛跑，争抢
苞叶，有时甚至不等它们落到地面。

"拿那棵苞米！"

"你快去那儿！"

科拉站在场边观战，罗亚尔一只手搂着她的腰。前一天晚上，
她已经允许罗亚尔吻过她了，他当然有理由将这一举动视作信号，
表明科拉终于同意他展开进一步的追求。她曾要他等待。他也会继
续等待。但萨姆带来了特伦斯的死讯，这消息软化了她的心，一如
它激起了仇恨的想象。她想象从前的主人与床单纠结缠绕，嘴里吐
出粉红的舌头。高喊救命，却无人应声。在棺材里烂成一摊血淋淋
的肉酱，继而在《启示录》所说的地狱里受尽折磨。最起码对《圣
经》里的这一部分，科拉是相信的。它用暗语描绘了奴隶的种植园。

"兰德尔家的丰收节不一样。"科拉说，"我们采收也是满月，
但随后总要见血。"

"你不在兰德尔家了。"罗亚尔说，"你自由了。"

她控制住自己的情绪，低声说道："怎么会呢？土地是财产，
工具是财产，肯定会有人去拍卖兰德尔的种植园，还有那些奴隶。
人一死，亲戚马上就会冒出来。我仍然是人家的财产，就算身在印

第安纳。"

"他死了。不会有什么表亲非要把你弄回去，不会像他那样。"
他说，"你自由了。"

罗亚尔加入了合唱，以求转移话题，并提醒她，让人的身体产
生良好感觉的事物是存在的。一个共同劳动的集体，从播种到收
获，再到竞赛。但这一首歌竟然是科拉在棉田干活时就熟悉的劳动
号子，一下子把她拉回兰德尔家的残暴，让她的心猛然一沉。康奈
利常常在鞭刑之后唱起这首歌，作为大伙再度开工采摘的信号。

这样的一种辛酸怎能变成享乐的手段？瓦伦丁农场的一切都是
相反的。劳动不必吃苦受罪，它可以团结人民。像切斯特那样无忧
无虑的孩子，可以健康而茁壮地成长，一如莫莉和她的朋友们。母
亲可以用爱和亲切来养育她的女儿。像西泽那样美好的人儿，可以
在这儿达成一切的心愿，一切都是可行的：拥有一座农场，做学校
的教员，为有色人的权利而战，甚至成为一个诗人。在悲惨的佐治
亚，她曾想象过自由，可它不是这个样子。自由是一个集体，为了
某种美好而稀有的事物努力奋斗。

明戈赢了。队员们在光溜溜的棒子堆前把他高高举起，声嘶力
竭地欢呼。吉米说他从未见过白人这样卖力干活，萨姆脸上洋溢着
喜悦。可是乔治娜仍旧不为所动。

萨姆启程的那一天，科拉拥抱了他，还在他胡子拉碴的脸蛋上
亲了一口。他说他一安顿下来，不管在哪儿落脚，就给她写信。

他们进入了昼短夜长的季节。随着天气转凉，科拉开始频繁地

光顾图书馆。哄得动的时候，她把莫莉也带上。她们坐在一起，科拉看历史或传奇，莫莉翻阅童话。有一次她们正要进去，一个车倌把两位姑娘叫住了。"主人说过，只有一件事比黑鬼拿枪更危险，"他告诉她们，"那就是黑鬼拿书。肯定是老大一堆黑火药，哈！"

当初一些农场的居民心存感激，提出为瓦伦丁的住宅加盖一幢附属房屋，用来放书，但格洛丽亚建议不妨盖一幢独立的。"那样一来，任何一个有心看书的人，都能在闲暇时这样做了。"这也让瓦伦丁一家有了更多的隐私。他们很慷慨，但毕竟也有界限。

他们在熏肉房附近建起了图书馆。科拉拿着瓦伦丁的书，坐到宽大的椅子上时，屋里飘满了令人愉悦的肉香。罗亚尔说，这是芝加哥以外最大的黑人书报图书馆了。科拉不知道这是不是真的，但阅读材料肯定不缺。除了农业百事和涉及各种作物种植的专著，还有一排又一排的历史书。罗马人的雄心和摩尔人的胜利，欧洲的王族世仇。大开本的书里包括地图，那是科拉从未闻知的国土，未被征服的世界的草图。

还有各族有色人迥然相异的作品。它们描述了非洲的帝国和埃及奴隶的奇迹，正是他们建起了金字塔。农场的木匠是真正的能工巧匠——这么多的书，书里装着这么多惊人的事迹，木匠们一定想出了好办法，才没让它们从书架上扑通扑通跳下来。出自黑诗人之手的诗歌小册子，有色人演说家的自传。菲莉丝·惠特利和丘辟特·哈蒙。还有个叫本杰明·班纳克的人，他编纂历书——历书呀！[1] 她囫囵吞枣地把它们全读了——并引托马斯·杰斐逊为知己，正是他起草了《独立宣言》。科拉读到的故事里，有生来就戴着枷锁、后来学会识字的奴隶。有被人从家里掳去、从此再不能与亲人相见的非洲人，他们描述了遭受奴役的种种苦难，以及日后让人毛骨悚然的逃亡过程。她认识到，他们的故事也是她自己的故事。是她早已了然于心的一切有色人的故事，是还未出生的黑人的故事，这是他们获得胜利的基石。

人们把这一切记录到纸上，收入小小的房间。有些人竟然有着和她一样的黑色皮肤。每次打开门，她的脑袋都像笼罩着迷雾。如果要把它们通通读个遍，她非得赶快开始不可。

有天下午，瓦伦丁也来了。科拉与格洛丽亚相处得很好，她把科拉叫作"女冒险家"，因为她在旅途当中经历了很多复杂的局面，但除了问候之外，她从没和格洛丽亚的丈夫说过话。她要还的这份恩情如此巨大，简直无以言表，所以她干脆躲着他。

他注意到了她手里那本书的封面，一本传奇，讲的是一个摩尔人少年变成了七海霸王。语言蛮简单的，她看得很快。"我没读过

---

[1]　菲莉丝·惠特利（Phillis Wheatley，1753—1784），生于西非冈比亚或塞内加尔，八岁由英国运奴船菲莉丝号卖入波士顿惠特利家为奴，第一位知名的非裔美国女诗人，废奴主义者在十九世纪三十年代重印她的作品，"以证明黑人具有凡人皆有的潜在能力"（《不列颠百科全书》）；丘辟特·哈蒙（Jupiter Hammon，1711—1806），纽约出生的奴隶，第一位公开发表作品的非裔美国诗人；本杰明·班纳克（Benjamin Banneker，1731—1806），生为自由民的非裔美国数学家、天文学家、历书编纂者、发明家和作家。

这一本。"瓦伦丁说，"我听说你喜欢来这儿打发时间。你就是佐治亚来的那个？"

她点点头。

"我没去过那儿——那些报道实在太惨了，我这人动不动就发脾气，弄不好就让我妻子成了寡妇。"

瓦伦丁笑了，科拉也回以微笑。夏天那几个月，他一直都在，照料印第安玉米。地里的工人熟悉靛蓝、烟草，当然还有棉花，但玉米不听摆布。他做讲解时和蔼可亲，又有耐心。季节一变，他便很少露面。身体不舒服，人们说。他大部分时间在农舍度过，打理农场的账目。

他溜溜达达，往地图架子那边走。既然他们同处一室，科拉觉得，这几个月来的沉默必须得纠正一下了。她问起了大会的准备工作。

"是的，大会。"瓦伦丁说，"你认为它开得成吗？"

"非开不可。"科拉说。

因为蓝德的演讲约定，会议已两次延期。农场里这种辩论的风气始于瓦伦丁家厨房的桌子，他和朋友们——后来也有访问学者和著名的废奴分子加入——讨论有色人事务，往往争到午夜之后。需要职业学校，有色人的卫生学校。要在国会发出自己的声音，如果没有议员，那就与开明的白人结成牢固的联盟。怎样修复奴隶制对心理官能造成的伤害——从前经历过的恐惧，让太多的自由民继续受着往事的奴役。

晚餐谈话变成了惯例，住宅里装不下了，于是移师礼拜堂，格洛丽亚不再端茶送水，由着他们自己照顾自己。在有色人进步的问题上，一派意见倾向于渐进式地改变现状，另一派的时间表则更为急迫，两派在言论上你来我往，激烈交锋。蓝德——他们平生所见最高贵和最雄辩的有色人——到来以后，讨论便带上了更为本地化的色彩。国家的前途是一码事，农场的未来是另一码事。

"明戈很有信心，说这肯定是一次难忘的大会，"瓦伦丁说，"一次雄辩的、胜利的大会。这些日子啊，我真希望他们早点儿把这胜利的大会开成，好让我能在一个体面的时候退下来。"瓦伦丁让明戈的游说弄得疲惫不堪，已经交出了辩论的组织工作。

明戈在农场生活了很长时间，蓝德的主张要付诸讨论时，有一个本地的声音当然会大有助益。他不算一个很有造诣的演说家，而是作为从前的奴隶，为农场里的很大一部分人代言。

明戈利用了大会的延期，督促农场改善与周边白人村镇的关系。他让蓝德阵营的几个人改变了立场——他们还不是完全明白蓝德到底怎么想的。他这个人语言平实，但观点晦涩。

"要是他们决定下来我们应该离开呢？"科拉好不容易把这么多字凑成一句话，其繁难的程度，她自己也觉得吃惊。

"他们？你是我们的一分子啊。"瓦伦丁在莫莉来看书时常坐的椅子上坐下。在近处一看，就能看清楚，这么多人已经让他不堪重负。他脸上分明写着疲倦二字。"这也许超出了我们的掌握。"他说，"我们在这儿搞的建设……有太多的白人不想让我们拥有。虽然他们原来并没有怀疑过我们与铁道结盟。看看咱们周围。如果他们因为一个奴隶要识字就把他杀掉，那你以为他们看到一座图书馆会是什么感觉？我们这间屋子装满了各种各样的思想。这么多的思想对有色人来说，也包括有色妇女，实在是太多了。"

对瓦伦丁农场种种不可能的财富，科拉是那样全身心地珍爱着，竟至于忘记了它们是多么不可能。这座农场，还有毗邻的有色人经营的其他一些农场，实在是太大，太成功了。一块黑色的地区出现在了年经的印第安纳州。瓦伦丁的黑人血统几年前便已为人所知。有些人因为平等对待过一个黑鬼而觉得上了当——然后又因为他的成功，自感受了傲慢黑鬼的羞辱。

她给瓦伦丁讲了上个星期发生的一起事件，她走在路上，差点叫一辆马车撞倒。车夫从她身边经过，叫嚷着令人作呕的污言秽语。受到辱骂的不止科拉一个。附近市镇新来的人，流氓无赖和底层白人，在农场居民进城置办日用品时，已经开始打人了，还对年轻的妇女动手动脚。上个星期，有家饲料店挂出招牌，上面写着"白人专享"——一场噩梦从南方袭来，就要落到他们头上了。

瓦伦丁说："我们有作为美国公民的合法权利待在这儿。"但逃奴法案也是法律事实。他们与地下铁道的合作让事态变得更为复杂。猎奴者并不经常露面，但并非闻所未闻。春天的时候就来过两个猎奴者，手持搜查令，把农场里的房子一间间搜了个遍。他们要找的猎物很早以前就走了，但猎奴巡逻队的出现，暴露了农场居民生活中无法挥别的危险。他们搜查木屋时，有个厨子往他们的水壶里撒了尿。

"印第安纳是蓄奴州。"瓦伦丁继续说道,"邪恶渗入了土壤。有人说这恶沉浸下来,变得更加强烈。也许这不是我们的地方。也许格洛丽亚和我离开弗吉尼亚之后,应该继续西行。"

"现在我进城时也能感觉到了。"科拉说,"一瞅他们眼里那神色,我就知道。"这不只是她领教过的特伦斯、康奈利和里奇韦,不只是那些残暴的人。她在北卡罗来纳的白天见过同样的面孔,入夜以后他们为了施暴而聚集在一处。一张张圆圆的白脸,仿佛田野里无尽的棉桃,他们骨子里完全相同。

看到科拉沮丧的表情,瓦伦丁对她说:"我对我们在这儿建设的一切感到自豪,但我们从头开始过一次,我们也能再来一次。我有两个健壮的儿子,现在可以帮忙,我们肯定能从土地当中得到好价钱。格洛丽亚一直想看看俄克拉何马,不过要了我这条老命,我也不知道那是为什么。我只有尽力让她快乐了。"

"如果我们留下,"科拉说,"明戈是不会接受像我这样的人的。逃犯。那些无处可去的人。"

"谈一谈有好处。"瓦伦丁说,"谈开了,可以消除误会,谈好了,你就能看到事情的真相。我们一定能看到农场的思想倾向。农场是我的,但它也是大家的,是你的。我一定会服从人民的决定。"

科拉看到讨论已经耗尽了他的体力。"为什么做这一切?"她问,"为什么为大伙做这一切?"

　　"我本来以为你也是个聪明人。"瓦伦丁说,"你不知道吗?白人不可能做。我们必须自己动手。"

　　如果这位农场主是专程来找某本书的,那么他两手空空地离开了。风呼啸着,从敞开的门外吹进来,科拉裹紧了身上的披巾。要是她接着读下去,那么到晚饭前,她也许还能翻开一本新的书。

瓦伦丁农场的最后一次大会在十二月一个凛冽的夜晚召开。在未来的岁月里，对那天晚上发生了什么，为什么发生，幸存者各有各的说法。一直到死，西比尔都坚称明戈是告密者。她那个时候已经成了老太婆，住在密歇根的一座湖边，膝下一堆孙子孙女，不得不听她翻来覆去地唠叨旧史。照西比尔的说法，明戈告诉治安官，说农场窝藏了逃犯，还提供了细节，让他们一网打尽。一次突然袭击将终结农场与铁道之间的联系，堵住源源不断的穷苦黑人，确保农场的长治久安。人家问她明戈是否期待着暴行，她便闭紧嘴巴，不再说话。

铁匠汤姆是另一个幸存者，他注意到执法部门几个月来一直在寻机抓捕蓝德。他是预定的目标。蓝德的雄辩点燃了激情；他煽动叛乱；他过于自命不凡，决不能让他任意行事。汤姆一直不识字，但喜欢炫耀他手里一本蓝德的《呼吁》，大演说家给他在书上签了名。

琼·沃森是在农场出生的。那天晚上她六岁。袭击发生之后，她在森林里游荡了三天，嚼橡子来果腹，后来一支马车队发现了她。长大以后，她自称美国历史的学生，认清了历史的必然。她说白人城镇只是集结起来，自行拔除了他们中间的黑人堡垒。那正是欧洲裔的行事方式，她说。如果控制不了它，他们就毁灭它。

如果农场真有谁知道要发生什么，他们也没露出任何迹象。星期六在懒洋洋的平静中开始了。科拉这一天大部分时间都待在卧室，看罗亚尔给她的最新一本历书。他在芝加哥买的。前晚午夜时分，他敲开她的房门，把书给她，他知道她醒着。很晚了，她不想打扰西比尔和莫莉。科拉第一次把他领进了自己的房间。

看到明年的历书，她喜不自胜。它厚得像祈祷书。科拉跟罗亚尔讲过她在北卡罗来纳阁楼上的那些日子，可是看见封面上的年份——用魔法从未来召唤而来的东西——科拉自己也像着了魔。她对罗亚尔讲了她在兰德尔种植园摘棉花、搬棉包的童年。讲了外婆阿贾里，她是从非洲的家里绑架来的，种了小小的一角土地，那是她声称自己拥有的唯一的一件东西。科拉讲了她的母亲梅布尔，她有一天逃走了，把女儿留在这无常的世界上自生自灭。讲了布莱克和狗屋，以及她怎样手握斧头与他对峙。她把那天晚上他们在熏肉房后祸害她的事告诉了罗亚尔，并为她让这样的事情发生而向他道歉，罗亚尔要她别说了。受了这么多的伤害，罗亚尔说，应该得到道歉的人是她。他告诉科拉，她的每一个敌人，所有让她受苦的主人和监工，都会受到惩罚，就算不在这个世界，也必将在另一个世界受罚，因为正义可能来得慢也看不见，但终究会在最后做出真正的裁决。他的身体与她紧紧交叠，好让她平息颤抖与啜泣，后来他们就这样睡着了，在瓦伦丁农场一幢木屋的里间，他们进入了梦乡。

　　科拉不相信他关于正义的那番话，但罗亚尔这样说，她还是很受用。

　　她在第二天上午醒来，感觉好多了，这时她不得不承认，那番话她确实是相信的，也许只信一点点。

　　西比尔以为科拉又一次发作了头疼，才卧床不起，于是到了中午给她端来一些吃的。她拿罗亚尔在这儿过夜的事逗弄科拉。她正在缝补参加大会要穿的裙子，看见罗亚尔"手里拎着靴子从这儿溜出去，活像一条狗，偷了口剩饭"。科拉微笑不语。

　　"昨晚上来的可不止你男人一个。"西比尔说。蓝德回来了。

　　原来这就是西比尔兴致如此之高的原因所在。她对蓝德钟爱有加。他每次来访都能让她振奋好几天。他那些个美妙的话儿。现在他终于回到了瓦伦丁农场。大会即将召开，结果怎样不得而知。西比尔不想搬到西部，不想离开这个家，可大伙都认定那是蓝德的方案。从一开始讨论迁居，她拿定主意不走。但她不会接受明戈的条件，那样一来，他们将不再为处于危难的人提供庇护。"没有咱这样的地方，哪儿都没有。他想毁了它。"

　　"瓦伦丁不会让他毁掉的。"科拉说，不过他们在图书馆谈过以后，他好像已经不再拿主意了。

　　"到时候就知道了。"西比尔说，"我恨不得自己也上去讲一讲，告诉这些人他们应该听什么。"

　　当天晚上，罗亚尔和科拉坐在第一排，挨着明戈和他的家人，他妻子和孩子，都是他从受人奴役的状态里解救出来的。他妻子安

杰拉一声不吭，像平时一样；要想听她开口说话，你得藏到他们家
木屋的窗户底下，等她私下里给她男人提供忠告。明戈的两个女儿
身穿湖蓝色的裙子，长长的辫子上扎着白丝带。居民们陆续进入会
堂时，蓝德和明戈的小女儿玩起了猜谜游戏。她叫阿曼达。她捧
着一束绢花；他开了个玩笑，然后他们哈哈大笑。当初科拉就是在
这样的一个时刻，在演出短暂的间隙看见蓝德的，他让她想到了莫
莉。因为他友善的谈吐，科拉觉得，他想必更愿意一个人待在家
中，在空荡荡的房间里举办独奏音乐会。

他有细长而秀美的手指。真是奇妙啊，这个从未摘过一颗棉
桃，没挖过一道沟渠，也没尝过九尾鞭滋味的人，却在为那些一
直被这些东西定义的人代言。他身形清瘦，皮肤红润，表明了他混
合的血统。她从未见过他急促或匆忙。他进退之间有一种优雅的从
容，仿佛一片落叶在池塘的水面上漂浮，借着温和的水流，向自己
的目标慢慢前进。等他开口说话，你才能看到，把他送到你面前的
力量是绝无温和可言的。

这个夜晚没有白人访客。所有在农场居住和工作的人都到场出
席，在附近拥有农庄的有色人家庭也统统就座。看到大家同处一
堂，科拉第一次认识到他们如此之众。有的人她以前从未见过，比
如那个淘气的小男孩，一看见她，便冲她眨眼。他们是陌生的家
人，从未说过话的表亲。她周围这些男男女女，有的生在非洲，有
的生于枷锁，他们解放了自己，或逃离了奴役。被人烙印，殴打，
强奸。现在他们来这儿了。他们是自由的，黑色的，他们是自己命

运的管理员。她为此而战栗。

瓦伦丁紧紧抓着讲台，撑住身体。"我小时候和你们不一样。"他说，"我母亲从不担心我的安全。不会有奴隶贩子在夜里把我抓走，卖到南方。白人看得见我的肤色，这足以让我不受骚扰。我对自己说，我没做错什么，可我在无知中饱食终日。直到你们来到这儿，和我们一起开创新的生活。"

他离开弗吉尼亚，他说，是想让自己的孩子远离偏见的伤害，远离偏见的霸道的同伙——暴力的伤害。可是上帝赐予你这么多，救下两个孩子是不够的。"在那个严寒的冬天，一个女人来到我们门前，她害着病，陷入了绝望。我们没能救她。"瓦伦丁的声音变得沉痛了，"我忽视了自己的责任。只要我们的大家庭里有一个人还在忍受这奴役的痛苦，我就只是一个名义上的自由人。我想对在座的每个人表达我的感激之情，感谢你们帮助我走上了正道。不管你和我们一起共度了几个年头，还是刚来几个小时，你都挽救了我的人生。"

他摇晃了几下。格洛丽亚走上前，抱住他。"现在我们大家庭里的几位有些事情想同诸位分享。"瓦伦丁清了清嗓子，继续说道，"我希望你们能像听我讲话一样听他们讲。有足够的空间容纳不同的观念，来规划我们寻路穿过荒野的征途。因为这夜是黑暗的，而路上危机四伏。"

农场的长老退离讲台，明戈取代了他的位置。明戈家的孩子尾随而上，吻他的手，祝他演讲成功，然后回到台下的座位。

明戈用自己的人生经历开场，讲到他向主祈求引领的那些夜晚，为家人赎买自由的漫长岁月。"用我诚实的劳动，一个接着一个，像你们一样，自己救自己。"他用手背擦了擦眼睛。

接下来他话题一转。"我们成就了不可能的，"明戈说，"但并不是每个人都像我们这样行得直，走得正。我们不会全都参与进来。我们有些人走得太远了。受奴役的经历扭曲了他们的思想，一个小恶魔给他们的头脑装填了邪恶的观念。他们把自己交托给了威士忌和由此而来的虚假的慰藉。交托给了绝望和由此而来的无法戒除的恶行。你们在种植园里，在乡镇和城市的街道上，总能看见那些堕落的人，那些无意拥有也不可能拥有自尊的人。你们在这儿也看见他们了，享受着这个地方的馈赠，却不能融入其中。他们总是消失于黑夜，因为在内心的深处，他们知道自己是一无是处的。对他们来说，现在太迟了！"

他的一些朋友在会场的后排为他叫好。有些现实我们不得不面对，明戈解释说。白人不会一夜之间改变。农场的梦想是有价值的，也是合情合理的，但需要一个渐进的过程。"我们不能拯救每一个人，假装自己能救，会让我们全体遭遇灭顶之灾。你们认为白人——他们离这儿只有几英里远——会对我们的放肆永远容忍下去吗？我们把他们的软弱拿来炫耀。窝藏逃犯。地下铁道的特务们拿着枪进进出出。还有那些因为谋杀而遭到通缉的人。那些个罪犯。"明戈的目光落到科拉身上，她握紧了双拳。

瓦伦丁农场已经迈上了通往未来的康庄大道，他说。白人恩主给孩子们提供课本——为什么不请求他们为整座学校募捐呢？不是一座两座，而是十几座。明戈提出，黑人的节俭和才智一旦得到证明，他们一定可以作为有着完整权利的建设性成员进入美国社会。为什么要损害这一切？我们需要放慢速度。与我们的邻人达成和解，并且——这是重中之重——停止一切必然会激怒他们的行动。"我们已经在这儿建成了令人惊叹的东西。"他总结说，"但它是弥足珍贵的，它需要保护，需要培养，否则就会凋零，像一枝玫瑰，遭逢了突然的霜冻。"

在鼓掌喝彩期间，蓝德跟明戈的女儿小声说了些什么，他们又一次略略地笑了。她从手里那一束绢花中取出一枝，塞进他绿色西装最上面的扣眼。蓝德假装嗅一嗅花香，做出神魂颠倒的模样。

"是时候了。"罗亚尔说。只见蓝德与明戈握了握手，便走上了讲台。罗亚尔这一天都和他待在一起，在周围散步，谈话。晚上要讲什么，蓝德没有告诉罗亚尔，但他抱着乐观的态度。从前，迁居的议题刚提出来时，罗亚尔告诉科拉，比起西部，他更喜欢加拿大。"他们那儿知道怎样对待自由黑人。"他说。他在铁道上的工作怎么办？有时候人得安定下来，他说，一边给铁道出差，一边养家，势必不能两全。他一说起这种话，科拉就把话题岔开了。

现在她就要亲眼看到——他们也都将看到——这个波士顿人脑子里在盘算些什么。

"明戈兄弟提出了一些很好的观点。"蓝德说，"我们不能拯救每一个人。但这并不意味着我们不能做出尝试。一个有用的妄想有时要好过无用的真相。在这样恶毒的、寒冷的环境里，什么都无法生长，但我们仍然能够拥有鲜花。

"这就是一个妄想：以为我们能摆脱奴役。我们不能。它的伤痕永远不会消退。当你看到你母亲被人卖掉，你父亲遭到毒打，你的姐妹受到工头和主人的凌辱，你可曾想过，你今天会坐在这里，没有铁链，没有枷锁，置身于一个新的大家庭的中间？你以往知道的一切都在告诉你，自由是个骗局——可你还是做到了。我们仍然会逃跑，追随着好心的满月，寻找可以提供庇护的圣堂。

"瓦伦丁农场是一个妄想。谁告诉你们的，黑人应该得到一个避难的地方？谁告诉你们的，你们拥有那样的权利？每一分钟，你们这辈子遭受的苦难都在提出相反的意见。凭着每一个历史事实，它不可能存在。这个地方必定也是一个妄想。可我们做到了。

"美国也是一个妄想，所有妄想当中最壮观的一个。白种人相信，发自内心地相信，夺取这块大陆是他们的权利。屠杀印第安人。发动战争。奴役他们的兄弟。统统都是他们的权利。如果天下还有一丁点儿的公理，这个国家就不应该存在，因为它建国的基础是谋杀，盗窃，残忍的恶行。可我们做到了。

"你们期待我响应明戈的呼吁，渐进式地改变现状，对那些危难中的人关上大门。你们期待我响应另外的一些人，他们认为这个地方离奴隶制凶恶的势力过于接近，所以我们应该向西迁居。我没有答案给你们。我不知道我们应该做什么。怎么会有'我们'这两个字？在某种程度上，我们唯一的共同点，就是我们的肤色。我们的祖先来自整个非洲大陆。非洲很大。瓦伦丁兄弟辉煌的图书馆里有世界地图，你们可以自己去看。他们有不同的生存方式，不同的风俗习惯，讲一百种不同的语言。这么大的一个混合体，关押在运奴船上，运到了美国。到北方，到南方。他们的儿子和女儿摘烟叶，种棉花，工作在最大的种植园和最小的农庄。我们是工匠和接生婆，是小贩和传道者。一双双黑色的手建起了白宫，那是我们国家的政府官邸。怎么会有我们这两个字？我们不是一个民族，而是许多不同的民族。一个人何德何能，可以为这个伟大的、美丽的种族代言？这也不是一个种族，而是许多个种族；一个人何德何能，可以为我们自己，为我们的孩子，说出一百万个心愿、希望和祝福？

"因为我们是身在美国的非洲人。世界历史上一个崭新的存在，我们将变成什么，并没有先例可循。

"有肤色就够了。它已经给我们带来了这个夜晚，这场讨论，它也必将把我们带进未来。我坚信我们将作为一个整体，起伏，兴衰，作为一个有色人的家庭，与一个白人的家庭比邻而居。我们可以不知道穿过森林的路，但我们可以在跌倒时互相搀扶，我们也必将一起抵达。"

当瓦伦丁农场从前的居民回忆起那个时刻，当他们告诉陌生人和孙辈，他们曾经怎样生活，那一切又是怎样结束，此时虽然已是多年以后，可他们的声音还在颤抖。在费城，在旧金山，在养牛区的小镇和最终安家的牧场，他们都要为那一天死去的人哀悼。他们告诉家人，会堂里的气氛变得敏感，一种看不见的力量在空中激荡。无论生于自由还是生而为奴，他们都作为一个整体停留在了那个时刻：你盯住北极星、决定逃跑的时刻。也许他们马上就要找到某种新的秩序，马上就要给混乱强加理由，集合他们所有的历史教训，以求影响未来。或者，时间也许会——也必将会——借给这个场合一种它并不拥有的庄严，于是一切都像蓝德强调的那样：他们陷入了妄想。

但这并不意味着它不是真实的。

那一枪击中了蓝德的胸口。他向后跌倒，扯翻了讲台。罗亚尔是第一个跳起来的。他冲向倒地的演讲者时，三粒子弹打进他的后背。他像一个圣维杜斯舞蹈病的患者，急促而猛烈地抽搐几下，便一头栽倒在地。接着是来复枪射击、尖叫和玻璃碎裂汇成的大合唱，一种疯狂的混乱席卷了礼拜堂。

在大屠杀进行期间，屋外的白人欢叫，嘶吼。居民们在慌乱中拥向出口，在靠背长凳之间拥挤，从上面翻越，彼此攀爬，互相践踏。大门口出现了拥堵，人们便爬上窗台。又一阵枪声响起。瓦伦丁的两个儿子帮父亲逃向门口。在舞台左侧，格洛丽亚伏在蓝德身上。她看到做什么都没有用了，便跟在家人身后撤到了屋外。

科拉把罗亚尔的头抱到自己腿上，这情景像极了那天下午的野餐。她的手指穿过他的鬈发。她摇晃他。她哭。罗亚尔动一动涂满了血和口沫的嘴唇，露出微笑。他告诉她别怕，地道一定会再救她。"去树林，去那房子。你就能告诉我，它通向哪里。"他的身体瘫软了。

两个男人抓住科拉，把她拖离罗亚尔的尸首。这里不安全，他们说。其中一个是奥利弗·瓦伦丁，他回来帮其他人逃离会堂。他哭喊着，叫嚷着。他们刚把科拉弄到外面，她便挣脱了救她的人，跑下台阶。农场喧声四起，一片大乱。白人民防团把男人和女人拖进黑暗。他们丑恶的脸上充盈着喜悦。滑膛枪放倒了西比尔的一个木匠，他怀里抱着一个婴儿，双双扑倒于地。没有一个人知道往哪儿跑才好，没有一个理智的声音能够穿透这样的喧嚣。所有人都在自顾自地逃命，他们一贯如此。

明戈的女儿阿曼达跪在地上发抖，家人不见了。一个人与泥土为伴。她那束花的花瓣已经脱落。她死死握着裸露的花梗，那是铁丝，上个星期铁匠才在铁砧上拉制出来的，只为她一个人打造。铁丝刺破了她的手掌，因为她抓得太紧。血不断滴入泥土。身为老妇人时，她将读到欧洲发生的大战，并回忆起这个夜晚。那时她已游遍全国，到长岛安家，住在一幢小房子里，和一个对她过度溺爱的辛奈科克印第安水手为伴。她有些时间是在路易斯安那和弗吉尼亚度过的，她父亲在那两个州开办有色人教育机构，加利福尼亚她也待过。有段时间留在俄克拉何马，瓦伦丁夫妇在那儿重新安了家。她告诉水手，欧洲的冲突可怕而残暴，但她反对这样的命名。"大战"过去一直发生在白人和黑人之间。将来也会一直这样。

科拉呼唤着莫莉。她没看见任何一个自己认识的人；他们的脸统统因为恐惧而变了形。大火的热浪冲刷着她的身体。瓦伦丁的房

子烧着了。一个油瓶丢上二楼，爆炸了，约翰和格洛丽亚的卧室也
被火焰吞没。图书馆的窗子爆裂了，科拉看见书架上的书在燃烧。
她刚朝图书馆的方向迈出两步，里奇韦就抓住了她。她和他搏斗，
可他两条大胳膊把她紧紧勒住，她双脚在空中踢踏，好像吊到树上
去的人一样。

霍默站在他身边——这就是那个她在座椅之间看见的男孩，冲
她眨眼的那个。他穿着吊带裤和白罩衫，看上去像个天真无邪的孩
子，换做一个不同的世界，他想必就是这个样子吧。一看到他，科
拉的声音便脱口而出，加入了响彻农场的集体悲号。

"有条隧道，先生。"霍默说，"我听见他说来着。"

THE
UNDERGROUND
RAILROAD

Mabel

梅布尔

她给女儿的第一件和最后一件东西都是道歉。科拉睡在她肚子里，只有拳头般大小时，梅布尔为带她来这个世界而道歉。十年之后，在阁楼上，科拉睡在她身边，梅布尔为她将成为没爹没娘的孩子而道歉。科拉两次都没听见。

　　在第一块林中空地，梅布尔找到北极星，调整了方向。她打起精神，继续奔逃，穿越黑水。她要始终看着前面，因为一回头，就会看见她留在身后的一张张脸。

　　她看见了摩西的脸。她还记得摩西小的时候。一团抽搐的东西，那么脆弱，没人预见到他能活下来，直到他长大一些，大到能干小黑崽子的活儿，成群结队地捡破烂，到棉田里用长柄勺送水。在兰德尔种植园，大多数孩子没学会走路就死了，他没死。他母亲用了女巫的方子，泥敷剂和根药汤，还每天夜里给他唱歌，在他们的木屋里轻声哼唱。摇篮曲和田间小调，以及节奏单一的母亲的心愿：愿你腹中有吃食，去病退烧，活到天亮。他比那一年出生的大多数男孩活得长久。人人都知道，他母亲凯特救他脱离了病魔，逃过了早期的淘汰，对种植园的奴隶来说，这是他们个个都要经受的第一道考验。

　　梅布尔记得，凯特有条胳膊麻痹而无力劳动之后，老兰德尔便把她卖掉了。因为偷了一颗土豆，摩西受了第一次鞭刑，第二次挨鞭子是因为懒惰，康奈利用辣椒水冲洗这孩子的伤口，直到他放声哭叫。这一切并没有让摩西变得丑恶，而是让他沉默了，强壮了，速度飞快，快过同组所有的采摘工。他之所以变得丑恶，是因为康奈利让他当了工头，做了主人的耳目，压榨自己的同类。就是在那个时候，他成了凶神摩西，让其他奴隶发抖的摩西，棉田里黑色的恐怖。

　　摩西告诉她去一趟校舍，她抓他脸，啐他，他只是笑，说如果你不愿意，那我找别人——你家科拉现在多大了？科拉八岁。梅布尔不再反抗。他很快，第一次之后也不再粗暴。女人和牲口，你只要收拾她们一次，他说，她们从此就服服帖帖的了。

　　那一张张的脸，有活人的，有死人的。阿贾里在棉田里抽搐，血沫子盖住了双唇。她看到波莉在绳头下摇摆，亲爱的波莉，她们俩生在同一个月份，在营区形影不离。康奈利在同一天把她们从大院赶进了棉田。做什么都一前一后，最后科拉出生，波莉的孩子却生不下来——两个年轻女人在两个星期之内双双临产，接生婆拽出的一个婴儿哭叫着，另一个却无声无息。死胎和石头。波莉用一条麻绳在谷仓上了吊，老乔基说，你们俩什么都一起干。言下之意，好像让梅布尔也吊死算了。

　　她开始看到科拉的脸。她移开目光。她跑。

男的一开始都是好人，后来世界就把他们变得丑恶。世界一开始就是丑恶的，以后每一天都更丑恶。它利用你，耗尽你，最后你只剩下去死的梦想。梅布尔不要死在兰德尔家，哪怕她一辈子从未走到这块土地一英里之外的地方。一天午夜，在蒸笼般的阁楼上，她下定了决心：我要活下去——第二个午夜，她已置身沼泽，穿着偷来的鞋子，追随着月亮。她一整天都在盘算着逃跑，不许别的想法闯入或阻拦。沼泽里有小岛——走到那儿，就能前往自由的陆地。她带上了自己种的蔬菜，火石和火绒，一把大砍刀。她丢下了其余的一切，包括女儿。

科拉就睡在她出生的木屋，这也是梅布尔出生的木屋。仍然是小女孩，因为最坏的事情还没有发生，因为她还不知道女人的负担有多大，又有多重。如果科拉的父亲还活着，梅布尔现在还会在这儿，在这片沼泽里跋涉吗？格雷森来到南半区那年，梅布尔十四岁。他是叫北卡罗来纳一个喝醉酒的靛蓝种植园主卖到南边来的。他又高又黑，性情温和，眼中含笑，干完最累的活儿还能昂首阔步。他们谁都比不上他。

她第一天就相中了他，并且暗下决心：就是他。他咧嘴一笑，如明月照耀她，如天光沐浴她。他们跳舞，他抛起她，他转动她。我要赎回我们的自由，他说，他头发上挂着干草，草来自他们躺卧的地方。老兰德尔对此不感兴趣，但他会说服他。卖力干活，做种植园最优秀的工人，他一定能赚得一条生路，脱离奴役。还有她，他要把她也带上。她说：你保证？她对他半信半疑。亲爱的格雷森呀，发烧死了，她那时都不知道自己怀上了他的孩子。她嘴里再也没念叨过他的名字。

梅布尔绊到了柏树根，扑倒在水中。她深一脚浅一脚地蹚过芦苇，向前方的小岛行进，然后平卧在地上。她不知道已经跑了多久。喘着粗气，筋疲力尽。

她从麻袋里取出一颗芜菁疙瘩。它又嫩又软，她咬了一口。这是她在阿贾里的菜地上种出的最甜的作物，哪怕掺和了沼泽泥水的味道。她母亲至少给她留下了那份遗产，一块可以照管的好地。你应该给你的孩子留些有用的东西。阿贾里那些更好的品质没能在梅布尔身上生根。她的不屈，她的毅力。但是有一块三码见方的地，有地里长出的甘美的菜蔬。她母亲曾经用全副身心来卫护它。整个佐治亚最珍贵的土地。

她躺下，又吃了一颗芜菁疙瘩。没有了她溅起的水声和喘息声，沼泽里的动静又一次清晰可闻。锄足蟾、乌龟和滑行动物，黑色的昆虫喋喋不休。她歇息时，透过黑水里树木的枝叶，在面前弯曲的天空之上，看得到新的星座在黑暗里转动。没有巡逻队，没有工头，没有痛苦的哭喊，把她引向另一个人的绝望。没有木屋的墙，像运奴船的底舱，载运她穿过夜晚的汪洋。沙丘鹤与鸣鸟，水獭溅落。在这张湿土铺成的床上，她的呼吸慢下来了，她与沼泽之间的分隔消失了。她自由了。

这个时刻。

她必须回去。女儿在等她。现在就得回去。绝望已经战胜了

她，像一个魔鬼在她思想的至深处发出号令。她一定会把这个时刻
留在身边，这是她自己的珍宝。等她找到合适的语言，与科拉分享
它，女儿就会懂得，在种植园外，越过她已知的一切，有一件东西
等着她。到了那一天，如果她坚强，女儿就能自己拥有它。

世界也许是丑恶的，但人不必如此，如果他们不肯，就不会。

梅布尔拎起麻袋，辨清方向。如果步子快一些，她就能赶在第
一缕阳光，赶在最早起床的人之前回到种植园。她的逃跑是个愚蠢的
念头，但哪怕只有它的一点一滴，都将媲美她一生中最伟大的冒险。

梅布尔又掏出一颗芜菁，咬了一口。它可真甜。

踏上返程不久，蛇就发现了她。她正在蹚过一丛茂密的芦苇，
惊扰了它的休息。棉口蛇咬了她两次，一次咬了小腿，再来一口，
深深咬进了她大腿上的肉。没有声音，但是很疼。梅布尔不肯相
信。一条水蛇，肯定是的。脾气不好，但无害。她嘴里浮起薄荷的
味道，腿觉得刺痛，这时她知道坏了。她又挣扎了一英里。她在途
中掉落了麻袋，也在黑水里失去了方向。她本来可以走得更远——
在兰德尔种植园的劳动让她变得强壮，至少身体上如此——但她踩
到了一床柔软的苔藓，感觉还不错。她说，就到这儿吧，说完沼泽
就把她吞没了。

THE
UNDERGROUND
RAILROAD

The North

北方

逃奴

科拉，女，一年三个月前从其合法但不义的主人处逃离；身高中等，肤色深褐；一侧太阳穴因伤而留有星形标记；性情活跃，手段狡狯。或对贝茜之名有所反应。

与一众逃犯居留瓦伦丁农场期间，该女最后一次为人所见。

她已停止逃跑。

赏格无人申领。

她已非家奴。

十二月二十三日

地下铁道最后一段旅程的出发点，是一幢弃屋地下的小站。幽灵车站。

科拉被抓以后，带他们去了那儿。他们离开时，嗜血成性的白人民防团仍然在瓦伦丁农场到处肆虐。枪声和尖叫声从农场更靠里的地方远远地传来。新木屋，磨坊。也许远到利文斯顿家的地产，这场蓄意的大破坏把相邻的几座农庄也囊括其中。白人想把有色人拓居者一网打尽。

里奇韦抱着科拉往马车那儿走，她又踢又打。燃烧的图书馆和农舍照亮了地面。在顶住脸上遭到的连珠炮般的攻击之后，霍默终于把科拉的两只脚抱在一起，他们把她弄上马车，在车内地板上原来锁她的铁环上锁了她的两只手腕。一个看马的年轻白人发出欢呼，提出他们完事后让他也来一下。里奇韦照着他面门就是一拳。

猎奴者用手枪对准她的眼睛，逼她供出了林中小屋的方位。一阵头疼袭来，科拉躺倒在长凳上。怎样才能停止思想，如同掐灭蜡烛？罗亚尔和蓝德死了。其他人纷纷毙命。

"有个看守长说，这让他想起过去正儿八经地扫荡印第安人。"

里奇韦说道，"苦水溪和蓝瀑布。我看他太年轻了，记不得这些事
情。他爹还差不多。"他跟她一起坐在马车后厢，就在她对面的长
凳上。他的装备只剩下了这辆马车，加上拉车的两匹瘦马。大火在
车外舞蹈，照亮了帆布篷上的破洞和一道道长长的口子。

里奇韦咳嗽起来。田纳西之后，他每况愈下。猎奴者的头发完
全白了，趔趔趄趄，面色灰黄。他说起话来也不一样了，少了些发
号施令的腔调。科拉上次踢烂的那一口牙如今换了义齿。"他们把
博斯曼埋到一座瘟疫坟场里了。"他说，"他肯定会吓破胆，但他
也没什么好说的。那个在地板上哗哗流血的小子——伏击我们的就
是那个傲慢的小王八蛋，对不对？我认识他的眼镜。"

为什么她让罗亚尔等了这么久？她原以为他们有大把的时间。
如同拿着史蒂文斯大夫的手术刀，把根子切开，就会看见另一个可能
的原因。她任由农场让她相信，眼前的世界不同于那个注定如其所是
的世界。他一定知道她爱他，哪怕她没告诉他。他不可能不知道。

夜鸟撕心裂肺地叫着。过了一会儿，里奇韦要她看路。霍默驭
马徐行。她两次错过了那条小路，岔路口的出现表明他们走过了
头。里奇韦抽她嘴巴，告诉她听他的话。"田纳西以后我花了不少
时间才缓过劲来。"他说，"你和你那几个朋友把我害苦了。但事
情过去了。你要回家了，科拉。终于要回家了。只要让我好好瞧瞧
大名鼎鼎的地下铁道。"他又抽了她一个嘴巴。再兜一圈，她发现
了转弯处的棉白杨。

霍默点亮提灯，他们走进凄凉的老屋。他已经脱掉了那身行

头，换上原来的黑色礼服和高筒礼帽。"在地窖下面。"科拉说。
里奇韦留了个心眼儿。他拉开活门，便跳到旁边，仿佛一大群歹徒
正在陷阱里恭候。猎奴者递给科拉一支蜡烛，命令她先下去。

"大部分人以为这是个比喻。"他说，"地下。我可没那么蠢。
秘密就在我们脚底下，一直都在。今晚一过，我们就要把它大白于
天下。每条线路，每条铁道。"

无论哪些小动物在地窖里生活，这一天晚上都保持了沉默。霍
默把地窖的边边角角检查了一遍，找出一把铁锹，递给科拉。

她伸出锁链。里奇韦点点头。"不然我们就得在这儿待一整夜
了。"霍默解除了她的镣铐。这白人说变就变，声音里慢慢注入了
从前的威严。在北卡罗来纳，马丁以为自己能找到父亲在矿井埋藏
的财宝，没想到发现了一条地道。对猎奴者而言，眼前的这条地道
就是全天下所有的财宝。

"你主人死了。"里奇韦在科拉挖地时说道，"听到这消息我并
不吃惊——他的天性就是不断败落。我不知道兰德尔种植园现在的
主人会不会兑现你的赏金。我压根儿不在乎。"他自己对这番话也
觉得讶异，"抓你并不容易，我早该看出来。有其母必有其女，千
真万确。"

铁锹碰到了活门。她清理出一个方块。科拉一度停手，听他说
话，听霍默神经兮兮的窃笑。上一次遭遇时，她、罗亚尔和雷德也
许削弱了猎奴者的力量，但梅布尔才是第一个把他击倒的人。他对
她们一家子的狂热，归根结底都是因为她母亲。如果不是她，猎奴

者不会如此执着地追捕科拉。那个逃掉了的，终究葬送了女儿。科拉不知道自己应该为此骄傲，还是应该更恨那女人。

这一次霍默拉开了活门。霉烂的味道一下子涌上来。

"就这个？"里奇韦问。

"是的，先生。"霍默说。

里奇韦朝科拉挥了挥手枪。

他肯定不是看见地下铁道的第一个白人，却是第一个敌人。受了那么多的苦，现在降临到她身上的是背叛所带来的耻辱，背叛了那些让她的逃离成为可能的人。她在最上面的台阶犹豫了一下。在兰德尔种植园，在瓦伦丁农场，科拉从未加入过舞蹈的行列。一具具旋转的身体让她畏缩不前，她害怕和另一个人挨得太近，太难以把控。多年以前，男人已经在她心里种下了恐惧。今夜，她告诉自己。今夜我要搂住他，就像跳一支慢舞。就像只有他们两个人，在这孤独的世界上彼此绑缚，直到乐曲终结。她等着，一直等到猎奴者踏上第三个台阶。她扑上去，两条胳膊像铁打的锁链，死死地把他勒住。蜡烛掉落了。她整个扑在里奇韦身上，他想站稳，伸手扶墙，可她像情人一样紧紧地抱着他，于是这一对儿就滚下石头台阶，跌落到黑暗里去了。

在坠落的过程中，他们还在激烈地搏斗，扭打。一连串混乱的撞击，科拉的脑袋在石头上磕碰着。滚到台阶底下了，他的一条腿反拧着，她也有一条胳膊扭曲着压在自己身下。里奇韦摔了个结结实实。听到老板跌落时弄出的响动，霍默像狗一样狂叫。这男孩慢慢爬下来，提灯的光颤颤巍巍，从黑影中勾勒出车站的轮廓。科拉从里奇韦身上挣脱，爬向手摇车，左腿疼痛不堪。猎奴者悄无声息。她寻找武器，但一无所获。

霍默伏在老板身边。他手上沾满了里奇韦后脑勺流出的血。他大腿上的一根大骨头已经破裤而出，另一条腿也扭曲成了可怕的形状。霍默把脸凑近了，里奇韦开始呻吟。

"是你吗，我的孩子？"

"是的，先生。"

"很好。"里奇韦坐起身，发出痛苦的号叫。他打量着车站，一片朦胧，什么都看不清。他的目光毫无兴趣地从科拉身上滑过。"咱们这是在哪儿呀？"

"在猎奴。"霍默说。

"黑鬼是抓不完的。你带着日记吗？"

"是的，先生。"

"我有个想法。"

霍默从书包里取出笔记本，翻到干净的一页。

"天命……不，不。不对。美国的天命，是个辉煌的东西……是个指明灯……光芒万丈的指路明灯。"他咳嗽起来，身体一阵抽搐。"生于必然，生于德行，上有铁锤……下有铁砧……你还在吗，霍默？"

"是的，先生。"

"咱们重新来过……"

　　科拉倾身去压手摇车的泵机。它没动，不管她怎么使劲都不行。她脚踩在木台上的位置有个小小的金属扣，她把它打开，泵机发出刺耳的尖叫。她再压横杆，手摇车便向前移动了。科拉回头看着里奇韦和霍默。猎奴者小声发表着演说，黑孩子记录下他的讲话。她上提，下压，上提，下压，驶出灯光。驶入无人踏足的隧道，不通向任何地方的隧道。

　　她找到了节奏，双臂上提，下压，倾力动作。投身北地。她这是在隧道里穿行，还是在不断地挖掘前进？每一次她下沉手臂，压落横杆，都是在挥舞镐头，劈向岩石，抡起大锤，敲击道钉。她从来没要罗亚尔给她讲一讲那些建造了地下铁道的男男女女。他们挖掘了一百万吨的岩石和泥土，奋战在大地的心腹，就是为了解救像她这样的黑奴。还有那些与他们并肩战斗的人：把逃奴领进家门，供他们饮食，把他们驮在背上送往北方，为他们死。那些个站长，那些个列车员，那些个同情者。在完成了这一个壮丽的事业之后，你又是谁呢？因为在建造的同时，你也经历了这一番旅程，前往彼岸。在这一头，是走入地下之前的你，到了另一头，就是一个爬出来迈进阳光里的新人了。地上的世界必定平淡无奇，迥异于地下的奇迹，迥异于你用汗水和鲜血打造出来的奇迹。这，也是你珍藏在心底的、秘密的胜利。

　　她把一里又一里的路甩在了身后，把虚伪的避难所、无尽的锁链和瓦伦丁农场的屠杀统统甩在了身后。隧道里只有黑暗，以及前方某处的一个出口。或是闭塞的死路。如果那就是命运的裁决，她

将只能面对一道空白的、冷酷的石墙。最后一个苦涩的玩笑。她
终于筋疲力尽，在手摇车上蜷缩成一团，打起了瞌睡，高卧在黑暗
里，仿佛栖息于最幽深的夜空。

　　醒来以后，她决定靠两只脚走完剩下的路程——她的双臂已经
失去知觉。一瘸一拐，在枕木上磕磕绊绊。科拉一路上用手扶着隧
道的岩壁，一条条凸起，一道道凹陷。她的手指在谷地、河流和山
峰上舞蹈，仿佛那是一个新国家的轮廓，孕育在旧国家的体内。跑
起来以后，你们往外看，就能看到美国的真面貌。她看不到，但
是感觉到了，她在穿越美国的心脏。她害怕自己在睡梦中掉转了方
向。她这是在一路向前，还是在往回走，回到她来的地方？她相信
奴隶本能的选择引导着她——任何地方，任何地方，但绝不是你逃
出的地方。她已经凭着这种本能走了这么远。她要么抵达终点，要
么在铁轨上长眠。

　　她又睡了两次，梦到她和罗亚尔待在她的木屋。她给他讲自己
旧日的生活，他抱住她，后来又把她转过来，好让两个人面对面。
他把她的裙子拉到脑袋上方，自己也除去裤子和衬衫。科拉吻他，
双手抚过他全身上下。他分开她大腿时，她已经是湿的了，于是他
徐徐滑入她的体内，叫着她的名字，从来没有人这样叫过她，将来
也不会有人这样叫，叫得温柔，叫得甜蜜。她每次醒来，眼前都是
地道里的空虚，她每次都要为他哭一场，哭完起身，继续前进。

　　隧道也有嘴巴，一开始像黑幕上的一个针眼。她奋力前行，针
眼变作了光环，接着就是洞口了，隐藏在灌木和葡萄树下。她推开

刺藤，走到外面。

天是暖的。仍然是吝啬的冬日阳光，可是比印第安纳温暖，太阳几乎就在头顶。穿过窄缝，豁然开朗，眼前是一座森林，到处是矮松和冷杉。她不知道密歇根、伊利诺伊或加拿大的样子。也许她已经不在美国，也许她已经走到了国境之外。她碰见一条小溪，便跪下来饮水。溪水清澈凛冽。她洗去脸上、胳膊上的煤灰和尘垢。"来自山区。"她说，这是从文章里看来的，出自一本积灰蒙尘的历书，"融雪水。"饥饿让她脑袋发飘。太阳指给她北行的方向。

天擦黑时，她走到了一条小路，它毫不起眼，只是车辙反复碾压而成的凹槽。她在石头上坐了一会儿，忽然听到马车的声响。一共三辆，塞得满满的，像是跑长途的样子，满载着齿轮，车身两侧也绑了货物。它们在向西行进。

第一个车倌是个高个头的白人，头戴草帽，留着花白的连鬓胡子，像石墙一样冷漠。他妻子挨着他，坐在车夫的坐席上，一张粉脸和脖子支棱在方格花呢毯子外面。他们对她无动于衷，扬长而去。科拉同样不为他们的样貌动心。赶第二辆马车的是个年轻人，红头发，爱尔兰人的长相。一双蓝眼睛注意到了科拉。他停了车。

"你是路上的一景。"他说。尖声尖气地，像鸟鸣。"你需要些什么吗？"

科拉摇摇头。

"我说的是，你需要什么吗？"

科拉又一次摇摇头，因为寒冷而搓着自己的胳膊。

第三辆马车由一位上了年纪的黑人驾驭。他身材矮壮，头发花白，穿一件厚重的农场工人的外套，可以看出它也参加过劳动。瞧他的眼睛，科拉认定他有副好心肠。面善，但不知道在哪儿见过。他的烟斗冒着烟，闻起来像土豆，科拉的肚子立刻咕噜噜地叫开了。

"你饿了？"老人问。他是南方人，能听出来。

"我非常饿。"科拉说。

"上来吧，吃点儿东西。"他说。

科拉爬上车夫的坐席。他打开篮子。她撕了些面包，大口大口地吞下肚子。

"多得是。"他说。他颈子上有个马蹄铁的印子，科拉的目光稍一停留，他便拉起衣领，把它挡住了。"我们赶上去好不好？"

"好。"她说。

他冲马儿吆喝了一嗓子，马车在小路上跑起来了。

"你去哪儿？"科拉问。

"圣路易斯。从那儿去加利福尼亚。我们几个，还有些人要在密苏里会合。"看到科拉没什么反应，他问道，"你是南方来的？"

"我是佐治亚的。我跑出来了。"她说她名叫科拉。她展开脚边的毯子，裹到身上。

"我叫奥利。"他说。在前方拐弯的地方，另外两辆马车出现在视野当中。

毯子硬邦邦的，扎着她的下巴，可她不在乎。她很想知道他是从哪儿逃出来的，过去有多苦，走了多远的路，才把它留在身后。

致　谢

感谢妮科尔·阿拉吉、比尔·托马斯、罗丝·库尔托、迈克尔·戈德史密斯、杜瓦尔·奥斯廷和艾莉森·里奇（又一次）经手此书。感谢这些年来在汉泽尔出版社的：安娜·洛伊贝、克里斯蒂娜·克内希特和皮耶罗·萨拉贝，以及富兰克林·罗斯福，感谢他设立联邦作家计划，在二十世纪三十年代搜集从前做过奴隶之人的生平。感谢弗雷德里克·道格拉斯和哈丽雅特·雅各布斯，原因不言自明。内森·哈金斯、斯蒂芬·杰伊·古尔德、爱德华·巴普蒂斯特、埃里克·方纳、弗格斯·博德维奇和詹姆斯·琼斯的著作提供了很大的帮助。乔赛亚·诺特的"混合"理论。《一个盗尸人的日记》(*The Diary of a Resurrectionist*)。格林斯伯勒北卡罗来纳大学所藏数字化的逃奴广告。前一百页有早期的 Misfits（《老鹰敢去的地方》[Where Eagles Dare] 快速版、《恐怖的事》[Horror Business]、《混杂时刻》[Hybrid Moments]）和 Blanck Mass（《死亡的形式》[Dead Format]）提供助力。每一本书里都有大卫·鲍伊。本书最后一部分写作期间，我一直在播放

《紫雨》（*Purple Rain*）和《白日梦国度》（*Daydream Nation*），所以感谢鲍伊、王子和音速青春。最后，感谢朱莉、玛蒂和贝克特所有的爱与支持。

文
景

Horizon

社 科 新 知　文 艺 新 潮

地下铁道

[美] 科尔森·怀特黑德 著
康慨 译

出 品 人：姚映然
责任编辑：林　莉　李晓爽
营销编辑：杨　朗
封扉设计：王志弘
美术编辑：高　熹

出　　　品：北京世纪文景文化传播有限责任公司
　　　　　　（北京朝阳区东土城路8号林达大厦A座4A　100013）
出版发行：上海世纪出版股份有限公司
印　　　刷：山东临沂新华印刷物流集团有限责任公司
制　　　版：北京大观世纪文化传媒有限公司

开 本：890×1240mm　1 / 32
印 张：11.25　字 数：208,000　插页：2
2017年3月第1版　　2017年3月第1次印刷
定 价：39.80元
ISBN：978-7-208-14371-5 / I·1614

图书在版编目（CIP）数据

地下铁道 /（美）科尔森·怀特黑德
（Colson Whitehead）著；康慨译. —上海：上海人民
出版社，2017
书名原文：The Underground Railroad
ISBN 978-7-208-14371-5

I.①地… II.①科… ②康… III.①长篇小说-美
国-现代 IV.①I712.45

中国版本图书馆CIP数据核字（2017）第038086号

本书如有印装错误，请致电本社更换　010-52187586